Serie

La historia de Mark Trogmyer en el Mundo de lo Desconocido

Serie "La materia gris" Volumen 1:
La historia de Mark Trogmyer en el Mundo de lo Desconocido
Escrito por: Anthony G. Parker

Traducción al español por: Anne Lascano Boussillo-Perrot

Ilustrado por: Diseño de portada por:
Brendan Alicea   Andrea England

Escrito por Anthony G. Parker

Ilustrado por Brendan Alicea   Diseño de portada: Andrea England
Editado por Laura Le Baron y amigos.

Copyright © Julio 2018

© Febrero 2024

Por: Anthony S. Parker

Todos los derechos reservados. Publicado en los Estados Unidos por kdp.amazon.com

Impreso en Milford, Delaware

Ninguna parte de esta publicación podrá ser reproducida, distribuida o transmitida de ninguna forma o por cualquier medio, incluyendo fotocopias, grabaciones u otros medios electrónicos o mecánicos sin el previo consentimiento por escrito del autor, exceptuando breves citas incluidas en reseñas y análisis críticos, y en ciertos casos no lucrativos permitidos por la ley de derechos de autor. Para solicitar permisos en cuanto al texto o al diseño artístico de este libro favor de enviar un correo electrónico al autor con la siguiente introducción y en inglés: "Attention: Anthony Parker," a Grey Matter Series

Regarding Copyrights

Correo electrónico: authoraparker@gmail.com

ISBN: 9798536496626
Imprint: Independently published

.

1. La categoría principal del libro -fantasía/aventura-

2. Otra categoría – ficción- desde muchas perspectivas

Quinta edición. Volumen 1.

Dedicado a aquellos que se encuentran perdidos, para que puedan encontrarse a sí mismos

Amor a la serie hasta ahora:

"Una sencilla y fantástica lectura que se puede identificar a las situaciones de vida de cualquier persona donde se debe luchar en contra de la verdadera maldad, y al final, es único." **–Randy Rodríguez**

"Aunque no seas fan del género de fantasía, el hecho de ser un humano convierte a este libro en una lectura obligada. El autor utiliza muchas situaciones de la vida real y eventos que enfrentamos en nuestro día a día mostrándonos una perspectiva positiva hacia tales eventos. ¡Mientras leas el libro de Anthony Parker te descubrirás reflexionando sobre tu propia vida mientras te entretienes! ¿Qué más se puede pedir en un libro?" **–Toni Enríquez**

"Una aventura en el tiempo, ¡si disfrutaste Harry Potter entonces esto es para ti!" **-Cassandra González**

"¡Un libro maravilloso, definitivamente Lectura obligada!" **-Chris de León (Niteshockers)**

"Una aventura lejos de la realidad. Una historia bien pensada en la que un niño descubre que tiene el poder de hacer la diferencia tan solo por seguir sus creencias. Si estás buscando un buen escape de tu mundo, ¡entra al Mundo de lo Desconocido dando vuelta a estas páginas!" **-Leah García**

"Esto es para fans de C.S Lewis y J.K Rowling, esta es una historia muy divertida del género *novela de formación* llena de aventura y con personajes fuertes y de gran corazón. ¡Un comienzo muy prometedor de un autor emergente!"
-Josh Snyder

"¡Apenas comencé a leer los primeros capítulos de la serie y me sentí cautivado desde el principio! ¡Me encantan las detalladas descripciones de los personajes y la ambientación! ¡Ya quiero leer más de esta serie!" **-Matt Sweet**

"La historia te lleva a un emocionante viaje. Es fácil enamorarte de los personajes. El mensaje de la historia expresa el verdadero significado de la amistad, la lealtad y la valentía." **-Kate Sweetman**

"Es una gran historia, con personajes bien creados en un mundo, todo, propio. Tiene una familiaridad que te atrae y te mantiene queriendo saber qué sucederá. Es muy fácil meterte en la historia y aunque la dejes, es aún más fácil volver. No tendrás que volver a empezar. Realmente disfruto a todos los personajes involucrados en la historia. Muchos de ellos son los mentores de un personaje que está tratando de encontrar su propósito and dos mundos que todavía tiene que comprender." **-Gaby Bucci**

"Mark Trogmyer llena de esperanza al futuro en este increíble libro. Anthony S. Parker desarrolló la historia y a sus personajes de tal manera que nos podemos relacionar con ella. Esta serie me ha introducido al Mundo de lo Desconocido y nunca quiero salir de él." -**Dunken López**

"En cuanto empecé el libro estaba ansioso por terminarlo. Ahora estoy igual de ansioso por terminar la serie y saber más del increíble Mundo de lo Desconocido que Anthony Parker creó y en el cual puedo escaparme." -**Adrián Enríquez**

"Desde que comienzas a leer este libro, el primer capítulo te pica e inmediatamente tu curiosidad despierta y no quieres dejarlo. Este libro debería ser lectura obligada si te gusta la ficción fantástica. Anthony Parker usa el género para reinventar situaciones cotidianas en el reino del Mundo de lo Desconocido lo que lo hace más sencillo de comprender y para los lectores de sentirse relacionados. El autor Anthony Parker tiene un talento único para escribir. Si disfrutaste este libro como yo, entonces estoy segura de que este libro tiene el éxito asegurado, ¡no puedo esperar para seguir leyendo!" -**María Ana Sánchez**

"No leo muchos libros, pero cuando lo hago soy muy selectivo. Elegí el primero de estos libros y estuvo genial. No quería dejar de leerlo, el suspenso me estaba matando. ¡No puedo esperar al siguiente, estoy seguro de que será mucho mejor! El autor Anthony Parker realmente le dedicó mucho tiempo a la escritura del primer libro y ¡no puedo esperar a ver qué más nos dará!" -**Tina Bellon**

"Estoy disfrutando mucho la saga hasta ahora. Soy un gran fan de los libros de fantasía, y el libro es justo lo que disfruto. Me sentí cautivado al ser llevado a un nuevo mundo que el autor creó en este libro. Si no estuviera tan ocupado, probablemente ya habría devorado la serie completa." -**Christian Alexander Billingsley**

"Desde el principio, desde que me contaron sobre la serie, me interesó. Leí el primer libro y me pareció fantástico. Los personajes son memorables y agradables, mis favoritos fueron Burgesis y Barty. ¡Obtuve el segundo libro y estuvo fenomenal! Hubo mucha acción e interacción entre los personajes. ¡En verdad no puedo esperar para los siguientes libros! -**Maureen Phinney**

"Gracias por darme el primer libro autografiado. Mi hijo lo ama y no lo ha podido dejar de leerlo desde que se lo di. Son las 2 am y tuve que quitarle el libro para que pueda dormir. ¡En las primeras quince páginas ya estaba amándolo! ¡Muchas gracias por lograr que mi hijo comenzara a leer otra vez con tus libros! Espero con emoción leerlo cuando él termine." -**Tony Caruso, Delaware.**

"Cuando abres este libro, entrar a un mundo de maravillas, esperanza, y magia. Un mundo donde todo es posible con comprensión y fe en la bondad de la gente. Sentirás como si estuvieras caminando junto a Mark Trogmyer, sintiendo las maravillas y emociones como él. Anthony ha creado un mundo y unos personajes que te absorberán por completo y por lo cuales comenzarás a sentir cariño. Nos ha adentrado a sentir cómo ellos han decidido el camino correcto. He reído y llorado con y por los habitantes del Mundo de lo Desconocido. Sus historias se apoderaron de mí desde el primer párrafo y no me soltaron hasta el final. ¡Ya quiero profundizar y descubrir cómo esta travesía y sus héroes progresan! -**Christina Astrid Ferrante.**

"Hola, Anthony. Mi novia y yo amamos tu libro. Honestamente no podíamos dejar de leerlo. Después de los primeros días, llegamos al capítulo cinco y ya queríamos saber qué iba a pasar. Mi novia, Ella, amó al personaje de Whiskers porque le encantan los gatos, aunque también fue triste. Nos dormimos tarde terminando el primer tomo. Te agradecemos muchísimo por habernos enviado el libro y por la oportunidad de sentir la emoción de leerlo juntos. Como somos seguidores de El Hobbit y El señor de los anillos, tu libro nos enganchó fácilmente desde los primeros capítulos. Siempre decimos que deberíamos leer más libros, sobre todo juntos, y ahora, durante las circunstancias actuales, tu libros nos ha ayudado a distraernos de lo que está sucediendo en el mundo. Sin duda alguna leeremos el siguiente libro porque ya queremos saber qué va a pasar, ¡qué suspenso! -**Scotty Jockey y Ella, Wales, Reino Unido.**

"Una historia fantástica, una lectura sencilla, con buenas descripciones y personales geniales. Apasionante, siempre te deja con ganas de saber qué pasará a continuación. Si estás buscando evasión, ¡lee este libro! No puedo esperar para leer el siguiente. 4/5 estrellas. -**@read_with_cc (Instagram), Reino Unido.**

"¡Un libro increíble! Me encantó cómo está escrito y que es muy fácil de leer, La historia es provocativa y única, llena de acción, misterio e intriga que me dejaron en suspenso todo el libro. Amé este libro y lo recomiendo para todos los amantes del género de fantasía. Mi escena favorita es cuando Mark Trogmyer conoce el Mundo de lo Desconocido; ¡me dejó una impresión permanente que me hizo reflexionar en mi propia vida! Este libro fue un verdadero gozo de leer, hace mucho que no leía algo así, ¡refrescante! ¡Muchas gracias por la oportunidad de poder leer tu libro! -**Jarvis Baxter, Reino Unido**

Tabla de contenidos

Capítulo	Nombre	Página
1	En el comienzo (primitus)	1
2	Frank Burgesis y Susie Que	19
3	La aventura	38
4	Un camino menos recorrido	51
5	Un nuevo mágico comienzo	68
6	Los elementos básicos	76
7	Fuego y aire/viento	84
8	Agua y tierra	89
9	El reto	93
10	Los otros	97
11	Morales y virtudes	103
12	Huyendo	112
13	El río de la paz	122
14	Los rebeldes	136
15	El protegido	143
16	La Guardia	152
17	Prado Armonía	159
18	La Guardia continúa	165
19	Esperanza	168
20	Pam y la decisión familiar	178
21	La transferencia	187
22	La conexión familiar	191
23	Y entonces el mundo se oscureció	197
24	Se busca	203
25	La decisión de La Guardia	207
26	Los traidores	210

27	El juicio	219
28	El túnel	220
29	El veredicto	225
30	Arreglar un corazón roto	228
31	La luz del perdón	231
32	Pine, Rose y amigos o enemigos	235
33	La decisión de continuar en movimiento	246
34	La pérdida de un ser amado	251
35	Un cambio en el corazón	257
36	El camino de la fortuna y la desgracia	268
37	Amigo o enemigo	274
38	Whiskers y su esposa Gretta	279
39	En el comienzo: Los siete guardianes, las siete virtudes y los siete pecados capitales	290
40	El libro del Conocido	295
41	La pesadilla de los sueños	304
42	La debilidad de un gran líder	308
**	Próximamente/fuentes	310
**	Ilustraciones de los personajes	311
**	Tabla de los personajes	314
**	Sinopsis del volumen 1	**

Página de autógrafos

"Los sueños no deben ser llevados al cementerio de los fracasados. ¡Deben ser logrados sin importar el costo, el dolor o tus miedos! ¡Oblígate a la grandeza and nadie podrá evitar que logres todo tu potencial para vivir en total y absoluta felicidad!"

Anthony S. Parker

_____

"Soy el dueño de mi destino; soy el capitán de mi alma."

-William Earnest Henley, Invictus

Introducción

¿Alguna vez se han tomado el tiempo para pensar profundamente sobre cómo es el mundo ahora? Tal vez no les importe... o tal vez se han dado cuenta de las cuestiones urgentes y las agitaciones con las que la gente lidia cada día. Tal vez esta lucha que ven que las personas atraviesan les causa insomnio y los mantiene en constante estrés. Y entonces se preguntan cómo podría ser peor el mundo... Tengan presente cómo es el mundo hoy mientras leen este libro. Esta historia es más profunda de lo que aparenta, ya que nada en el Mundo de lo Desconocido es lo que parece...

¡ADVERTENCIA!

La tierra y el Mundo de lo Desconocido en el año 3176... Es con gran tristeza que temo que sus problemas apenas comenzaron cuando abrieron este libro hoy. Tal vez pensaban que estarían abriendo un libro con una historia fantástica sobre el cerebro y sus maravillosos cambios y avances en el futuro. Tristemente no es el caso, de hecho, Mark Trogmyer (el personaje principal de esta historia), desea asegurarse de dos cosas antes de que comiencen esta travesía con él. Primero, que no son Nerogroben o defensores de su cruel ejército porque incluso teniendo en sus manos este libro podría considerarse traición. Finalmente, si disfrutan la aventura, la magia y los lugares lejanos, han elegido el libro correcto. Serán llevados a nuevas profundidades del pensamiento mientras reflexionan cuidadosamente la historia de la profundidad de Mark Trogmyer en tiempos de peligrosas aventuras. Cuando estén listos para darle un vistazo a este libro, les recomiendo llevar la sinopsis que se encuentra al final del libro y doblarla a la mitad. De esta manera podrán saber dónde están en el Mundo de lo Desconocido. Es bien sabido que gente ha sido atrapada y puesta en peligro mortal cuando son descubiertos con este libro en la mano por la persona incorrecta del Mundo de lo Desconocido.

Capítulo 1

En el comienzo [primitus]

Tierra 3176 – Suffolk, Virginia.

-Mamá, ¿estará bien? ¡DIME QUE WHISKERS ESTARÁ BIEN!, -le grité a mi mamá mientras escuchaba los maullidos y alaridos de mi gato en su jaula de transporte junto a mí. Comencé a enjugar mis lágrimas en tanto que ella frenaba a causa de unos carros obstaculizando en el carril.

-No lo sé, cariño, tenemos que ver qué dice el doctor, -mi mamá susurró mientras atravesaba la gasolinera evitando los carros del siguiente carril. Finalmente llegamos a la oficina de la veterinaria después de lo que habían parecido horas.

Me precipité a la oficina y llevé a Whiskers con el técnico médico. Tan pronto como les di a Whiskers ellos lo llevaron inmediatamente a la parte trasera del lugar mientras yo trataba de seguirlos. Otra persona me detuvo rápidamente de pasar a través de las puertas dobles al mismo tiempo que alcancé a verlos poner a Whiskers en la mesa y conectarlo a cables y tubos, y sacarle sangre.

-¡WHISKERS!, -grité con miedo mientras lloraba. Había gente en la oficina viéndome llorar, pero a mí no me importaba.

Reflexioné sobre los días en que vi por primera vez a mi gato Whiskers, él era mi gato. Pero había sido él quien nos había adoptado a nosotros tres hacía cuatro años. Todos los niños de la colonia hablaban de él, no era querido ni intocable.

Era una cosa vieja escurridiza que parecía estar buscando las únicas dos cosas que nadie parecía poder darle: confort y un poco de amor y atención. Me preguntaba qué tan lejos y por cuánto tiempo habría viajado antes de entrar en nuestras vidas. Me dio lástima el gato, y cada noche sus persistentes maullidos exigiendo comida hicieron que mi adolescente corazón quisiera cuidarlo. Por las noches me iba a escondidas al refrigerador, sacaba una salchicha del paquete, de una en una. Después la cortaba en pedacitos y me iba afuera para acompañarlo. Lo veía comer la salchicha agradecido, saboreando cada bocado como si fuera a ser su última comida en mucho tiempo.

Al principio era muy tímido y no me tomaba confianza, pero los dolores de panza por el hambre lo forzaron a, gradualmente, acercarse. Después de un tiempo, Whiskers se acostumbró a estar conmigo. Una noche antes de cenar, mi mamá quería servir salchichas y notó que ya casi no había. Preguntó si yo las había tomado.

Fue entonces que le dije a mis padres que quería adoptarlo. Después de confesarles que había estado alimentando a Whiskers les conté que había estado viniendo cada noche por comida. Al principio mis padres se opusieron a permitir que Whiskers se quedara en nuestro hogar. Por alguna razón sentí una conexión con él así que con unos días más de persuasión, mis padres compraron comida para gato, lo adoptaron y con el tiempo entró en nuestro corazón. Whiskers jugaba conmigo con sus juguetes y se veía feliz con nosotros por los cortos años que lo tuvimos. Pero un día de otoño fue el día en que todo cambió para todos y las cosas nunca volvieron a ser las mismas después de darme cuenta de cuán frágiles son nuestras vidas.

Después de esperar lo que parecían horas, me levanté y comencé a caminar hacia las puertas dobles.

-Mark, -me llamó mi mamá en vano. Miré a través de las puertas dobles y alcancé a ver a los médicos corriendo alrededor de la mesa donde yo lo veía luchar por su vida. Fue entonces cuando sentí la calidez de las manos de mi mamá sobre mis hombros.

-Vamos, Mark, tenemos que dejarlos hacer su trabajo; saldrán en cuanto las cosas hayan cambiado. -Asentí en silencio y regresé a la silla sentándome con mi mamá y escondiendo mi rostro en ella.

-¡Él es mi gato, mío, y no se suponía que le pasara algo!, -lloré frustrado mientras ella acariciaba mi cabeza y me besaba para consolarme.

Después de esperar una eternidad, la veterinaria salió de las puertas dobles y entró a la sala de espera.

Ella se sentó junto a mí y mi mamá sacudió la cabeza callada.

-Lo siento, intentamos todo lo que pudimos, no había nada más que hacer por él, -dijo la doctora.

-¡NOOOO!, -grité y corrí hacia las puertas dobles empujando a todo aquel que quería evitar que fuera hacia allá.

Fue entonces cuando lo vi, el cuerpo sin vida de Whiskers ahí, en la mesa. Era una escena surreal para mí. Había sangre por todos lados pero a mí eso no me importaba, yo no creía que él se hubiera ido, y no quería creerlo hasta que lo vi ahí en la mesa. Se veía en paz, como si ya no estuviera sintiendo dolor. Lo quería de vuelta para decirle una vez más que lo amaba. Sentí horrible, como si una parte de mí estuviera muerta. Como si el mundo entero se hubiera detenido a mi alrededor y no tuviera sentido continuar. Comencé a entrar en shock.

Podrá parecerte extraño, pero este gato mío no era solo un amigo, era también mi consuelo cuando estaba estresado o cuando me sentía solo. Pero ahora él ya no estaba más y no había nada que yo pudiera hacer para traerlo de regreso. La veterinaria dijo que Whiskers murió de viejo y que su corazón se había detenido, pero yo supe dentro de mí que mi corazón jamás dejaría de latir por él.

Nos subimos al carro en silencio. Mi mamá le habló a mi papá para contarle la mala noticia. Yo iba sentado en el asiento trasero y había comenzado a llorar encima de la caja blanca que contenía el cuerpo sin vida de Whiskers. Mientras la abrazaba estaba tratando de aceptar que Whiskers estaba ahora en un mejor lugar, tenía que ser así.

Tan pronto como llegamos a casa, corrí arriba a mi cuarto y me tiré en mi cama boca abajo y abracé mi almohada buscando consuelo, llorando a mares. Me sentía solo y que ahora había un vacío en mi vida que no podría ser llenado. Me dolía el corazón por él y sentía que mi estómago se retorcía de tanto estrés y de tanto llorar.

Unos momentos después alguien llamó a la puerta.

-Mark, -escuché la voz de mi mamá a través de la puerta cerrada. -Si quieres hablar estamos aquí para ti.

-¡Solo quiero que me dejen solo!, -grité y después escuché sus pasos alejándose. Continué llorando y llorando y deseando que regresara, que las cosas fueran más sencillas de enfrentar. Una hora después vi hacia afuera y pude ver a mis papás abrazándose. En unos cuantos minutos vi a mi papá con una pala, empezando a cavar un hoyo junto a una cama de flores que se encontraba a un lado del árbol cerca de mi ventana y ahí fue puesta la caja de Whiskers con su cobija favorita encima. Enseguida mi papá cubrió el hoyo y colocó una piedra pintada sobre la tumba con el nombre WHISKERS. Volteó hacia mi ventana y me saludó con la mano mientras yo asentí en agradecimiento para después regresar a mi cama. Me sentía muy agradecido de que mi papá hubiera hecho eso por mí. Fue desde ese momento en que supe que jamás olvidaría el 5 de noviembre de 3176. Menos de una hora después tocó a mi puerta y le abrí.

-Hola, campeón, -dijo mi papá con un tono triste mientras yo me sentaba y lo miraba en silencio. "¿Cómo te sientes? Sé que no quieres hablar de esto pero quiero que sepas que estamos aquí para ti."

Asentí y me acosté de nuevo dándole la espalda a mi padre. Él jaló las cobijas hacia mí y me abrazó diciendo: "buenas noches, tu madre y yo te amamos." Esa noche me acosté frustrado y un poco enojado. ¿Por qué permitiría Dios que me pasara algo así? Pensé. ¿Qué le hice a Dios para que me hiciera esto?, ¿por qué querría verme solo?, ¿Acaso no quiere que viva una vida feliz y con un propósito?, ¿Por qué no tomó mi vida en lugar de la de mi gato?, ¿por qué Dios no pudo ver la bondad en mí y perdonarle la vida a él? Dios había tomado lo único yo que había amado, y ahora había hecho mi vida insoportable... Estas frustraciones continuaron el siguiente día, estuve solo mientras mi mamá estaba en su trabajo. Llegó tarde a casa, cuando yo ya había cenado y me había ido a dormir.

Capítulo 2

Frank Burgesis y Susie Que

Tres días después

-Mark Trogmyer, han pasado tres días desde que Whiskers murió. Deberías seguir adelante y empezar a ayudar un poco en la casa, -dijo mi mamá mientras desempolvaba la mesita de la sala. Volteé a ver el lugar exacto donde yo recordaba que estaba el cuerpo de Whiskers, el cual estaba a unos cuantos metros de donde estaba mi mamá. Mis ojos se llenaron de lágrimas y corrí arriba, cerré la puerta y comencé a llorar en mi cama deseando que él estuviera aquí. Aún podía recordarlo en mis brazos como si fuera ayer, y sentir su ronroneo. Podía ver mi reflejo en el espejo de mi cuarto. Mis ojos azul oscuro estaban húmedos lágrimas, y mi cabello con sudor.

Mi mamá tocó a la puerta de mi cuarto y la abrió.

-Lo siento, Mark, -dijo y se sentó junto a mí en la orilla de la cama. Acarició mi cabeza y continuó, -tienes que entender que la vida no es para siempre, a veces la muerte llega a nosotros como un ladrón en la noche.

-¡No es justo!, -grité enojado mientras lloraba en sus hombros. Me apoyé en ella viendo los bowls vacíos en el piso, secando mis lágrimas con un pañuelo que ella me dio.

-Lo sé, Mark, a veces no lo es, y es cuando perdemos a un ser amado que nos damos cuenta cuánta diferencia o impacto tuvo en nuestras vidas. A veces es hasta ese momento, y es muy tarde. El tiempo de Whiskers llegó, y también el nuestro cuando tengamos que dejar este mundo e ir al que sigue, -dijo mi mamá quien ya había dejado de sobar mi cabeza.

El timbre sonó mientras yo tiraba al bote de basura que estaba junto a mi cama todos los pañuelos. Mi mamá se levantó y se fue del cuarto para atender a quien tocaba. Yo me quedé sentado en la cama, mirando al vacío. Fue en aquel momento que aprendí que la vida, en general, es tan frágil cuando llevas un jarrón de vidrio. También fue entonces que tuve el impulso de ver los dos bowls vacíos en el piso otra vez esperando que él regresara a mí.

Mientras pensaba en lo que mamá me había dicho y lo consideraba creí que tal vez no necesitaba olvidarlo, solo aceptar el hecho de que ya no estaba y hacer lo mejor de esta vida como se vaya dando.

-¡Mark!, -gritó mamá desde las escaleras.

-¿Sí, mamá?, -respondí acercándome a la puerta para escucharla mejor.

-Está aquí en la puerta un hombre que quiere hablar contigo, -mamá explicó viéndome desde el primer piso. -¿Puedes venir abajo y hablar con él?, estaré haciendo la cena si me necesitas.

-Está bien, mamá, -respondí. Asentí con la cabeza en acuerdo con mis propios pensamientos, -sí… trataré de seguir adelante, -tomé los bowls, los puse en una caja de zapatos y puse la caja en mi clóset.

Después bajé, abrí la puerta y vi ahí a un hombre viejo que estaba parado en la entrada. Sonreía entusiasta mientras me veía fijamente como si yo fuera una emocionante montaña rusa. Yo diría que este hombre estaba cincuenteando o sesenteando y no se vestía como si tuviera mucho dinero. Llevaba puesto un suéter gris con rayas amarillas sobre una camisa amarilla, y pantalones cafés. También llevaba unos zapatos negros antiguos tipo converse. Lo que sobresalía de él era su larga y gris barba que le llegaba hasta la cintura. Lo vi e incluso con 15 años él era tan alto como yo. Noté que tenía un tatuaje de un águila calva en el cuello por alguna razón. Me quedé ahí observándolo sin hacer nada, y después de un rato el momento se tornó incómodo entre los dos. Me sentía raro estando cerca de este hombre misterioso y no podía descubrir nada aún.

-Y bueno, ¿vas a invitarme a pasar? ¡No me estoy haciendo más joven!, -el viejo dijo riéndose. No lo conocía, pero me reí, asentí y lo invité a pasar a nuestra decente, presentable sala. No teníamos mucho, pero agradecíamos lo que teníamos.

-Me parece que algo que te ha cambiado sucedió recientemente, -dijo mirando cautelosamente alrededor del cuarto. Entonces caminó por el cuarto observando dónde estaban las cosas y sonreía ante nuestro tapiz floral.

-¿A qué se refiere?, -respondí preguntándome de qué estaba hablando mientras sacudía pelos grises de gato de mi playera azul y mis pantalones negros de mezclilla y me sentaba en el sillón enfrente de aquel hombre. Él se sentó en un sofá y volteó a ver la mesa de centro en frente de nosotros metido en sus profundos pensamientos.

-Bueno, quiero decir... pareciera que no sabes qué hacer de tu vida. Me refiero a que recientemente he notado un cambio en tu rutina diaria, frente a tu casa. He querido presentarme, mi nombre es Frank Burgesis, -dijo vacilante con una voz profunda mientras estiraba el brazo sobre la mesa de centro para darme la mano. -Sé que tu nombre es Mark Trogmyer y tus padres son David y Kathy Trogmyer.

Yo estaba impresionado pues parecía estar leyendo mi mente, ya que estaba a punto de presentarme y solo sonrió y me saludó.

-¿Qué lo llevó a la conclusión de que ha cambiado algo en mi vida?, -pregunté consternado de que supiera quiénes eran mis padres y que hubiera estado observándome. Primero me observó fijamente en silencio, después inclinó su cabeza y puso una cara reflexiva como debatiendo consigo mismo sobre si responder o no.

-¿Qué haces en tu tiempo libre?, -preguntó después de decidir evitar responder mi pregunta.

-Me encanta leer. En la escuela me han dicho que estoy en un nivel muy avanzado para mi edad ya que estoy leyendo libros de nivel preparatoria desde hace un tiempo, -dije orgulloso.

-Me lo imaginé. Sí te ves muy inteligente para tu edad. ¿Qué edad tienes?, -preguntó, viéndome genuinamente interesado, con sus dedos tocándose entre sí, sentado en la orilla del sofá como si estuviera listo para irse repentinamente.

-Tengo quince, pero en unos días cumpliré los dieciséis, -respondí viendo fijamente sus ojos verdes.

Había permanecido en silencio por un tiempo, observándome, y volteando a ver cuidadosamente al piso, dijo en un susurro casi inaudible: -aún es muy joven para entender.

-¡No soy demasiado joven para entender!, -dije en voz alta viéndolo a la cara con frustración.

Me miró sorprendido de haber dicho lo que estaba pensando. Su boca se movía como debatiendo si realmente decir algo o no. Repentinamente se levantó y comenzó a caminar hacia la entrada. Se volteó y me vio. Yo todavía permanecía sentado y enojado en el sillón siguiendo con la mirada cada movimiento que él hacía.

-Eso lo veremos, entonces, -dijo Burgesis sonriendo.

-Mañana en la noche, después de que tus padres se hayan ido a dormir, sal por tu ventana, baja por el árbol y nos vemos abajo. Vístete calentito porque mañana será un día frío, -instruyó.

-¿Por qué nos tenemos que ver de noche?, ¿por qué no puede decirme ahora mismo?, -pregunté frustrado, cruzando los brazos.

-De noche es más fácil explicarte las cosas, -dijo apurado Burgesis viendo su reloj debajo de su camisa de manga larga. -¡Ah, por cierto! Sin importar lo que pase... debes saber que todo estará bien.

-No soy demasiado joven para entender, -le repetí. -Dígame lo que me iba a explicar. ¿Cómo sabe que algunas cosas cambiaron en mi vida?, -exigí saberlo enojado mientras él caminaba hacia la puerta. Odiaba no saber las cosas.

Burgesis se volteó y caminó de regreso a la sala, y tranquilamente, como si nada hubiera pasado, dijo, -te diré entre mañana en la noche y temprano en la mañana, buen día, -después salió solo y yo quedé sentado e impactado.

Dos minutos después mamá entró a la sala desde la cocina que estaba en la parte trasera de la casa y preguntó, -¿quién era ese?

-Nuestro vecino, -respondí sintiéndome un tanto molesto. Me levanté del sillón, me estiré y la seguí a la cocina.

-Qué curioso, no recuerdo haberlo conocido cuando nos mudamos, ¿cómo es?, -preguntó mientras terminaba de hacer la cena.

-Es raro y no muy platicador, -respondí mientras las tripas me gruñían de hambre.

-¿Y qué quería?, -preguntó mamá viendo cómo me agarraba el estómago. -¿Estás bien?

-Sí, solo tengo hambre. Quería presentarse, su nombre es Frank Burgesis, -respondí mientras me veía y yo evitaba hacer contacto visual agarrando una taza de la alacena para servirme agua y tomármela.

-¿Podrías limpiar y preparar la mesa? No te preocupes, la cena casi está lista, -dijo. Asentí, me volteé y caminé hacia el baño. Comencé a pensar sobre la conversación que habíamos tenido, sobre lo que yo ya sabía. ¿Acaso era yo demasiado joven para comprender?, ¿por qué quería que nos viéramos durante la noche en vez del día?, ¿cómo haría eso que fuera más sencillo explicarme las cosas?

Después de poner la mesa, mamá terminó la cena y estaba sirviendo los platos mientras yo le ayudaba a ponerlos en su lugar en el comedor. Escuché rechinar unas llantas y volteé a la ventana de la cocina que estaba sobre el lavabo, fui a escuchar quién pitaba y vi que era papá. Finalmente había llegado a casa después de un largo día de trabajo. Traía puesto su traje de negocios y su portafolios. Papá trabaja en una empresa de ventas como parte de la junta directiva y es socio de su amigo que vende baterías por todo el mundo. Estas baterías dan energía a aparatos desde computadoras hasta avanzados reproductores de música, celulares holográficos y sistemas de videojuegos. Estos productos tenían energía gracias a las

baterías de celular que mi papá supervisaba, y los cuales contenían energía nuclear. Papá había entrado y se había puesto ropa cómoda al mismo tiempo que mamá había terminado de poner la comida y las bebidas en la mesa. Nos sentamos y después de un rato papá prendió la tele y puso las noticias.
-Como ya saben el clima afuera está caliente y estará húmedo durante los próximos días. No se preocupen si duermen todo el día, las siguientes noches llegaremos a los 50 y 60 grados, -dijo el presentador del tiempo graciosamente mientras papá movía su cabeza en silencio. Después, un reportero comenzó a hablar sobre crímenes en el área. Pude notar cómo habían cambiado las cosas durante los últimos años, se habían puesto peor. Moví mi cabeza decepcionado. Había mucha maldad en el mundo. Yo solo deseaba que las cosas fueran diferentes, que la gente fuera un poco más honesta, respetuosa y se llevará mejor siendo más comprensiva con los demás. Deseaba que dejaran de odiarse los unos a los otros y de discutir sobre cosas que no importaban. Cada tercer día había al menos un asesinato, un robo o un secuestro del que no había aprehendidos. Escuchábamos sobre llantas de carros cortadas en la ciudad o arrestos por drogas. No parecía que fuera a cambiar pronto, pensaba mientras terminaba de comer mi hamburguesa.
Después de ver las noticias y cenar, mamá y papá nos llevaron afuera al carro y papá nos contó sobre su día de trabajo. Me senté en el asiento trasero y escuché música mientras

cruzábamos las calles de siempre en nuestro pueblo. Algunas veces manejábamos por calles que no conocíamos mientras la gasolina se evaporaba.

Apenas eran las seis de la tarde, así que mis padres y yo no estábamos preocupados por el tiempo o por las personas a nuestro alrededor, quienes hacían sonar su claxon impacientes y enojados, como si el fin del mundo estuviera cerca. Era Washington, DC a donde habíamos terminado viajando y, por supuesto, la gente actuaba como debía, y a donde ellos iban era más importante. Los turistas en todas las ciudades similares son muy fáciles de identificar. Nos detuvimos en una señal de alto, y gente con cámaras alrededor de sus cuellos se encontraban a un lado de la calle, tomando fotos del monumento de Washington o de La Casa Blanca.

Fue entonces cuando me di cuenta de que en la multitud de turistas alguien se acababa de robar una bolsa. Un oficial de la policía que estaba cerca silbaba al ladrón, pero de todos modos logró huir. Me sentí decepcionado. A pesar de que las ciudades en Estados Unidos son enormes y la seguridad es fuerte, mayormente, los crímenes son dos veces peores. La población ha crecido significativamente con el paso de los años y ahora las calles están

llenas. Hay peleas todo el tiempo sobre cuestiones políticas, etc. Protestas y violencia que han sucedido en el pasado y que se han hecho más frecuentes no solo en Washington, DC sino en todos lados. Últimamente pareciera que la gente siente que el mundo les debe éxito y felicidad y que ellos no deberían esforzarse por lograrlo. Todos los días había gente asesinada por sus creencias religiosas, por su raza o trasfondo laboral, e incluso inocentes espectadores que estuvieron en el lugar equivocado en el tiempo equivocado. Hubo cortes de agua algunos años atrás y masas de gente migraron de todo el mundo a los Estados Unidos. Las cosas en general se han puesto peor en la tierra los últimos mil años mientras nuestra tecnología se ha desarrollado.

La gente ha olvidado cómo tener una conversación normal y una relación normal con los demás.

Mientras me encontraba profundamente inmerso en mis pensamientos no me di cuenta de que mi papá había bajado el volumen del radio y estaba tratando de hablar conmigo mientras apuntaba algo fuera de la ventana abierta.

-¿Qué dijiste, papá?, -pregunté.

-¡Estaba tratando de decirte que camino por esta calle hacia mi oficina todos los días desde el estacionamiento!, -dijo papá orgulloso señalando y saludando al encargado del estacionamiento. El encargado del estacionamiento lo reconoció y lo saludó también. Entonces continuó la conversación con mi mamá sobre cómo iba el trabajo, yo no estaba prestando atención completamente.

Continué observando lo que sucedía afuera a nuestro alrededor. Veía a los vendedores con sus productos en la calle, como muñecos cabezones del presidente de Trípoli sobresaliendo de sus carritos sobre la acera para los turistas en ese lado de la calle. Llevábamos viajando un rato y mis padres decidieron detenerse en "Sam's Burgers & Steaks" por helados, que se encontraba un poco más lejos por esa calle.

Nos estacionamos y entramos. Me llegó el olor familiar de las hamburguesas en la parrilla y las papas a la francesa. Vi a gente parada en la entrada escaneando sus brazos a la salida para pagar por la comida que le habían pedido al mesero. -Siéntense donde sea, -dijo un hombre de cabello oscuro, impaciente detrás del mostrador, señalando el área de comedor.

Nos sentamos cerca de la puerta, y mis padres se sentaron frente a mí. Permanecí sentado en silencio viendo a la gente sentada a nuestro alrededor. Frente a nuestra mesa había unos padres sentados con sus dos hijos pequeños. Era triste ver que estaban más al pendiente del celular que de sus hijos.

Había alrededor de diez mesas ocupadas en total, no estaba completamente lleno, pero todos los meseros se veían ocupados atendiendo otras mesas. Después de esperar alrededor de tres minutos, mis padres voltearon a ver a su alrededor.

-¿Dónde está nuestro mesero o mesera?, -preguntó mi papá impaciente sin dejar de buscar con la mirada.

-El lugar está algo lleno, dales un poco de tiempo, -dijo mi mamá viéndome y después a mi padre firmemente, él asintió y me volteó a ver.

Una mesera afroamericana llegó a nuestra mesa. Era de peso y altura medias.

Tenía su nombre en una etiqueta que decía Susie Que.

-Bueno, ¿qué van a querer?, -preguntó con mucha actitud viendo a mis padres y después a mí. -Lo que sea, no desperdicien mi tiempo. Tengo otras mesas que atender, así que no tarden todo el día decidiendo. ¿Qué desean tomar?, -continuó bruscamente, reventando un chicle que traía en la boca.

-¿Qué tienen?, -le pregunté inquisitivamente a Susie Que.

-Ah, ¿así que quieres ser uno de esos clientes?, -dijo moviendo la cabeza en desapruebo. -Las bebidas están en la parte trasera del menú.

Volteé el menú y vi que tenían sodas, tés y otra variedad de bebidas.

-Yo quisiera un agua, -dije firme.

-Ah, ¿así que solo quieres agua después de hacerme perder el tiempo preguntándome qué hay?, -dijo sacudiendo su cabeza de nuevo.

-Ya sabes que tenemos agua, no tenía caso que me preguntaras qué tenemos de tomar si solo ibas a pedir agua, ¡vamos!, -dijo impaciente escribiendo agua. -Lo siento, tráeme una coca entonces, -le dije viéndola y disculpándome.

-¡Caray!, ¿en qué se ha convertido este mundo? -dijo molesta moviendo la cabeza de un lado a otro mientras cambiaba la página de su libreta y escribiendo mi pedido.

-A los dos nos gustaría agua, -dijo mi mamá viendo a mi papá.

-Mmm, así que no obtendré mucha propina de esto, -se dijo a sí misma en voz baja escribiendo las bebidas y yéndose.

Dos minutos después regresó con una coca y dos vasos de agua y añadió, -¿qué más pedirán?, ¿no es el cumpleaños de alguno de ustedes, verdad?, -preguntó Susie Que señalándonos con curiosidad. -Porque nuestro desfile cumpleañero vino y se fue. No tenemos tiempo para estar cantando las mañanitas, o feliz aniversario o ningunas felicitaciones para nadie hoy.

-Oh, no. Estamos tratando de animar a nuestro hijo con una nieve ya que nuestro gato murió, -dijo mi padre mirando el cabello largo y negro teñido de rubio de Susie Que.

-Menos mal. Bueno niño, es mejor acostumbrarse a la muerte, sucede todos los días en las calles por aquí. Sé feliz porque estás vivo y que fue tu gato el que murió y no tú, -dijo Susie Que algo grosera viéndome. -Tienes que hacerte fuerte allá afuera, no todo es arcoíris y florecitas. Si quieres algo en la vida, tienes que luchar por ello. ¡Debes de probarle, no solo a los demás, sino a ti mismo que quieres y mereces el éxito! Tus padres están literalmente tratándote como a un puerco que va al matadero. -

Ella continuó viendo a mis padres boquiabiertos e impactados por lo que decía. -Lo siento, pero los niños de ahora necesitan saber lo mala que es la vida allá afuera, y cuán frágil es, y que la vida debe ser respetada. ¡No pueden ser ingenuos en la vida, es mejor ser fuerte y saber lo que deben para sobrevivir y a lo que se enfrentan!

Tus padres deben darse cuenta de que si algo les pasa mañana no podrán ir a comprarte una nieve para hacerte sentir mejor. Saben que no deberían estar haciendo esto, ¿verdad? Quiero decir que cada que algo o alguien que conocen se va o se muere no deben ir a comprar nieve, -continuó Susie Que enfáticamente. -¡Si no terminarás como una bola de niño!

-Te agradecería si solo nos traes nuestros helados, -dijo mi mamá bastante enojada mientras me miraba preocupada después de recuperarse de la impresión.

-¡Oh, lo siento!, ¿te lastimé más, hijo? Bueno, deberías acostumbrarte. No sirve de nada endulzar las cosas. Siendo la vida tan corta, tienes que disfrutar la vida mientras la tengas, ahorita regreso, olvidé sus popotes, -dijo Susie Que mirándome y luego a mis padres, quienes movían de un lado a otro la cabeza mientras ella se alejaba.

-Qué horrible mujer, -dijo mi mamá viendo a mi padre fruncir el ceño.

-¿Saben qué? Creo que tiene razón, -dijo mi papá viendo a mi mamá mientras ella levantaba sus cejas en señal de sorpresa. -

Tiene que hacerse más fuerte, si algo nos sucede esperamos que pueda sobrevivir sin nosotros, necesita ser fuerte en este mundo tan loco.

-¿Qué quieren decir? Los dos estarán siempre aquí, ¿no?, -pregunté preocupado viendo a mis padres viéndose entre ellos.

-Claro que sí, -dijo mamá mientras Susie Que regresaba con los popotes.

Un hombre viejo sentado a unas mesas comenzó a silbarle a nuestra mesera y le tronaba los dedos. Ella lo vio con actitud retadora. Él continuó tronando los dedos. Entonces ella volteó a vernos y dijo, -¿me disculpan otra vez?

Mis padres asintieron en silencio mientras ella fue hacia la otra mesa y dijo en voz alta, -¿me parezco a su perro, señor?

El cliente se puso rojo.

-No me gusta que me esté llamando mientras estoy ocupada atendiendo otra mesa. ¡Eso fue muy grosero! Así que voy a continuar atendiendo a esas amables personas y usted tendrá que esperar su turno, -le dijo al hombre mientras nos apuntaba con el dedo y él se levantaba a buscar al gerente.

-Adelante, vaya a hablar con el gerente, viejo tonto, -le dijo al anciano al mismo tiempo que se alejaba de su mesa y se acercaba a la nuestra.

-¿Dónde están nuestros helados?, -le pregunté en un tono bromista cuando llegó con nosotros.

-¡Mark!, -me reprendió mi mamá con un gesto molesto.

-¡Así que ahora estás impaciente porque quieres tu helado!, -me respondió cuando yo tomaba mi coca y le daba sorbos sonriéndole y viéndola fijamente.

-Pues, ¿sabes lo que yo quiero?, quiero vacaciones pero eso no está sucediendo, ¿verdad? ¿Cuántos helados van a querer, señor?, - preguntó Susie Que viéndome impaciente y después a mi silencioso padre.

-Solo tres, señorita, -dijo mi mamá viendo a Susie Que. -¿Qué tipo de helados van a querer?, -inquirió sarcástica y amablemente.

-A mí me gustaría un helado de menta con grageas y jarabe de chocolate, por favor, -le dije a Susie Que, quien no me estaba prestando mucha atención.

Había una familia junto a nosotros, con dos hijos pequeños que estaban escupiendo mientras los padres estaban en el celular ajenos a lo que estaba sucediendo. Los niños comenzaron a reírse y los padres finalmente voltearon. -¡BASTA! O haré que los saquen de aquí rápidamente, -dijo Susie Que, entonces los niños brincaron y los padres se hicieron cargo.

-Gracias, -dijo Susie Que a los padres y ellos asintieron, después volvió a nosotros. -¡Dios mío!, bueno, ni siquiera sé si tenemos grageas; jarabe de chocolate sí. ¿Pero quieres que vaya hasta el refrigerador solo a traer el jarabe de chocolate y después quieres que vaya a la estación de helados y le ponga jarabe al tuyo?, ¿no quieres una cereza también?, ¿y ustedes?, -dijo moviendo la cabeza de lado a lado hacia mí y luego viendo a mis padres.

-No me gustan las cerezas, -dije severamente, -y tendré ese jarabe de chocolate si es posible.

-Nosotros quisiéramos dos helados de vainilla y jarabe de chocolate en el mío también, -dijo mi papá sonriéndole a la mesera.

-Sería mucho más fácil si todos los helados fueran de vainilla con jarabe de chocolate, -gruñó y se alejó.

Después de ordenar nuestros helados a Susie Que, volteamos a ver cómo los demás eran tan groseros e irrespetuosos unos con los otros. Mamá platicó sobre su día y lo que había hecho y de que había notado que yo había pasado todo el día en mi cuarto.

-Tu mamá me dijo que has estado triste por Whiskers, Mark, -dijo papá desde el otro lado de la mesa viéndome fijamente, -nos dimos cuenta de que guardaste sus platos después de haber estado afuera por tres días, -continuó sin dejar de observarme.

-Estamos preocupados por ti, ¿estás bien?, -dijo mamá metiéndose a la conversación mientras miraba con precaución a papá y luego a mí.

-Estoy bien, simplemente no entiendo por qué la vida es tan corta, así que estoy tratando de aceptarlo. Por eso guardé sus platos, estoy tratando de seguir adelante como me dijeron, -dije tranquilizadoramente viendo a papá más que a mamá, ellos se voltearon a ver. Susie Que regresó a nuestra mesa con los helados.

-Encontré el jarabe de chocolate al fondo del refrigerador pero no tenemos grageas, -dijo Susie Que; le agradecimos y se fue.

-Como estaba diciendo, siempre trataremos de estar ahí para ti, -dijo mi papá mientras volteaba lentamente a ver a mi mamá.

-Pero lo que debes entender es que la vida no es eterna. Podrá llegar un tiempo en el que no estaremos más ahí. La vida en la tierra es tan impredecible y nunca sabemos cuánto tiempo vamos a vivir. Tu mamá y yo bien podríamos morir mañana. Susie Que tiene razón en muchas cosas, la vida no es una broma, pero es lo que hace funcionar al mundo. El propósito de esta vida es vivirla al máximo, sin arrepentimientos, -continuó mientras Susie Que ponía la cuenta sobre la mesa, sonreía, nos agradecía amablemente y se iba.

Vi por la ventana y vi que había abuelos afuera con sus nietos, cruzando la calle tomados de la mano. Terminé mi helado y me limpié del rostro los restos del chocolate y me tomé el resto de la coca. En ese momento me di cuenta, lo que fuera que Burgesis tuviera en mente, yo necesitaba estar ahí. No quería perder la oportunidad. Estaba seguro de que no quería matarme. Era obvio que si me quería muerto, ya me habría matado. Yo solo quería entender qué era lo que quería decirme. ¿Qué era aquello que yo era muy joven para entender?

Estábamos camino a casa. Saqué la cara por la ventana abierta del carro para sentir la brisa fresca que disfruté con cada respiro. Una vez en casa di las buenas noches, agradecí por el postre y me fui a mi cuarto. Entonces abrí la ventana de mi cuarto, me acosté en mi cama y esperé ansioso a que mis padres se durmieran. Esperé hasta que lo único que se escuchaba era el sonido del aire acondicionado. Decidí quedarme un rato más en mi cuarto, me volteé silenciosamente hacia mi reloj despertador para ver la hora. Eran las 2 am, estaba sorprendido de que mis padres se hubieran quedado despiertos tan tarde, pero entonces me di cuenta de que no tenían mucho tiempo para ellos solos. Comencé a pensar en el ocupado horario de trabajo de mi papá, de lunes a sábado de 8 am a 6 pm. Era muy frustrante para mí darme cuenta de que aunque la vida es corta, tenemos muy poco tiempo de disfrutarla porque como adultos parecemos trabajar todo el tiempo. Cualquiera que fuera el tiempo que me quedara con mis padres, había aprendido ese día a disfrutarlo. Comencé a impacientarme porque quería saber lo que Burgesis deseaba. Quería saber qué me esperaba, las infinitas oportunidades. Sentía mariposas en el estómago por la emoción... 2:59 am. Un minuto, pensé. 30 segundos... 10 segundos... 5... 4... 3... 2... 1... 3 am.

Capítulo 3

La Aventura

Silenciosamente salí de mi cama con mi camisa azul de manga corta y pantalones deportivos. Entonces me puse mi sudadera azul y subí el zipper hasta la mitad. Me deslicé hacia el árbol de mi ventana, pude sentir en mi cara el aire frío de la noche. Bajé por el árbol hasta que mis tenis tocaron el frío pasto hundiéndose en la humedad y mojando mis calcetines; comencé a temblar.

Volteé a mi alrededor, escuché un crujido cercano así que murmuré nerviosamente, -¿hola?, ¿hay alguien ahí?. -Entonces alguien me tomó desde atrás y me tapó la boca mientras yo me retorcía asustado.

-No te muevas, no pasa nada, soy yo. -Alguien me dijo al oído desde atrás. Volteé y pude ver a Frank Burgesis. -¡Debes estar atento a tu alrededor, muchacho! La próxima vez observa antes de bajar. ¡Cualquiera podría haberte asesinado fácilmente desde atrás!, -dijo vigilando malhumorado la oscuridad que los rodeaba y asegurándose de que ninguna luz se hubiera prendido en las casas de por ahí.

¡¿Asesinarme, de qué estás hablando?!, -le pregunté alarmado y asustado.

-Ahora no, es muy peligroso que hablemos en este momento. Sígueme, no debemos ser escuchados, -dijo Burgesis firme al caminar rápido desde mi casa hasta la banqueta. -Estaba empezando a creer que lo habías olvidado o que te habías ido a dormir, -continuó en voz baja sin dejar de ver las casas de los vecinos que íbamos dejando atrás.
-No he dejado de pensar en lo que me dijiste en la mañana sobre que soy muy joven para entender lo que sea que querías decirme. Estaba esperando el momento adecuado para salir de mi casa, -murmuré mientras me mantenía cerca de Burgesis, tomamos la izquierda y caminamos sigilosamente por la calle.

Burgesis comenzó a mirar por detrás y alrededor de nosotros con mucha precaución mientras avanzábamos silenciosamente varias cuadras bajo la luz de la luna, parecía que llevábamos horas así. Unos momentos después volvió a observar a nuestro alrededor antes de dar vuelta hacia una zona arbolada

apenas visible gracias a un poste de luz muy tenue. Por alguna razón había mucha niebla alrededor del poste, lo cual no llamó mi atención en ese momento. Nadie habría notado que era algo fuera de lo ordinario. Burgesis caminó hacia el poste de luz y le hizo una reverencia antes de pulsar un pequeño botón. Justo después de hacerlo, un sendero fue revelado cuando la niebla se apartó. Fruncí el ceño ante el extraño gesto que hizo al poste y después me miró.

-Es una señal de respeto a los líderes del clan que tal vez llegues a conocer. Ahora dime todo lo que observes a partir de este punto con precisión y lo mejor descrito posible, -ordenó Burgesis al caminar a mi lado.

-Bueno, veo el sendero en el que caminamos ahora, es un camino de tierra o una vereda, no podría decirlo, pero está trazado por árboles, arbustos y matorrales, -le describí en voz alta, señalando con el dedo todo lo que veía.

-Exacto, exacto, ahora observa lo que está frente a ti y dime lo que ves con tu corazón, -dijo Burgesis susurrando calmado y sonriente, evitando contacto visual conmigo al mantener la vista hacia el frente cuando yo lo volteé a ver mientras continuamos por aquel camino.

-No puedo ver nada, estamos rodeados de oscuridad, -dije confundido. A medida que avanzábamos pudimos advertir una luz adelante. Burgesis había tomado un bastón que estaba recargado en uno de los arbustos a un lado del camino. Le dije, -

veo una luz, una luz al final del sendero. Ahora el sendero ha cambiado, está hecho de piedra. Puedo ver más claramente lo que está sucediendo delante y alrededor nuestro, -le expliqué al ver unas piedras enormes. -No entiendo, ahora las piedras parecieran crecer mientras avanzamos. Podríamos tener problemas para escalarlas, -le dije preocupado, pero él solo sonreía y permanecía callado sin dejar de caminar.

Al acercarnos, llegamos a una pendiente ligeramente inclinada. Este era el lugar donde yo creía haber visto aquellas rocas aparentemente grandes. Al final resultaron ser muy pequeñas. Eran las piedras más pequeñas, pero en la distancia parecían ser enormes.

-Estoy confundido, -le confesé a Burgesis. -¿Cuál es el punto de todo esto?, ¿por qué estoy aquí?, -le pregunté.

-¿No lo ves?, siéntate aquí, -respondió. Una banca había aparecido en el camino, casi como si hubiera salido de la nada, pero aparentemente solo estaba muy bien escondida. -Tómate un tiempo para pensar sobre lo que acabas de ver.

-¿Puedes explicarme lo que pasó?, -pregunté sorprendido al darme cuenta de que ya estaba sin aliento.

-Este camino, -dijo Burgesis al golpear las piedras con su bastón, -representa la vida y el cambio de material del que está hecho el camino representa las decisiones que tomamos. Las piedras representan los problemas que vienen después de tomar decisiones. Sentiste, cuando viste que las piedras parecían enormes en la distancia, el miedo llegar y tus deducciones te dijeron que podrías tener problemas más adelante. Justo como los problemas que sabes que podrías tener en el futuro, por ejemplo. Podrán parecer como un enorme problema con grandes consecuencias, pero cuando te acercaste a las piedras terminaron siendo pequeñas, manteniendo al camino en su forma. Igual que cuando te acercas a tus problemas para enfrentarlos y no son tan difíciles como aparentaban. Entonces, no son necesariamente la gran cosa o el fin del mundo, -dijo Burgesis sin perder su sonrisa.

-De repente me sentí triste, -le dije aun sentado a su lado en la banca. -¿Por qué es que cada día de esta semana me ha parecido igual que la siguiente en ratos? En muchos momentos me he sentido aburrido y decepcionado de mi vida.

-Si la vida te parece aburrida y decepcionante igual que el día anterior, es porque estás fallando en darte cuenta de las buenas cosas que llegan a tu vida cada vez que el sol sale y se pone. Si quieres cambios no puedes simplemente esperar a que sucedan, a veces tienes que hacer tú algunos cambios en tus propios hábitos para ver resultados en tu vida, -explicó Burgesis. -Por ejemplo, cuánto amas a los demás en tu vida, o cosas frente a ti en tu vida, como tu gato, Whiskers. Él fue un cambio inesperado pero a través de él aprendiste muchas cosas. Con este ejemplo aprendiste que no puedes tomar las cosas por sentado, y que es crucial sentirte agradecido por lo que tienes. Mucha gente no tiene tanto como tú, materialmente hablando, no son tan afortunados. No te das cuenta de que tienes una buena familia que te ama y te apoya solo por ser tú. Muchas personas no tienen familia o padres que los apoyan y aman por quienes son y lo que buscan lograr en su vida. La gente que sí se da cuenta se siente agradecida por lo que tiene, y esas son las personas que pareciera que no tienen muchos tesoros, pero ellos sienten que tienen al mundo en sus manos, -dijo Burgesis viéndome con su sonrisa.

-Así que eso fue lo que notaste. Whiskers. Ese fue el cambio que notaste en mi rutina diaria, -le dije a Burgesis al apuntarme con su dedo otra vez.

-Exacto, exacto. Me di cuenta de que Whiskers había muerto y por lo tanto, noté un gran cambio en ti. No solo porque cada mañana lo sacabas y tenías tres días sin hacerlo, sino que cada que salías en las mañanas, la luz de la felicidad ya no era tan fuerte en ti. Ahora ya ni siquiera sonríes tanto como antes. Cuando dejaste de salir en los últimos días sentí que algo estaba mal y que algo podría haberle pasado a Whiskers, -dijo Burgesis lentamente.

-Mi pobre Whiskers, no estuvo bien su último día. ¿Es por esto que creíste que algo malo le había pasado al no verlo?, -pregunté con tristeza.

-Tu gato, Whiskers, fue un amigo muy querido, en otro mundo diferente de aquí. Me ayudó a cuidarte mientras crecías y su esposa vive allá, en ese mundo. Tengo un don y, casualmente, tú también, -dijo.

-¿Qué tipo de don?, -pregunté. -¿Puedo volar?, ¿me saldrán alas?, ¿puedo controlar el clima cuando yo quiera?

-No, me estás malinterpretando... cuando digo un don no me refiero a superpoderes, -dijo sorprendido por mi emoción.

Yo me sentía emocionado y nervioso. Pensé que ese hombre estaba loco o se estaba volviendo loco. ¿Un don?, ¿qué quiere decir con un don?, ¡está loco!

Se rió de repente. -¿Crees que me he vuelto loco?, -preguntó incrédulo.

-Espera, ¿puedes leer mi mente?, -le pregunté tan rápido como le levanté de la banca completamente sorprendido.

-Solo pensamientos que tienen que ver conmigo, -dijo al levantarse de la banca y comenzar a caminar lentamente junto a mí.

-Mientras la gente sea positiva y feliz donde están y hacia dónde van, no deberían temer lo desconocido. Las personas son capaces de lograr todo lo que necesitan y quieren si disponen su mente a ello y trabajan para lograrlo, -dijo tratando de evitar mi última pregunta.

-En la vida, a veces nuestras decisiones no solo son nuestro propio reflejo sobre lo que somos y lo que creemos, también nos afectan de muchas otras maneras. Entonces no nos damos cuenta de que otras personas se ven directa o indirectamente impactadas por las decisiones que tomamos. El amor que le has mostrado a Whiskers lo notamos fuertemente los dos. Whiskers me mostró que eres especial en muchos sentidos; tu corazón emite luz en el camino que tenemos frente a nosotros, el cual representa tu vida, -Burgesis dijo mientras señalaba delante de nosotros al comenzar el camino hacia la luz.

-Pero, ¿qué pasará si elijo mal o si tomo la decisión incorrecta en el futuro?, ¿qué pasará si tomo una decisión que no estaba destinada a ser?, -pregunté preocupado.
-El destino del mundo y tu vida a veces se reflejan en las buenas o malas decisiones que tomamos. Como dije anteriormente, está en ti decidir qué hacer en tu vida. Tú controlas tu propio destino, por ejemplo, ¿qué está frente a nosotros ahora mismo?, -preguntó cuidadosamente Burgesis.

-El camino ahora está dividiéndose en dos y la luz está en ambos, -dije mientras pensaba que habría sido obvio cuál camino tomar si no hubiera luz en uno de ellos.

-Correcto. Uno debe ir por la vida tomando decisiones firmes, tratando de no tener arrepentimientos o los menos posibles. No es muy bueno tomar decisiones de las cuales no estás seguro. Ahora quisiera hacerte una pregunta antes de que decidas el camino que tomarás. ¿Quieres ayudarme?, -dijo Burgesis lentamente. -Piensa en tu respuesta primero, porque lo que estás a punto de responder podría cambiar tu vida si lo permites. La decisión que tomes podría incluso requerir que arriesgues tu propia vida. Estamos hablando de la posibilidad de experimentar un mundo no muy distinto al nuestro. Un mundo que está lleno de maldad también, y tiene atisbos de esperanza de restaurar la paz en nuestros dos mundos.

-¿De qué estás hablando?, ¿acaso no eres de este mundo?, -pregunté inseguro de esta afirmación.

-Sí, soy de este mundo, como puedes ver, pero soy más que eso, y tú igual si deseas experimentarlo. Si no, solo regresaré una vez a tu vida para darte esta opción, -Burgesis dijo mirándome.

-Necesitas poner tu vida en perspectiva. Sé que pareciera que estoy pidiendo demasiado de ti ahora, y tal vez seas muy joven, no sé. Debes entender todo lo que está pasando aquí. Esta 'ayuda' que te estoy pidiendo no es solo para mí o para ti, sino para el bienestar de ambos mundos aquí y allá, -dijo Burgesis cuidadosamente, viéndome directamente. -Ahora estaré esperándote al final del camino que elijas, cualquiera que sea. El camino de la izquierda te lleva directamente a tu cuarto y te hará olvidar mis conversaciones contigo o que fui a tu casa a hablar contigo. El camino de la derecha te lleva conmigo al Mundo de lo Desconocido, y ahí puedes ayudarme y ayudarnos a todos, -dijo Burgesis.

-¡No soy demasiado joven, no puedo serlo! Pero necesito tiempo para pensarlo... ¿podrías darme unos momentos... me iré para siempre?, -pregunté despacio y preocupado.

-Sí y cuando tomes la decisión de ir conmigo, tus padres creerán que no existes, si regresas, no importa cuántas temporadas hayan pasado en el Mundo de lo Desconocido (que es al mundo al que vamos) podrás volver y aún será como si el tiempo no hubiera pasado. Es como Un Viaje en el Tiempo, ¿entiendes?, -preguntó Burgesis pausando un momento.

-Sí, entiendo, -dije parado entre los dos caminos de luz. -¿Cómo se llega a este Mundo de lo Desconocido?

-Verás, si decides venir conmigo, en el camino que decidas viajar observarás el túnel de luz frente a tus ojos, sin embargo, esta transición en el tiempo puede suceder solo después de recitar un poema en específico, -Burgesis explicó.

-¿Qué sucederá si muero en el Mundo de lo Desconocido?, -pregunté volteando a ver el camino detrás de nosotros que ahora estaba oscuro.

-Entonces dejarás de existir y nunca habrás existido en el Mundo de lo Desconocido, he ahí la importancia del camino que elijas en vida. Hay pocas veces en la vida en las que tenemos una segunda oportunidad, -dijo tristemente Burgesis desapareciendo en el aire de la noche.

No sabía qué hacer, había aprendido mucho de Burgesis, pero ir a este Mundo de lo Desconocido con alguien a quien apenas conocía no me parecía correcto. Entonces tomé en consideración el hecho de que ni siquiera había visto el mundo todavía. Me quedé ahí aturdido tratando de decidir si tomar el camino de la izquierda o de la derecha. ¿Sería lo mejor tomar un camino que me lleve a un lugar al que jamás habría ido? ¿O sería mejor tomar un camino de regreso a casa para estar con mis padres en un lugar donde me sienta cómodo? No estaba seguro de qué era este Mundo de lo Desconocido ni conocía bien a Burgesis. Volteé de nuevo hacia atrás y todo lo que pude ver fue la quieta oscuridad. Yo sólo quería vivir mi vida con un propósito, para probar que soy mejor de lo que hay en el mundo. Sabía que Burgesis necesitaba mi ayuda. Yo quería mejorar la vida en la tierra y hacer la diferencia, pero si iba a casa, mañana temprano cuando despertara podría ver a mis padres. Así que me tomé un momento y recordé lo que mi papá había dicho ese mismo día: -la vida en la tierra es tan impredecible y nunca sabemos cuánto tiempo viviremos. Por lo que sabemos, tu mamá y yo podríamos morir mañana.

Pensé, ¿qué si mis padres en verdad mueren mañana?, ¿qué haría?, ¿a quién acudiría? Haber perdido a Whiskers era difícil de entender y de lidiar. Pero incluso imaginar perder a un miembro de la familia parecía insoportable de siquiera pensarlo. Continué pensando si quería disfrutar de la vida al máximo, y ¿qué es la vida sin un poco de riesgo? Así que, habiendo decidido firmemente, caminé hacia adelante y tomé el camino de la derecha sin arrepentimientos, y sin voltear hacia atrás.

Capítulo 9

Un camino menos recorrido

Caminé por el sendero débilmente iluminado sintiéndome emocionado ante la expectativa de esta aventura, quería un cambio en mi vida. Cuando llegué al final del camino de piedra vi a Burgesis parado ahí, sonriéndome. La fuente de luz que alumbró el camino todo el tiempo estaba flotando en el aire a la altura de mi pecho. Era un orbe flotante, circular como globo y espectacular a la vista. Tenía rayos luminosos de sol saliendo de él que me recordaban a una fuente de agua con luces saliendo de la mitad del orbe y golpeando su orilla como fuegos artificiales.

-Es bueno verte otra vez, ¿así que pensaste en lo que dije y aún así decidiste ayudarme?, -preguntó viéndome al tiempo que levantaba sus cejas mientras yo continuaba viendo el orbe de luz.

-Sí, dije firmemente al mismo tiempo que asentía con la cabeza.

-Puedo darme cuenta por tu personalidad que hay fuertes y positivas vibras de bondad y valores puros en ti, -Burgesis dijo observándome.

Lo volteé a ver y noté un brillo en sus ojos cuando le sonreí.

-¿Estás listo? Una vez que nos movamos de este punto no hay vuelta atrás, preguntó lentamente.

-Sí, estoy listo, -le dije decididamente viéndolo mientras él asentía.

-Este orbe de luz está iluminado por todo lo puro y bueno que hay en ti. Como es tu primera vez, pensé que esta manera de viajar sería la más adecuada, -dijo.

-¿Cómo supiste que sí te ayudaría? -Pregunté tocando el orbe sin dejar de verlo.

-He sentido mucha determinación en ti, lo cual concuerda con lo que Whiskers me había reportado. Tienes la necesidad de probarte a ti mismo ante los que te rodean. No creo que sea sabio sentirse así todo el tiempo porque otros tratarán de usar esto en tu contra en tiempos de debilidad. Es mejor confiar en tus instintos de ahora en adelante, -instruyó mientras yo asentía. -Este mundo al que estaremos viajando es como la tierra en cuanto a que tiene cuatro estaciones. Pero el ecuador va del noreste al suroeste, en vez de ir del este al oeste, así que es diferente y el ecuador en el Mundo de lo Desconocido puede ser frío y caliente en diferentes partes, -continuó.

Alcancé y toqué el orbe después de que él asintió en aprobación mientras lo tocaba. Entonces susurró:

-Hay un tranquilo lugar en mi corazón, como el que descansa de los días de dolor. Un sueño en lugares insospechados, de lugares desconocidos para el bien de los demás en este mundo, para restaurar la paz y la bondad del hoy de estos mundos en los que vivimos. Ya que en este mundo la vida del elegido ayudará a estos dos mundos en donde el mal existe, los unirá en la bondad y en la paz para siempre. Que los poderes y las gracias de nuestros mundos reinen para siempre, y si esto se mantiene, por el poder de la bondad y la esperanza a través de la fe pueda superar al mal. Hasta que la muerte nos llame...

No pude escuchar el resto porque los susurros se escuchaban a nuestro alrededor y los vientos se habían soltado y repentinamente había una completa oscuridad para pasar a una luz cegadora proveniente del orbe. Entonces sentí un empujón y un jalón. Vi que estábamos en una espiral de interminables túneles de luz girando y retorciéndose a nuestro alrededor, vi el área de árboles desaparecer mientras parecíamos entrar en un tornado. Volteé a ver a Burgesis preocupado. Él parecía comprender lo que yo pensaba y sentía.

-No te preocupes, seremos puestos suavemente sobre el Mundo de lo Desconocido para explicarte lo mejor que pueda todo lo que ha sucedido, -Burgesis dijo haciéndose escuchar entre los susurros del viento.

No estaba seguro del significado de esa frase, pero supe que era mejor no preguntar en ese momento.

Mientras nos acercábamos al final del túnel mi cabello corto no parecía estar volando mucho y podía ver nubes oscuras hacia las que nos aproximábamos lentamente. Salíamos despacio del túnel de luz y vientos mientras estos se disipaban, y vimos colores en el cielo arriba y alrededor nuestro. Me preguntaba si estábamos en el espacio. El orbe de agua me golpeó sorpresivamente y Burgesis tomó mi mano. Me sentí repentinamente motivado y lleno de una fuerte sensación de poder dentro de mí.

-No, -dijo Burgesis en voz alta como leyendo mis pensamientos. -No estamos en el espacio, Mark, pero estamos prácticamente sobre el Mundo de lo Desconocido. -Dijo apuntando a las oscuras nubes al tiempo que flotábamos. -Como te dije anteriormente, Mark, el orbe estaba iluminado por la bondad y la pureza que llevas en ti, y estas cualidades ¡pueden llevarte a lugares insospechados!

Burgesis entonces me jaló, se sentó en esta nube oscura y cruzó sus piernas. Seguí su ejemplo mientras él señalaba debajo de nosotros. Todo lo que podía ver era nubes grises y negras moviéndose alrededor.

-Verás, lo que está debajo de ti es el estado actual del Mundo de lo Desconocido, -dijo Burgesis en un tono triste. -Sé que se ve muy mal, pero no siempre fue así. -Miré abajo y todo continuaba siendo una oscuridad gris.

Burgesis susurró algunas palabras, y usando su mano, hizo un movimiento ondulante frente a él, y las nubes grises y negras sobre el Mundo de lo Desconocido se movieron temporalmente de nuestro paso mientras él veía hacia abajo atentamente.

-¿Qué pasó aquí? -Pregunté triste al sentir el frío aire que nos llegaba como brisa desde el Mundo de lo Desconocido. -Solo puedo ver una parte de este Mundo de lo Desconocido debajo de nosotros.

-Describe lo que sí puedes ver ahora mismo, Mark, -Burgesis dijo pesaroso señalando un área en específico debajo de nosotros y yo volteé.

-¿Tengo que hacerlo? -Pregunté afligido ante la más terrible y espantosa visión que jamás había pasado frente a mis ojos.

-Debes hacerlo, para que los otros puedan sentir el dolor y el estrés que sientes ahora mismo al ver el mundo debajo de nosotros, -dijo Burgesis entristecido.

-¿A qué te refieres con los otros? -Pregunté con curiosidad.

-Algunos de nosotros creemos que siempre hay alguien escuchando lo que sucede en nuestra vida espiritual. Alguien que, cuando nuestro tiempo llegue, nos juzgará por lo que sentimos, lo que dijimos, lo que pensamos, y por lo que decidimos actuar, y por cómo elegimos vivir nuestra vida, -dijo Burgesis con toda su sabiduría, asintiendo hacia mí para animarme a describir el horror que estaba presenciando.

-Debajo de nosotros, a la izquierda, veo una ciudad vigilada y amurallada con paredes de cemento. Afuera de Metromark hay naturaleza por kilómetros, pero también hay algunos pueblos pequeños. Justo debajo de nosotros, en la parte más baja de este Mundo de lo Desconocido, veo a un hombre y dos niños caminando por este sendero. Dos soldados acaban de detenerlos y ahora discuten con la familia. Esos pobres niños están pidiendo ayuda a gritos a un grupo de gente cerca de ellos que solo observan la escena, -dije dudoso mientras ponía mis manos en mi boca por la impresión.

-Continúa, -pidió Burgesis, quien veía conmigo la escena.

-Yo... yo... acabo de ver, el hombre, fue brutalmente asesinado con una espada por uno de los soldados, y los niños están llorando. Los soldados simplemente están parados ahí, riéndose de lo que acaban de hacer, de lo que pasó. Ahora los soldados se están alejando, dejando a la niña y al niño llorando al lado del hombre. ¿El hombre asesinado era el padre de esos pobres niños? -Pregunté horrorizado. Burgesis me hizo un gesto para que continuara explicando los eventos ocurridos debajo. -Los niños dejaron el cuerpo del hombre ahí en el camino, están huyendo, yendo hacia el lado contrario de los soldados. ¿Por qué nadie hace nada para ayudar al padre o a la familia? -Señalé enojado a las figuras cercanas que habían observado la escena y comenzaban a alejarse. -¿Por qué pasó esto? ¿Por qué nadie acudió a los niños cuando lloraban por ayuda?

-Ah, verás, la niña y el niño pertenecen al Clan del Gigante. Su padre era un informante de Nerogroben, y dio información falsa para proteger a su familia. Los hombres de Nerogroben mataron a su informante por dar reportes falsos, lo cual es considerado traición. Nadie del satélite Clan Elven que haya visto lo sucedido los va a ayudar. La razón es que los Gigantes y los Troles son el nivel más bajo en la jerarquía del Mundo de lo Desconocido, -

explicó Burgesis disgustado al tiempo que movía la materia gris para cubrir de nuevo el área debajo de ellos.

-Eso es terrible, -dije para mí, volteé a ver a Burgesis y le pregunté, -¿Qué está sucediendo en el Mundo de lo Desconocido para lo cual necesitas mi ayuda? ¿Quién es Nerogroben?

Burgesis levantó sus cejas y me volteó a ver sorprendido. -¿Acaso no acabas de ver y explicarme lo que estaba sucediendo ahí abajo?

-Sí, lo sé; pero, ¿cómo puedo hacer algo al respecto? -Pregunté moviendo mis manos hacia el área en que las nubes cubrían el lugar donde habíamos visto a la familia.

-Ahí abajo está el Mundo de lo Desconocido, es un lugar misterioso, con muchos secretos, -explicó Burgesis negando con la cabeza. -Nerogroben... ya llegaré a él. Este es el Mundo de lo Desconocido. Ahora mismo estamos sentados encima de la "materia gris", que es una sustancia parecida a una niebla gris que yace encima de este mundo. Probablemente lo mejor es no permanecer aquí mucho tiempo. La energía negativa que tienen nuestros cuerpos no reaccionará a la materia gris de inmediato. La razón es que todos en la tierra, de una u otra manera, tienen negatividad en ellos, a la cual estamos naturalmente atraídos. Si nos quedamos en esta área mucho tiempo, o hablamos de ciertas cosas, esta nube comenzará a irritar y quemar nuestra piel. Si se pone muy incómodo tendremos que irnos abajo, -dijo y yo asentí y permanecí en silencio. -Elegí este lugar para explicar todo lo que has visto hasta ahora. El Mundo de lo Desconocido es parecido y diferente a la Tierra de muchas maneras. Este es uno de los pocos planetas en el universo en los que puedes respirar oxígeno normalmente. Como la Tierra, tiene frío, calor, sequedad, y el clima es básicamente igual. Simplemente ya no vemos los rayos del sol, sentimos la temperatura como tú y yo estamos acostumbrados. Algo en que se diferencian estos mundos es que en tu mundo se lidia con la contaminación, lo cual es algo con lo que nosotros no tenemos problema. Tu mundo ya no tiene agua en muchos lugares y donde sí hay ahora, como en los océanos en la Tierra, están sucios y llenos de basura, -dijo Burgesis, quien parecía leerme la mente al tiempo que me sonreía.

Me pregunté por qué había dicho tu mundo... mientras lo miraba y le hice la pregunta.

-Digo tu mundo porque, en la Tierra, tengo que decir que es mi mundo también para poder integrarme. Pero cuando vayamos hacia abajo, al Mundo de lo Desconocido, cambiarás. Te lo digo ahora para que no te asustes, -dijo Burgesis mientras yo asentía preguntándome de qué hablaba y cómo iba yo a cambiar.

Burgesis movió las nubes de la materia gris otra vez, revelando cómo se ve el Mundo de lo Desconocido. La tierra rodeando la ciudad era enorme y tenía inmensas cadenas de montañas que podían ser vistas con cuerpos de agua proporcionalmente grandes. La naturaleza no parecía tener hogares fuera de la ciudad. Los soldados todavía parecían vigilar las puertas de la ciudad, la cual se veía oscura y lúgubre, y parecían estar listos para cualquier ataque. Me preguntaba por qué.

-Déjame responder a ese pensamiento, -dijo Burgesis triste mientras movía más materia gris. -Hace casi una vida de la Tierra, este Mundo de lo Desconocido se llenó con todo tipo de criaturas mágicas y humanos elfos mágicos. Tenían un conocimiento en común de magia básica entre ellos. Ha cambiado mucho desde la Guerra Oscura, y nunca ha vuelto a ser lo mismo, -dijo cuidadosamente mientras me veía.

Estaba emocionado con la idea de esta magia básica, pero lo dejé continuar después de una breve pausa.

-El Mundo de lo Desconocido, antes de la Guerra Oscura, era un mundo pacífico, no había jerarquías, ni maldad, ni odio, ni siquiera un indicio de la materia gris. Antes de que la Guerra Oscura comenzara, los pueblos estaban a un día de distancia, todos se llevaban bien. Así es como era el Mundo de lo Desconocido hasta ese día, el día en que nació un trol bastante malo y perturbadoramente oscuro. El nombre de ese trol es Nerogroben, y él un día decidió que el mundo no debía ser así. Se cree que Nerogroben creía ser dueño del mundo y que todos le debían algo. Sentía que todas las criaturas mágicas debían hacerle una reverencia a un líder supremo, no a cualquier líder sino a uno dominante. Un líder que nadie cuestionaría, ni del que dudaría. Él creía que el Mundo de lo Desconocido necesitaba tener este líder superior, quien estaba por encima de todos los demás clanes. Un líder que supiera sobre todo y sobre todos, y que no tuviera miedo ante pruebas o nuevos límites. La personalidad de Nerogroben es tan oscura y volátil que ha infectado a sus seguidores. Todos han cometido horrorosos y malvados actos, destruyendo pueblos, matando y torturando a quien se rebelara en su contra en nombre de la futura prosperidad. Todo esto era el pan de cada día mientras él se hacía cada vez más inseguro. Ha empeorado con el paso de los años al punto en que comenzó guerras contra quien se opusiera a él, muchas vidas buenas e inocentes se han perdido hasta ahora, -Burgesis explicó al tiempo en que yo me sentaba en total conmoción e indignación. Volteé a ver el Mundo de lo Desconocido que estaba debajo de nosotros mientras la materia gris se movía como las nubes en la Tierra.

-Durante la Guerra Oscura, Nerogroben y su ejército mató a todos aquellos que creían en la bondad, el amor y la felicidad. Especialmente a aquellos que estaban en contra de él, así que los tiempos se hicieron muy oscuros. La materia gris que comenzaba a formarse era muy tóxica. Sus poderes son muy fuertes, tan fuertes que si no se controlan, podría acabar con varias personas al mismo tiempo. Muchos de sus seguidores comenzaron haciendo obras malas como robar, matar, mentir, y se hacían cada día más violentos. Los humanos elfos mágicos ya

no se sentían cómodos con las criaturas mágicas aprendiendo más magia elemental y secretos de la antigua magia de ellos, por miedo a la posible conexión con Nerogroben. Con el tiempo sucedió lo inevitable, los humanos mágicos y las criaturas mágicas comenzaron a temerse. Esto ocurrió porque no sabían en quién podían confiar o a quién podían acudir. Sus propios amigos dentro de los clanes les estaban dando la espalda, por pura desesperación por sobrevivir. Había tanta maldad en los corazones, mentes y almas de las criaturas mágicas, que los humanos elfos mágicos se hicieron poco confiables ante cualquiera de ellos. Muchas de las criaturas mágicas buenas y de los humanos mágicos huyeron de la zona esperando encontrar refugio escondiéndose de Nerogroben. Los humanos elfos mágicos comenzaron a correr a las criaturas mágicas de sus hogares en Metromark porque aprendieron a no confiar en ninguna criatura mágica. Mark, tú tienes el poder de arreglar esto, -dijo Burgesis finalmente, viéndome preocupado.
-¿Yo? -pregunté. -¿Cómo puedo arreglar esto? ¿Esperas que yo sea capaz de hacer la diferencia en un mundo que está roto en varios pedazos? -continué consternado mientras pensaba para mí... yo solo era un chico, ¿cómo podía hacer una diferencia? Hay muchas criaturas mágicas y humanos elfos mágicos adultos en este mundo que ni siquiera querrían escucharme. Entonces dije, -espera, ¿son humanos mágicos o humanos elfos mágicos?

-Ah, esos son dos clanes diferentes; los humanos mágicos son del tamaño de un humano, con ojos morados y viven en la ciudad de Metromark. Los elfos mágicos están en el Bosque de los Olmos, son un poco más pequeños, pero no son humanos, -continuó Burgesis viéndome con una sonrisa. -¿Realmente tienes un concepto tan bajo de ti mismo para pensar que no puedes hacer la diferencia? Te dije que necesito tu ayuda porque en ti hay muchas de las últimas cualidades de pureza conocidas por la raza humana. Había señales que Whiskers tenía que hacer entre nosotros dos cuando encontrara al elegido. Tú tienes dentro de ti la habilidad de guiarnos con el ejemplo, tienes la capacidad de obtener marcas mágicas, que son una fuente elemental de magia. Con tu ayuda y la de otros como yo a tu lado, podríamos cambiar nuestros mundos como los conocemos.

Yo estaba conmocionado y comenzaba a sentir más miedo. Solo soy un chico de 15 años, no tengo el poder de vencer a un malvado trol mágico y a su ejército.

-Aún no puedes, -dijo Burgesis sonriendo.

-¿A qué te refieres con marcas mágicas?, -pregunté cuidadosamente. -Ah, en nuestro mundo, las marcas mágicas es lo que ustedes llaman tatuajes en la Tierra, excepto que estos tatuajes no son normales. Estas marcas mágicas son la fuente de una antigua magia. Las obtienes de acuerdo a tu consciencia. Lo que intento decir es que tú eres el último hijo de la Tierra que tiene moral y valores, y que tiene una naturaleza bondadosa y llena de paz y amor. Lo probaste amando y cuidando a Whiskers cuando nadie más lo hizo. La maldad es muy fuerte en ambos mundos y creemos que tú eres la última esperanza en este mundo, -explicó.

-¿A quiénes te refieres cuando dices creemos? -pregunté.

-Ambos necesitamos ayudar al Mundo de lo Desconocido, ¡esta es la profecía! -respondió mientras se levantaba, me tomaba de la mano y la materia gris comenzaba a tornarse negra y me irritaba y quemaba la piel.

-¡Auch! -dije sobándome el sarpullido formándose en mi mano.

-No te preocupes. Solo te afecta porque no tienes experiencia con esto, pero eventualmente tu cuerpo se acostumbrará a estar en la materia gris y a sus efectos. Cuando comencemos el descenso desde aquí, ambos empezaremos a pasar por algunos cambios físicos, a tu verdadera forma aquí en el Mundo de lo Desconocido. La materia gris se tornó negra ahora porque comenzamos a hablar sobre las cualidades que te hacen puro. Tú y yo somos humanos elfos mágicos, nos vemos como elfos pero somos más altos y más inteligentes, no le digas a nadie que dije eso (especialmente a los elfos). Tenemos orejas más largas que ellos, pero ellos nos ayudan a escuchar lo que sucede. Tenemos una gran capacidad de retención, es lo que nos hace tan importantes porque aprendemos que el español-latín se escribe más rápido y básicamente tenemos el tipo de mente como la de un genio humano. Podemos recordar cualquier cosa y cualquier conversación que hayamos tenido. También tenemos un IQ alto, similar al de la humanidad en la Tierra.

 Sin embargo, todos podrían temerte porque no has obtenido marcas mágicas, al menos ahora mismo no sé si las tendrás. Cuando lleguemos podrías ganar tu primera marca mágica poderosa por tu determinación de ayudar a otros sin egoísmo y porque estás dispuesto a arriesgar tu vida solo por estar aquí. Pero así como puedes obtener marcas mágicas a través de la bondad, también puedes obtenerlas a través de acciones, pensamientos y emociones que nacen de la maldad. Las marcas mágicas son como aquel orbe, quemarán con la misma cantidad de luz en tu piel, -dijo.

-¿Cuántas crees que obtendré? -pregunté preocupado. No estaba emocionado de sentir quemaduras en mi piel cuando comenzamos a descender en una nube blanca que Burgesis creó con sus dedos. Murmuró rápido mientras aparecía, y yo solo lo seguí y me subí mientras hablaba.

-Es muy raro obtener más de una al mismo tiempo, solo seres mágicos extremadamente poderosos obtienen más de una por vez. Si se hace blanca, entonces vienen de la bondad, si se hace roja, entonces la obtuviste por hacer o pensar algo malo. Generalmente, tu consciencia guía el tipo de marcas mágicas que aparecen en ti. Se ha predicho que incluso tú, el elegido, puedes destruir marcas mágicas surgidas de la maldad. La única manera de quitarte marcas mágicas malas es haciendo algo bueno con la misma cantidad de fuerza o energía para reemplazarla, o de otra manera, a menos que te la quites, estarás estancado con su maldad o bondad. Los Antiguos creían en el poder de la luz y el perdón para sanar, pero solo unos cuantos hombres poderosos con marcas mágicas tienen esta habilidad. De hecho, se dice que se extinguieron. Controlar tus emociones es esencial para las marcas mágicas. Veremos qué pasa, por ahora enfoquémonos en llegar abajo. Dependiendo de cómo te sientas, podrás fortalecerte o debilitarte por las marcas mágicas y podrías sentir un dolor espantoso, normalmente las primeras duelen. Aterrizaremos en medio de las ciudades Creaton y Metromark, justo debajo de nosotros. La primera noche acamparemos bajo tierra en medio de las dos ciudades, fuera de la vista, con los Burgeons. Son castores mágicos que viven en el Valle de los Castores, -dijo mientras nos acercábamos lentamente al piso y nos bajábamos de la nube de un brinco para comenzar a caminar.

-Creí que éramos humanos mágicos, ¿por qué nos quedaremos con las criaturas mágicas? ¿Dijiste si los castores pueden hablar aquí?, ¿estaré bien?, ¿sangraré? -pregunté preocupado.

 -Sí, pueden hablar y son muy amables. Estarás bien y no, no sangrarás, pero sentirás que te quemas por tus primeras marcas mágicas. Nos quedaremos con las criaturas mágicas por dos razones. La primera es que tengo problemas con la ciudad y mi relación con ellos es tensa, las cosas son muy complicadas con ellos ahora mismo. La segunda es que somos los primeros humanos elfos mágicos en comenzar esta rebelión junto con las criaturas mágicas así que son de confiar, -dijo cuidadosamente. Burgesis se había detenido y había cerrado sus ojos tranquilamente mientras yo veía su piel que comenzaba a cambiar de color a un naranja, y su cabello se ponía rojo y crecía recogiéndose en una coleta. Su barba desaparecía y su piel se hacía más suave y menos arrugada. Su ropas se convirtieron en una chaqueta rota de mezclilla y unos shorts. De repente su tatuaje de águila calva se convirtió en un águila de verdad que voló alto por los cielos chillando. Entonces Burgesis se puso un guante y el águila planeó en el aire y aterrizó en su mano, después le dijo que fuera cautelosa y se asegurara de que nadie estuviera alrededor. El ave asintió y se fue. Mientras caminábamos unos pasos más, noté que la piel de Burgesis comenzaba a brillar y, de la nada, unas cuantas marcas mágicas blancas aparecieron al igual que una roja. Su rostro se veía mucho más joven, ahora se veía como un adolescente del planeta Tierra con orejas largas, sus marcas mágicas comenzaron a extenderse hacia toda el área visible de su cuerpo. Tenía en su cara, cuello, brazos y parte de sus piernas extraños símbolos, entonces mi cuerpo comenzó a ponerse caliente y luego frío y caliente otra vez mientras me doblaba de dolor. Burgesis no lo notó al principio ya que continuaba caminando como si nada hubiera pasado y yo me había detenido. Súbitamente caí y comencé a cambiar. Todo el cuerpo me ardía mientras yo gritaba lleno de terror y temblaba. Gritaba por la agonía de mi piel, mi cabello se hizo azul y creció, y mi piel comenzó a brillar.

-¡Mark! -dijo Burgesis abriendo sus ojos y corriendo a mi lado preocupado. Su voz ya no era ruda, la había suavizado. -Todo está bien, Mark, relájate, deja que los cambios sucedan, solo relájate y respira profundamente, pronto terminará.

De repente, tirado en el cálido piso comencé a sentir una tibieza en mí por unos momentos y empecé a sentirme mejor, entonces me paré. Súbitamente me doblé por el dolor de nuevo, vi mi piel brillar aún más y comencé a sentirme caliente. Cuatro marcas mágicas se cauterizaron en la suave y delicada piel de mis antebrazos, pecho y otra en mi espalda. Entonces caí y me desmayé conmocionado, sintiendo que estaba siendo arrastrado en el piso hacia un lugar oscuro...

-¿Qué sucede? -dijo una voz áspera.

-Soy yo, -dijo Burgesis tranquilamente, me había cargado y me llevaba en sus hombros. -Acabamos de llegar.

Tráelo adentro, -dijo la áspera voz.

Capítulo 5

Un nuevo mágico comienzo

Me desperté mareado, débil, y me dolía todo el cuerpo. No abrí mis ojos de entrada porque pensé que todo lo que había sucedido era un sueño. Creí que me despertaría en mi cama en la casa de mis padres e imaginé que los vería abajo haciendo huevos y hot cakes para todos. Entonces me di cuenta de que mi cama no se sentía así y que olía a lodo. Noté que no tenía problemas para escuchar. Me mantuve callado y con los ojos cerrados escuchando susurros de gente.

-¿Cómo pudiste traerlo aquí en este momento? -dijo una voz.

-Whiskers me dio la señal, Barty, -se escuchó la voz de Burgesis.

-Deja que el chico se quede, Barty. Creo que deberíamos sentirnos honrados de que esté aquí dadas las circunstancias, -dijo alguien más tímidamente en voz baja.

-¡Esperemos que, efectivamente, sea el elegido, Jana! Sabes bien lo que le pasará si no lo es. Y, ¿qué te hace pensar que querrá ayudarnos? -dijo la áspera voz de Barty.

Hubo un silencio y fue entonces cuando me pregunté quiénes eran estas personas y por qué estaban diciendo que esperaban que yo fuera el elegido.

-Pues él nos ayudará, y él es el elegido, ya lo verán, y lo verán ahora mismo, ¡ya se despertó, vean por ustedes mismos! -dijo

Burgesis confiado. Escuché pasos apurados avanzando hacia donde yo estaba. Abrí mis ojos y pude ver a Burgesis viéndome y sonriendo. Vi un pequeño rayo de luz escapando hacia el oscuro cuarto desde el pasillo. Había olvidado que él podía escuchar mis pensamientos.

-¡Muy bien, Mark, puedo leer tus pensamientos, es bueno ver que finalmente despertaste y lograste superar esa terrible experiencia!, estás a salvo y en buenas manos -dijo Burgesis emocionado. -Estos son Jana y Barty Burgeons, quienes han sido muy amables en recibirnos.

-Gracias por su amabilidad hacia nosotros, les estaré agradecido siempre, -dije débilmente observando nerviosamente mis manos azuladas llevando guantes del mismo color y preguntándome cuánto tiempo había estado inconsciente.

-Estuviste inconsciente por algunos días, -dijo Burgesis en voz alta viendo a Jana.

-¡No hay nada que agradecer, cariño, es un honor para nosotros! -dijo Jana mientras yo la observaba. Había olvidado por completo que Burgesis había mencionado que son castores que hablan.

-Qué educado, -le susurró a su esposo Barty, quien le respondió con un gruñido detrás de Burgesis, quien era más alto que ellos.

-Debes saber que este es como mi segundo hogar, el cual visito con frecuencia. En caso de que te lo estuvieras preguntando, ya que en este cuarto están mis pertenencias, -dijo Burgesis señalando una segunda cama y varios estantes en un rincón. El cuarto no tenía ventanas y sus paredes estaban cubiertas con el lodo que yo había olido.

-Ah, bueno, .dije poniendo mis manos azules en mi frente, ya que había comenzado a dolerme a pesar de que estaba acostado.

-Mark, cierra tus ojos y descansa un rato antes de que te levantes, ¿ok? No te preocupes, estás a salvo aquí con nosotros, -dijo Burgesis tranquilo. Entonces dijo algo más al tiempo que movía su mano, y una neblina plateada salió de ella; yo asentí y la respiré cayendo en un profundo sueño. Él y los Burgeons salieron del cuarto y cerraron la puerta. Una hora después desperté y me asomé por el ojo de la cerradura para ver a Barty, Jana y Burgesis sentados alrededor de una mesa, absortos en una intensa conversación.

-¿Viste las marcas mágicas que tiene? -preguntó Jana muy sorprendida.

-Le salieron cuatro en su primer día y me sorprende que hayan sido tan intensas como para dejarlo inconsciente, -expresó Barty asintiendo hacia Jana.

-Sí, lo sé, es por eso que supe que este es el chico correcto. Whiskers lo observó a él y cómo era con sus compañeros en la escuela. No le gusta la maldad, tiene un inquebrantable potencial hacia la lealtad, tiene una verdadera aversión a la vileza, y esto sin mencionar que tiene una inclinación hacia el positivismo según el reporte de Whiskers, -le respondió Burgesis a Jana con una sonrisa.

-¿Cómo puedes estar seguro de que él es el chico correcto? -preguntó Barty aparentemente escéptico. -Ni siquiera tiene ningún tipo de entrenamiento aún.

-Exacto, exacto, pero la luz que salía de sus marcas mágicas era de un blanco brillante, lo que significa que es puro de corazón, y ninguna marca roja. Él es el elegido, confío en él, y él es el último hijo de la Tierra que vive en la luz. Fue horrible tratar de atravesar la materia gris en la Tierra, pero finalmente pudimos encontrarlo, -dijo Burgesis.

-Sabes que la materia gris toma una forma física en la Tierra, sino que está en el corazón y mente humanas. Es como una enfermedad difícil de curar.

-¿En verdad? ¡Eso suena muy interesante! ¡Me encantaría ver si es suficientemente poderoso para derrotar a Nerogroben! ¡Debe ser el humano elfo mágico más poderoso de nuestro mundo! -dijo Jana sonriendo y viendo emocionada a Burgesis.

-No te adelantes, Jana. ¿Realmente crees en él? -preguntó Bartly en voz baja dirigiendo su mirada hacia la puerta de Mark y después a su esposa.

-Barty, ya te he dicho que debemos confiar en él, debes recordar tener un poco de fe en los demás, -dijo Jana cuidadosamente poniendo su mano en Barty.

-Sí, pero hasta cierto punto Barty tiene razón. Mark necesita entrenar. Una vez que aprenda la magia básica que le enseñaremos, podrá aprender magia más poderosa de los maestros en la escuela. Esto podría tomar meses o años, dependiendo de su compromiso, qué tan ansioso esté y qué tan rápido sea para aprender, -dijo Burgesis con cuidado.

-¿Y qué pasará si no quiere entrenar? -preguntó Barty con cautela.

-Estoy seguro de que querrá entrenar, especialmente cuando se de cuenta de lo que enfrentamos, -dijo Burgesis. -Dale una oportunidad, -le pidió Jana a Barty.

-¡Imagina cómo será cuando esté entrenado por nosotros y por otros! Necesitamos mucha paciencia, ¡y después podría ser tan poderoso! Así que empezaremos mañana... Debo pedirle que me muestre sus marcas mágicas para ver con qué estaremos lidiando. Pero por ahora, ¿les importa si nos quedamos escondidos aquí en su hogar? -preguntó Burgesis con precaución.

-Sinceramente, Burgesis, ¿de verdad crees que tienes que preguntar? Sería un honor para nosotros que se queden aquí, -dijo Jana viendo a Barty mientras este la señalaba.

-Si no ponen en peligro a nuestro clan o a nosotros está bien por mí, -dijo Barty cuidadosamente mientras Jana asentía.

-Los hombres de Nerogroben han estado rondando el área durante el día y pueden verse entonces. Pero no tendrás tantos problemas en la noche, cubierto por las sombras, -continuó Barty.

Con cuidado volví a la cama y reflexioné lo que había sido dicho. Cinco minutos después me incorporé y caminé hacia el espejo para examinarme. En el lado izquierdo y derecho de mis brazos había una X azul que dentro contenía puntos negros. Me descubrí el pecho quitándome la playera sin poder descifrar qué marca mágica era esa. Mientras contemplaba el espejo junto a la cama, vi mi cara azul. Mis ojos azules veían ahora a las largas y picudas orejas y mi cabello parado como una ola hacia el frente, el cual se veía genial. Me sentía más alto por varios centímetros. Una marca mágica formada en mi mejilla derecha atravesaba la mandíbula hacia mi cuello y hacia el pecho. Sentí el contorno y forma de las marcas mágicas y las presioné, y cuando lo hacía comenzaban a brillar causando en mí un calor repentino. Quité mis manos con guantes de las marcas mágicas y estas volvieron al color de piel normal. Los guantes no cubrían mis dedos y su color azul me encantaba. Los admiré y sonreí. Me encontraba tan absorto conmigo mismo y los cambios en mi apariencia que no escuché cuando la puerta se abrió. Burgesis estaba parado en el umbral sonriendo hacia mí.

-Así que te gustan los cambios, -dijo, y como respuesta le sonreí de regreso.

-Eso es genial; esos guantes son prueba de tu magia básica, no importa lo que suceda no pueden ser destruidos, lo que los hace únicos a tus cambios. Ahora quiero mostrarte otra cosa que también es genial, -dijo Burgesis con una extraña sonrisa.

Junto a mi cama había una vela blanca que yo no había notado, la cual había permanecido apagada hasta que Burgesis la señaló con su dedo índice y susurró: Flama, enciende la vela con la flama, Flamma, Illuminábit lucernam flamma. Tronó los dedos y entonces una pequeña flama apareció de la punta de su dedo al tiempo que sus ojos y sus marcas mágicas brillaban y la flama se situaba sola en la mecha de la vela. Burgesis aparentaba tener alrededor de 19 años de la Tierra, y no tenía lentes, que lo hacían verse mejor en mi opinión.

-Gracias por ese pensamiento, Mark, ¿puedes verlo ahora? -dijo señalando a la vela. Yo asentí. -Mira, esta es una pequeña brisa, -continuó para después murmurar poniendo la palma de su mano en su boca señalándola hacia la vela, Parva aura, entonces otra pequeña brisa salió de sus palmas y apagó la vela.

-¿Hay más? -pregunté interesado y emocionado al mismo tiempo. -¿Cómo sucede eso? -avergonzado de que estuviera leyendo mis pensamientos e impresionado a la vez.

-Las marcas mágicas son una fuente de poder, recuerda que debes ganarlas y a veces pueden ser puestas en ti por un creador de marcas mágicas muy hábil pero son muy raros. Las palabras son en latín. Las personas en la Tierra creen que el latín es una lengua muerta, pero aquí es un estilo de vida y ¡está viva! La manera en la que usas las palabras del latón explica qué tan fuerte o débil quieres que tu hechizo sea. Por ejemplo, si dices las palabras en latín de una manera fuerte y firme, así será la magia. Si pronuncias las palabras de una manera más débil o en un susurro tenue, la magia no será tan fuerte. Cuando recibes marcas mágicas, puede resultar muy difícil tenerlas a veces. El uso de palabras en latín puede ser tan fuerte que cuando son usadas puede quebrarte física y mentalmente. Mañana comenzaremos tu entrenamiento, -explicó Burgesis observando cómo estaba yo tomando toda la información.

Me recosté en mi cama deseando comenzar inmediatamente, pero al mismo tiempo me sentía débil todavía, así que le comenté a Burgesis que descansaría un poco más. Él asintió y se fue para dejarme dormir.

Capítulo 6

Los elementos básicos

Uno por uno entramos a este campo completamente cubierto por el domo. Se veía como un campo de fútbol único con asientos adicionales. Jana se había sentado en esos asientos adicionales para vernos a Barty, Burgesis y a mí caminar hacia el centro del campo.

-Lo primero que necesitas entender sobre la magia aquí es que está basado completamente en tu consciencia y tu personalidad, -explicó Burgesis viéndome mientras yo asentía.

-¿Cómo? -pregunté curioso viendo a Barty.

-Bueno, déjame describírtelo de la manera en que nosotros lo creemos, -explicó Barty observando cuidadosamente a Burgesis, quien evitaba su mirada. -Primero es agua, un elemento que pensamos que va con estas específicas cualidades que podrías o no tener. Calmado, relajado, tranquilo; puedes tener una actitud de vida de ir con la corriente y eres sabio al saber adaptarte a tu entorno. El siguiente es el aire, puedes ser espontáneo, silvestre, de espíritu libre si así lo deseas, y eso también te hace adaptarte a lo que te rodea. Después, el fuego. Puedes ser más agresivo, muy rápido y firme en tus decisiones sin pensarlo dos veces, puedes sentir la necesidad de probarte a los demás y tener una autoestima baja al tenerte en un concepto tan bajo.

Le sigue la tierra; si tuvieras este elemento naturalmente significaría que eres sensato, todo es como es, te sientes seguro donde estás y contigo mismo, y eres humilde. Hay otros dos elementos en los cuales no me adentraré mucho. Aprenderás sobre ellos eventualmente, pero son electricidad y espíritu. Es raro ver los seis elementos, pero se dice que el elegido puede ostentarlos todos sin problemas.

-¿Estás seguro de esto, Burgesis? -preguntó Barty cuidadosamente. -Una vez que empecemos estos procesos de enseñanza, no hay vuelta atrás.

-Es tiempo, y nuestra responsabilidad es enseñarle lo que sabemos. De otra manera, si no lo hacemos y Nerogroben lo encuentra, no podrá ni siquiera defenderse. Debe ser enseñado. De lo contrario dejaríamos a este joven; ingenuo, sin protección e indefenso, -explicó Burgesis sin prisa, viendo a Barty mostrándose de acuerdo.

-Déjame ver qué tipo de marcas mágicas tiene para saber qué tipo de magia debería ser natural en él, -dijo Barty detenidamente.

Caminé lentamente hacia Barty quitándome los guantes y remangándome para mostrarle las marcas.

-Ya veo, -dijo Barty, -qué curioso e interesante.

-¿A qué te refieres, Barty? -preguntó Burgesis.

-Estas marcas, no sé qué son o qué significan, pero este chico es muy especial y único. -Dijo Barty lentamente mientras seguía con las yemas de sus dedos las líneas de las marcas. -Estas no son marcas con las que esté familiarizado y que estén relacionadas con al menos uno de los elementos mágicos.

Barty, confundido, volteó a ver Burgesis, quien nos veía a los dos con los ojos bien abiertos.

-Entonces, ¿eso qué significa para mí? ¿No puedo aprender magia? -pregunté observándolos fijamente.

-Significa que eres el primero aquí con este tipo de marcas, chico, -dijo Jana detrás de mí. -Lo siento, pero se estaban tardando mucho, y quería saber qué era lo que estaba pasando.

-Está bien, Jana, -dijo Burgesis sonriéndole, -Barty estaba diciendo que Mark es un alien.

-Entonces, ¿qué van a hacer? -preguntó Jana.

-Veremos qué pasa, -explicó Barty vacilante con los ojos en la nueva expresión seria de Burgesis.

-Ahora bien, Barty, sería muy irresponsable de nosotros intentarlo y ver cómo lo maneja. ¿Qué pasaría si dice las palabras muy alto o muy alocado? -dijo Burgesis firmemente.

-¿A qué se refieren con que yo diga las cosas muy alto? Creí que no podíamos ser escuchados aquí. -dije sin entender el problema.

-Verás, -comenzó a explicar Burgesis en voz alto, leyendo mi línea de pensamiento, -la manera en que la magia elemental de la Tierra funciona aquí es, entre más algo o calmado digas las palabras en latín, más poderoso o débil será tu magia. La

cantidad de magia que uses dependerá de qué tan algo lo digas y también qué tanto te drene tu energía.
Entonces Burgesis volteó a Barty, quien asentía.
-Las palabras básicas van así, y solo las diré sin usarlas todavía, ¿entendido? -yo asentí cuando Burgesis dijo esto para continuar escuchando su explicación. -Tierra suelo - terra/terram, agua - agua, fuego - ignis, y finalmente aire o viento aura/ventus. Burgesis dijo al tiempo que veía a Barty sabiendo que quería agregar algo.
-Estos pueden causar un gran impacto en ti y en tu enemigo si no juegas bien tus cartas. Ser muy contundente o agresivo puede ser extremadamente riesgoso, así que sé paciente contigo mismo, especialmente durante tus peleas, debes poner especial atención a tus oponentes y en lo que sucede alrededor de tí, especialmente tu entorno, -dijo bruscamente Barty viéndome cautelosamente.
-Algo que debes saber sobre los hombres de Nerogroben es que generalmente son muy agresivos, y precipitados en sus tácticas de pelea, lo cual es una ventaja, porque la mayoría de las criaturas mágicas solo pueden usar dos elementos al mismo tiempo; una vez que descubras con qué estás lidiando, y en cuanto a tus enemigos estarás bien. Por ejemplo, las hadas conocen el aire/viento y tienen poderes de sanación. Nosotros los Castores solo usamos agua y tierra o elementos del suelo, etcétera. Nerogroben es consciente de casi todos los elementos,

excepto el elemento del espíritu y otro que no recuerdo, pero de cualquier manera, es muy raro que él los use todos, -dijo Barty mientras pasaba su brazo sobre Jana, quien se había acercado a nosotros desapercibida.

-Ahora bien, el primer elemento que Burgesis cubrirá contigo será el fuego. El fuego es conocido por ser extremadamente útil, como pudiste notarlo ayer con la vela en el cuarto. Pero puede ser sumamente peligroso, es muy importante que esperes a usar este elemento hasta que sea un momento desesperado. Estoy diciendo esto por lo destructivo que puede ser, -dijo Barty observándome mientras me hablaba y buscaba las reacciones que yo cuidadosamente trataba de no mostrar mientras él describía el poder de los elementos.

-Ahora mismo, la manera más rápida de perder el control de la pelea es si usas toda tu mano o puño, porque si no apuntas correctamente, a veces pierdes más y a veces suceden cosas que no puedes deshacer o hacer nada al respecto, -dijo Barty tranquilamente viendo seriamente a Burgesis, quien le regresó la mirada rápida y discretamente bajó su cabeza tristemente. Entonces Burgesis dijo, -¿me disculpan? Debo prepararme para más de este entrenamiento. -Asentí en silencio mientras él se alejaba despacio con las manos en sus bolsillos y con la mirada en el suelo.

-No debiste haber dicho eso, Barty, -dijo Jana. -¡Todavía no lo ha superado, es muy reciente y eso fue muy directo!

-¿Qué pasó? -Pregunté viendo a Barty, quien agachó su cabeza avergonzado y viendo a Jana. -¿Por qué está tan triste?

-¿No te das cuenta cómo están todos aquí? -preguntó Jana en voz baja.

-La verdad, no, -dije honestamente viendo a Jana.

-Bueno, puedes ver que yo tengo a Barty, -dijo Jana tomando la mano de Barty, quien le sonrió débilmente.

-Casi todos tienen una pareja aquí en el Mundo de lo Desconocido, son muy pocos los que no tienen con quién estar, -dijo Jana con cuidado.

-¿Me estás diciendo que Burgesis perdió a su pareja o esposa? -dije.

-Perdió a su prometida cuando recién estaba aprendiendo los conjuros de fuego, hace años. Cuando Burgesis tenía tu edad perdió el control de su temperamento y se hizo impaciente y agresivo en su aprendizaje. Una noche, durante una batalla se enojó porque alguien puso a su prometida en cadenas eléctricas y había comenzado a electrocutarla. Burgesis perdió el control después de escuchar los gritos de tortura de su prometida. Él lanzó una tormenta de fuego en toda el área donde estaba peleando, y perdió el control de la tormenta. Quemó a su prometida y a algunos de los hombres de Nerogroben hasta matarlos. Una vez que esto sucedió, no hubo manera de deshacer el fuego y no podía regresar el tiempo para manejar correctamente la situación. Esta es la razón por la que Burgesis dejó el ejército de Nerogroben, y esta es su primera vez en el Mundo de lo Desconocido en años," Jana explicó sintiéndose terrible por Burgesis.

-¿Cómo era su prometida? ¿Qué pasa cuando asesinas a alguien que amas? -pregunté viendo a Jana y Barty estremecidos.

-Ella era muy linda y una muy bella humana mágica, cuando matas o rompes con alguien a quien amas, cargas con esa persona y la llevas contigo. El águila que Burgesis tiene, se creó una noche antes de matarla accidentalmente es un constante recordatorio de ella, cuida a esa águila y encima de todo tiene una marca mágica por corazón roto. Una vez que obtienes una marca mágica por el corazón roto tus poderes nunca son tan potentes como antes. Tus poderes nunca tienen realmente la oportunidad de recuperarse completamente debido a toda la oscuridad que nos rodea, -dijo Barty viéndome.

-Ten esto en mente cuando uses estos poderes porque son poderosos, y los accidentes suceden, especialmente si pierdes el control, -dijo Jana al tiempo que Burgesis regresaba.

-Practica por un rato, y la palabra prohibere es la que quieres usar para detener cualquier cosa, la dices antes del nombre del conjuro que usaste si quieres detenerlo completamente. Si pierdes la concentración en el poder saliendo de ti, también se detendrá porque tu cuerpo podrá comunicarse con las marcas mágicas. Entonces podrá leer tu mente para saber qué quieres hacer. Ahora practica un rato. Mientras tanto tengo que hablar con los chicos en el cuarto que está acá atrás, -dijo Jana viendo a Barty y a Burgesis al tiempo que decía aqua target y un blanco como el que los arqueros usan en la tierra para practicar apareció del puño de Barty, creado por agua. Después los tres caminaron al globo secundario y comenzaron a verme chasquear mis dedos y decir flamma, y una llama de fuego aparecía en mi dedo, era cálido pero no me quemaba, ni a mi guante, entonces dije Prohibere Flamma, y la llama desapareció...

Capítulo 7

Fuego y aire/viento

Había empezado a practicar lo que había aprendido hasta ahora en el domo.

Mientras tanto, en otro cuarto con paredes transparentes dentro del domo,

Barty, Burgesis and Jana hablaban en privado...

-Lo siento, Burgesis, -dijo Barty con cuidado, caminando hacia el domo y volteando a ver a Burgesis, quien mantenía la cabeza hacia el piso.

-Está bien, Mark necesitaba saberlo, y me alegra que fueron ustedes quienes le dijeron en lugar de alguien más, -dijo Burgesis despacio mientras volteaba hacia arriba. -Debí saber que regresar también abriría de nuevo viejas heridas. Pero sí saben que el tatuaje del águila fue por ambos Consejos, no por ella...

-Bueno, sabes que queríamos hacer una observación, me refiero a que, ¿no viste su cara cuando le mostraste, especialmente, el poder del fuego? -le preguntó Barty a Burgesis y Jana mientras ellos lo miraban detrás de la pared a prueba de sonido.

-Sí se veía fascinado, pero no creo que tengamos que preocuparnos mucho por eso. Quiero decir, ahora que le hemos explicado los peligros del elemento del fuego, o cuando eres muy agresivo en general con la magia, -dijo Jana cautelosamente consciente de que Burgesis la veía.

-Sí, pero deberían saber que nadie en la tierra ha visto jamás este tipo de poder como el que tenemos aquí en el Mundo de lo Desconocido, al menos denle una oportunidad, -agregó Burgesis viendo a los otros dos asintiendo despacio.

Barty volteó a ver a Jana, preocupado, y dijo, -tendremos que tener cuidado sobre cómo lo entrenamos.

-Él estará bien, -respondió Burgesis siguiendo a Barty y a Jana al salir del cuarto.

Regresaron a verme cuando yo había dicho, esfera flamma. Fue entonces que muchas bolas de fuego salieron de mi puño y todas mis marcas mágicas se encendieron después de que una sensación de calor me invadiera. Las lancé al blanco hecho de agua. Las llamas salieron disparadas de mí y, mientras lo hacían, alcancé a ver a Burgesis estremecerse ante mi sonriente expresión,

hasta que el fuego desapareció en el blanco de agua. prohibere esfera flamma, dije. Entonces las llamas desaparecieron de mis puños.

-Bien, ya veo que descubriste cómo controlar las bolas de fuego, -dijo Burgesis sorprendido y viendo a Jana. -Así que, puedes usarlas por supuesto como bolas de fuego, pero también puedes hacer otras cosas con ellas, hazte un lado para que puedas verme, -me situé detrás de él al tiempo que avanzaba y apuntaba sus palmas frente a él.

-Ignis tempests, -dijo Burgesis y sus marcas mágicas se encendieron, una ola de fuego salió de sus palmas y guió el fuego mientras quemaba el pasto en lo que parecía ser una verdadera tormenta de fuego. -Esto es una llamarada, incendia, incluso puedes hacer un tornado con el fuego, flamma tornado. Justo cuando Burgesis dijo eso, un tornado se formó frente a nosotros quemando el campo aún más. Fue en ese momento que entendí a lo que los tres se referían mientras veía el fuego pasar, comenzó a asustarme. Burgesis dijo, prohibere flamma tornado, y el tornado se deshizo en pleno vuelo. -Es bueno que te estés dando cuenta de lo destructivo que es el fuego, -dijo Burgesis adivinando mi pensamiento y viendo cómo yo observaba el pasto quemado después de que el fuego había desaparecido.

-Creí que solo podías usar latín para estos conjuros, -pregunté curioso.

-A veces simplemente depende, puedes usar algunas palabras en español como tornado si no estás seguro del latín. Recuerda, los elementos están dentro de ti, te conocen a ti y lo que es cómodo para tu cuerpo. Solo necesitas escuchar su antigua voz dentro de ti, y puedes usar los otros elementos también, o sino, solamente el fuego todo el tiempo en las batallas, -explicó Burgesis.

-Pasemos a la siguiente lección, Burgesis, -dijo Barty viendo tranquilamente a Burgesis al tiempo que asentía. -Es hora del siguiente elemento, -dijo Burgesis. -El viento o aire es muy poderoso, tanto que se puede usar para mover agua o fuego, por ejemplo, con el fuego debes usar tus dedos, tus puños, tus palmas y el tono de tu voz para controlar la fuerza del viento que deseas. La palabra venta es la que se usa para describir al viento, pero si deseas un viento tranquilo usas ventulus, o para una tempestad usas subito ventus turbo.

Cada vez que Burgesis decía estas palabras, Barty usaba los elementos exactos mientras ráfagas de viento salían de los puños del castor y de sus ojos salía una luz blanca manteniéndose firme. Entonces puso sus manos al aire y dijo prohibere y todo estuvo en calma de nuevo.

-Viento o aire es el único que puedes detener con tu mano al aire así. Luego dices prohibere y todo en el aire se calmará y poco a poco volverá a la normalidad, -dijo Jana.

-El agua es muy importante para nosotros en cualquier mundo, especialmente este. No solo es el elemento de la pureza, sino el elemento básico para que exista la vida. Barty y yo te enseñaremos lo que sabemos sobre el agua ya que es uno de nuestros puntos fuertes. Casi no usamos el fuego en peleas porque no lo usamos naturalmente, -dijo Jana. -Así que, si sabes que tu enemigo conoce el agua, entonces sabes que no usan fuego o electricidad.

-¿Electricidad? -pregunté viendo a Burgesis. Barty le dio un codazo a Jana mientras ella se tapaba la boca.

-No te preocupes por eso ahora, -dijo Burgesis cuidadosamente al tiempo que veía a Jana. -Pasemos a la siguiente lección.

-Está bien, solo lo usaré cuando sea necesario porque comprendo lo que quieres decir acerca de que es destructivo, -dije estremecido al ver el pasto quemado frente a nosotros. Me dio escalofríos usar el fuego, casi me hizo sentir enojado sin ninguna razón aparente cuando lo usé.

Burgesis sonrió y suspiró con alivio, viendo y asintiendo tranquilamente hacia Barty, quien notó que me había leído la mente.

Capítulo 8

Agua y tierra

-El agua puede ser controlada por dos cosas: aire y tierra. A lo que me refiero por tierra es que puedes usar la tierra para detener o evitar el agua en alguna zona de tu elección ya sea por un canal, un río, o usándola como escudo, o puedes bloquear con ella los ataques de agua de otras personas. Podemos controlar a dónde va el agua, o puedes usar la fuerza del viento para empujarla. Debes entender que con cualquiera de estos elementos, el uso del que sea puede cambiar el ecosistema del mundo en que vivimos. En el momento en que uses uno de los elementos para crear un clima, por ejemplo, puede volverse indestructible. No todos en este mundo pueden usar magia. Aquí, es un regalo que te es dado en tu adolescencia. Los niños menores de diez años no pueden usar sus poderes, y solo aquellos que están en la transición a la adolescencia comienzan a tenerlos, pero no deben ser mal utilizados de ninguna manera, -dijo Jana firmemente viendo la tierra delante de ellos.

-Es ese momento en que las criaturas y los humanos van a la Escuela de lo Desconocido para estudiar y aprender control, -explicó Barty, -continuemos, Jana.

-La palabra aqua puede ser usada para describir palabras como lluvia, lago, río, mar, corriente, torrente, o simplemente agua. Las palabras free aquam pueden ser usadas para decir traer agua, las palabras dare aqua ad bibendum significan dar agua para beber. Para obtener agua usar las palabras ad adaquo. Para abastecer agua usum aquarum. La palabra aqua fluente se puede usar para describir agua corriendo. Para destruir con agua usa la palabra perdere aqua. Para rodear con agua usar la palabra circumdare aqua. Para agua caliente aqua calida. Para hielo o agua fría se usa glaciem frigidam. Puedes hacer muchas cosas con agua, muchos organismos vivos no pueden funcionar sin ella. También puede ser usada para sanar o para huesos fracturados, etc., -dijo Jana mostrándome cómo usar el agua como un flujo de energía en cada uno de los conjuros.

-Moverse fluidamente ayuda al agua a moverse mejor y de manera organizada y no solo como una manera de mojar, -dijo Barty tranquilamente.

-El agua es el elemento más difícil de usar sin concentración porque no tenerla no te hace un pro. Se requiere mucha paciencia y práctica para mejorar en este tipo de conjuros, mucho más que con los otros elementos. Estos conjuros pueden quitarte mucho, -dijo Jana serenamente.

-Déjame mostrarle el siguiente conjunto de conjuros, -dijo Burgesis.

-Muy bien, -respondió Barty.

-La palabra tellus o terra pueden ser usadas para describir la tierra, -dijo Burgesis moviendo sus manos como si con ellas

moviera tierra. Circumdamus et terram es para rodear con tierra.
-Entonces tomó tierra en el aire y comenzó a temblar diciendo: concussionem terra que significa sacudir la tierra, insidiatur in terra es atrapado en la tierra. Gran roca es saxum ingēns y una enorme piedra apareció sobre ellos, entonces Burgesis dijo, -prohibere saxum ingēns y la piedra desapareció en el aire.
-Los conjuros de tierra son neutrales, porque están conectados con la tierra, -dijo Jana.
-La otra cosa buena sobre no usar zapatos es que si sientes correctamente, puedes saber dónde están tus oponentes y cómo manejar una respuesta a sus ataques, -dijo Burgesis viendo mis pies.
-No me quitaré mis zapatos, -pensé negando con la cabeza y en cuánto me gustaban estos zapatos. Burgesis simplemente sonrió en desapruebo.
-Ah, sí, puede leerme la mente, -pensé. Burgesis me volteó a ver y dijo, -así es, Mark, -sonriendo.
-Estos fueron los cuatro elementos originales, los otros son muy avanzados y no son sencillos de explicar. En los últimos cuatro años casi nadie los ha descubierto, así que hemos sido muy afortunados de saber al menos un poco sobre estos elementos. Los humanos mágicos han conocido la magia ancestral por años, pero ahora se mantiene en secreto, -dijo cuidadosamente Burgesis.

-Burgesis te los mostrará también si progresas con estos cuatro muy bien, -comentó Jana viéndome atentamente.

-Creo que estoy listo para los otros elementos, -dije confiado.

-No hasta que hayamos visto que progresas con estos cuatro primero, -respondió Burgesis.

-No, creo que ya los conozco lo suficiente como para continuar, -volví a decir confiado, viendo a Barty.

-¿En serio? Ya veremos, -respondió Barty mientras le sonreía a Burgesis.

-Vamos a descansar un poco y esta tarde te retaremos, después de comer, -dijo Burgesis.

-Genial, -dije viéndolos emocionado.

Justo en ese momento Jana dijo, al momento que veía a Barty y Burgesis, -muy bien, chicos, vamos a comer; es suficiente por hoy. Regresamos a la casa de Barty y Jana y nos sentamos en la mesa para ver la comida que Jana ya había preparado: pan y pasta fueron servidos en los platos y puestos en la mesa donde todos comimos en silencio. Yo me sentí lleno y agradecido después de comer.

En cuanto terminé de comer me fui a mi cuarto a descansar un rato y a pensar en el reto. Dos horas después salí y todo estaba preparado para el reto, yo estaba listo para lo que tuvieran listo para mí.

Capítulo 9

El reto

-Flamma, -dije tronando los dedos, y una llama apareció. Entonces dije, -prohibere flamma, -y la llama desapareció; entonces salí.

El reto era yo contra Barty y Burgesis.

Burgesis me aventó una bola de agua y yo usé una roca para bloquearla. Entonces le respondí con una ráfaga de viento a Barty con la otra mano antes de que él pudiera lanzarme una bola de fuego. Hice un globo de agua con las dos manos, metí en ella a Burgesis y a Barty y comencé a girarlos en una esfera alrededor de mí y sobre mi cabeza; después los puse en montículos de tierra donde estuvieron atrapados alrededor de cinco minutos. Fue entonces que Jana me declaró el ganador. Después de sacarlos de los montículos de tierra, ambos me felicitaron impresionados con mis habilidades al utilizar dos elementos diferentes al mismo tiempo.

Después de usar todos esos conjuros, comencé a sentirme cansado, así que le dije a Burgesis y a Barty que quería descansar. Así que regresé a la casa y me fui a descansar al cuarto de Burgesis donde me quedé dormido rápidamente. Mientras tanto, afuera, Jana y Barty comenzaron a hablar emocionados.

-No puedo creer lo rápido que aprende estos conjuros y lo bien que está manejando la magia, -dijo Jana calladamente.

-Está aprendiendo muy rápido, -dijo Barty cauteloso y un poco preocupado por este pensamiento. -¿Crees que estamos haciendo lo correcto al enseñarle esto tan pronto?

-¡Vamos genial! No creo que tengamos que preocuparnos mucho, aparte todavía tenemos a los rebeldes, y aparte de eso tenemos al elegido. El ejército de Nerogroben no tendrá oportunidad contra Mark, -dijo Burgesis emocionado.

-Su reacción esta vez fue muy buena, y sí pone atención a lo que sucede a su alrededor, -dijo Jana satisfecha con la emoción de Burgesis mientras veía a Barty sacudir la cabeza,

-Todavía no tenemos a los rebeldes ni a los clanes, recuerden que entre ellos no se están llevando bien ni en lo básico con la clase alta, media y baja. Además, Mark debe ganarse la lealtad de los líderes de esos clanes, probarles que es digno de ser seguido, -dijo Barty sacudiéndose algo de tierra que había quedado en el pelaje de sus hombros.

-¿Todavía? ¿Después de todos estos años? -preguntó Burgesis y Barty asintió silenciosamente.

-¿Y qué hay con el consejo? -preguntó Burgesis cuidadosamente.

-¿Qué consejo? -le respondió Barty frunciendo el ceño.

-Ya sabes, el que yo comencé, -dijo Burgesis.

-¿Qué con eso? -preguntó Jana con cautela. -No nos hemos reunido desde antes de que te fueras.

-Entonces, ¿ustedes líderes ni siquiera se están llevando bien? -dijo Burgesis asombrado.

-Burgesis, fueron los líderes los que creyeron que esas eran reuniones temporales, no vimos la necesidad de continuarlas después de lo que pasó con el anterior elegido. Todos se dispersaron y no mantuvieron la comunicación porque ya no creían en la causa, o en ti.

-Entonces, ¿Mark tiene que hacer qué ahora? -preguntó Burgesis con precaución.

-La única manera en la que podemos tener alguna esperanza, como dije, es tal vez reuniendo a los líderes otra vez para formar una alianza de algún tipo con los rebeldes con los que sí contamos, -dijo Jana reflexivamente.

-Espero que tengas razón, -dijo Barty preocupado, viendo a Jana y luego a Burgesis.

-Él es mucho mejor que los otros, ¿no has visto la pureza de su corazón? -preguntó Jana viendo a Barty.

-Él tendrá que convencer a los líderes y probarse digno a ellos incluso antes de que ellos intenten ir a sus clanes y hablar con ellos de él, -dijo Burgesis.

-¿Cómo lo va a lograr?, nosotros mismos no podemos llevarnos bien con otros, me refiero a que él es, literalmente, nuestra última esperanza, -agregó Barty preocupado, los demás permanecieron en silencio.

-Creo que deberíamos continuar con su entrenamiento, -soltó Burgesis con cuidado.

-Creí que lo llevaríamos a la Escuela de lo Desconocido, -dijo Barty con cautela.

-Yo también creí eso, -añadió Jana viendo a Burgesis.

-Creo que, al menos, deberíamos enseñarle los otros elementos. Para que pueda, cuando menos, ser consciente de todos los elementos que existen, -dijo cuidadosamente Burgesis observando a los demás.

-Hablaremos más en la mañana, -agregó Jana mientras veía a Barty asintiendo.

-Muy bien, en la mañana, entonces, -dijo Burgesis. -Buenas noches Jana y Barty.

-Buenas noches, Burgesis, -respondieron ambos.

Capítulo 10

Los otros

La siguiente mañana me desperté sintiéndome fresco, salí al comedor y vi a Barty, Jana y Burgesis reunidos.

-¿Qué pasa? -pregunté curioso viendo a Burgesis.

-Estamos debatiendo si decirte sobre los otros elementos o dejar que los otros te enseñen, -dijo Burgesis. Barty le lanzó a su mujer un gesto de preocupación.

-¿Los otros? -le pregunté a Barty y a Jana sin comprender, y después a Burgesis, quien ignoró mi pregunta.

-Creo que ya sé qué es lo que quiero hacer, -dijo Burgesis mientras Jana lo miraba preocupada. -Quiero que estés consciente de los elementos que hay allá afuera. No te diré los conjuros exactos, pero quiero que prometas que solo usarás los básicos por ahora. Al menos hasta que te encontremos a maestros apropiados, -continuó al tiempo que buscaba el apoyo de Barty con la mirada.

-De acuerdo, queremos estar seguros de que sabes que hay gente buena también allá afuera. Pero también debes saber que también hay quienes harán lo que sea para hacerse más fuertes y poderosos, esta no es la manera. Prefiero que sepas de estos elementos en caso de que te topes con gente que sea tan mala como Nerogroben, -agregó Barty devolviéndole la mirada a Burgesis.

-No sería justo para ti que te enseñemos solo lo básico sin decirte nada sobre los otros elementos. También estaría mal de nuestra parte no decirte que no todos allá, del otro lado de estas paredes, que estarán felices de que estés por estos rumbos, -dijo Burgesis, yo asentí.

-El quinto elemento es la electricidad, es muy poderosa y puede ser usada para electrocutar gente, dejarlos en coma, o matarlos. Muy pocos lo comprendemos, de hecho yo soy el único aquí que sabe cómo usarlo, es magia muy avanzada. Debes ser talentoso y tener una marca mágica, la cual solo te puede ser otorgada por los Hombres Electro. Obtener esa marca mágica por tu cuenta es un don muy raro, -explicó Burgesis observándome al tiempo que murmuraba algunas palabras, y entonces un orbe de electricidad apareció alrededor de su puño.

-Los únicos elementos que funcionan en su contra son agua y tierra. Así que, regresando a los cuatro elementos, lo mejor es que uses el poder opuesto del que estén tratando de usar en ti, para saber cómo vencerlos en batalla. Pelear contra el mal fuego contra fuego jamás te ayudará a ganar. Al final, eso solo causará muerte y destrucción. Debes usar lo que sabes y lo que es real para ti en el momento de la batalla, y los opuestos funcionan, la mayor parte del tiempo. Burgesis es una excepción, pero generalmente si conocen electricidad, entonces no conocen agua o tierra, -dijo Jana suavemente sentada a mi izquierda en la mesa, tomando la mano de Barty del otro lado de la mesa.

-Matar al enemigo con elementos es más fácil, un partidario menos de quién preocuparse después, durante la Gran Batalla, -dijo Barty observándome.

-Pero dijiste que algunas veces hacer una cosa mala puede destruir tu marca mágica o darte una mala. ¿Cómo se decide si matar al enemigo es bueno o malo? -pregunté. -¿Cómo es que matar a alguien hace que matar esté bien? ¿Nos hace mejores que ellos? ¿Existe algún escudo para conjuros que maten?

-Tienes un excelente punto, y depende de ti al final cómo manejes la situación, las marcas mágicas se forman de acuerdo a tu conciencia. Pero debes recordar que tu oponente podría tratar de matarte y ser más duro de lo que crees. Estas personas y criaturas que pertenecen al ejército de Nerogroben perdieron su conciencia. Ellos matan porque creen que eso es lo que deben hacer para evitar ser asesinados por Nerogroben. No creen que matar esté mal porque les falta el buen criterio que alguna vez tuvieron por la materia gris, -dijo Burgesis. Fue en ese momento en que decidí silenciosamente que jamás quería usar los elementos o lo que fuera para matar a alguien.

-Deberíamos tratar de convocar a tu consejo. Los Smithertons, los Fortesques, los Pillowdrums, los

Figwiggins, los Ersals, los Eubinks y los Chunnings para que ayuden, -agregó Barty reflexivamente observando a Burgesis quien estuvo de acuerdo.

-Enviaré los mensajes, -dijo Burgesis imperiosamente al tiempo que se ponía de pie.

-No, -dijo Jana con firmeza mientras le hizo señales para que se sentara.

-¿Por qué no? -preguntó Burgesis obedeciéndola y observándola inquisitivamente.

-Porque los mensajes están siendo interceptados por los hombres de Nerogroben últimamente, -respondió Jana. -Hemos escuchado rumores entre los árboles.

-¿Cuál es la mejor manera de comunicarse sin ser visto o atrapado ahora? -Burgesis le preguntó a Barty sombríamente.

-La única manera es ir personalmente con estas familias y preguntarles directamente, -contestó Barty. "Jana y yo podemos ayudar con eso.

-Esta noche... -Burgesis comenzó a decir mientras me veía observándolo desde la puerta.

-Tú y yo tendremos que salir a ayudar también, -me dijo Burgesis desde el otro lado del pasillo en la sala.

-¡No! -dijeron Barty y Jana al mismo tiempo. -¡Será mucho riesgo para él! Se quedará aquí. No queremos convocar una guerra antes de tiempo.

-Sí, lo entiendo, pero yo estaré con él, -dijo Burgesis. -Dudo que tengamos problemas.

-¡NO! -volvieron a decir Barty y su esposa severamente. -No queremos que le suceda algo a Mark, traeremos a las familias aquí. Sí, es bueno para pelear, pero no ha tenido suficiente práctica como para que no le pase nada.

-Realmente no sé si matando o destruyendo un ejército es para lo que estoy hecho, -dije en voz alta causando que los tres brincaran sorprendidos al haber recordado que yo seguía ahí.

-Solo debes averiguar cuál es tu sistema moral, es todo, -dijo Burgesis reflexivamente.

-Tal vez es bueno que no vaya, -dijo Barty viéndome con cuidado.

-Sí, -aceptó Jana. -Parece que ustedes dos tienen algunas cosas de qué hablar. Por ahora, tal vez lo mejor sea que nos dejes llevar el mensaje a la casa de los Fortesque esta noche y que ellos avisen a las familias que mencionamos. No te preocupes, Barty y yo estaremos bien, -dijo Jana viendo el rostro preocupado de Burgesis dirigiendo una mirada severa hacia mí.

-Pero tú misma dijiste que el consejo no se ha reunido en años, -argumentó Burgesis.

-Sí, es cierto, -dijo Barty.

-Dudo que sea lo mismo, ya que los líderes han cambiado de lado constantemente desde que te fuiste, -añadió Jana.
-¿El consejo? -le pregunté a Burgesis mientras él veía a Barty.
-Como dije antes, dudo que se lleven bien, -dijo Burgesis negando tristemente con la cabeza.
-Solo hay una manera de saberlo, -dijo Burgesis sonriendo a Jana y a Barty, quienes asintieron serios. -¡Buena suerte a los dos, entonces!

Capítulo 11
Morales y virtudes

En menos de diez minutos, ambos Castores dejaron su hogar, su madriguera subterránea y desaparecieron en el tranquilo aire de la noche. Fue después que se fueron que Burgesis me volteó a ver con profunda severidad desde el otro lado de la mesa. Sabía que Burgesis no estaba contento conmigo, pero esta era la primera vez que habíamos estado en desacuerdo. Me había sentido muy fuerte sobre este asunto.

-Burgesis, -comencé. -No creo que yo quiera destruir un ejército. Sí, entiendo que han hecho cosas terribles en nombre del mismo Nerogroben. Simplemente siento que eso no significa que efectivamente sean seres malos. Matar, en general, en mi opinión, es algo difícil para mí de entender como una necesidad, o siquiera considerarlo y pensarlo. Para mí, sería como rebajarme a su nivel, el nivel de bestias, a fin de "ganar esta guerra." Pero, ¿qué habríamos logrado en este punto? ¿"Ganar la guerra"? ¿O habríamos logrado lo que Nerogroben estaba tratando de hacer "creando una más grande"? ¿Para obtener el mismo resultado: tomar control y gobernar? Siento que debe haber otras maneras de manejar estas situaciones que debemos agotar primero. Alguien que mata a otro ser en la Tierra es castigado por eso. Algunas veces es la familia o amigos de la víctima los que tratan de vengar la muerte de su ser amado, pero no pareciera haber ningún propósito para esto. Quiero decir que la venganza no trae de regreso al que murió. ¿Por qué no dar rehabilitación para ayudar al asesino a cambiar o a mejorar? Tal vez haya alguna manera de hacerlo que no vuelva a matar, o tal vez podamos perdonarlos por lo que hicieron. También ayuda ser compasivo y perdonarse por haber tenido esos pensamientos y prejuicios. Me refiero a que son personas con enfermedades mentales, -le expliqué tranquilamente volteando a ver al piso y después a Burgesis, quien se había puesto rojo de enojo.

-Porque eso no funciona, solo digo eso, 'aquí tienes tu rehabilitación', o 'te perdono' no detendrá a la gente de hacer otra vez lo que han hecho. En la Tierra, en América, encierran a los asesinos, ladrones, violadores, o les dan la inyección letal, no les van a dar un manazo y decirles que han sido malos por haber matado a alguien. ¡La justicia toma su curso como debe aquí en el Mundo de lo Desconocido! -dijo Burgesis gritando y apuntando hacia afuera. "¿Para qué crees que es la defensa de los elementos? ¿Para hacer fogatas en campamentos, llenar vasos y una fresca brisa en un día soleado?" preguntó Burgesis enojado.

-¿Qué tenían antes de Nerogroben, entonces? -pregunté.

-No teníamos nada. Antes de Nergroben no había nada relacionado con ningún sistema de justicia porque no había materia gris, no había maldad, ¡yo te dije! -respondió Burgesis enfurecido.

-Estás equivocado sobre cómo manejar esta situación, Burgesis. No creo que deba ir en contra de mi propia integridad, valores y lo que creo solo para "ganar la guerra." Funcionará con reconciliación. Esos fueron unos conjuros de magia estupendos, ¿pero eso hace que sea correcto matar a unas cuantos miles de personas por el bien de un millón o un billón de humanos mágicos y criaturas mágicas? Matar en general ha estado siempre mal para mí, no veo cómo puedas hacer algo tan horrible y que sea socialmente aceptable, en cuanto a las marcas mágicas, -respondí negando tranquilamente la cabeza hacia Burgesis desde el otro lado de la mesa.

-¡Es porque son solo troles y seres malvados al final de cuentas! ¡Chango viejo no aprende maroma nueva! Todos se odian ahora,- dijo Burgesis -¡No importa!

-¡No podrás enseñarle maroma nueva al chango, pero definitivamente hay esperanza para aquellos changos más jóvenes y menos corruptos que Nerogroben! -dije insistente mientras negaba persistentemente con la cabeza.

-Puedo entender lo que dices, y en este preciso caso, ¿tiene sentido matar a unos miles para salvar a millones? Sí tiene sentido. Te exhorto a que veas las cosas desde una perspectiva distinta, y si ganas la guerra sin violencia, o muchas pérdidas, entonces me sorprenderás. El mal allá afuera pareciera que siempre lleva la ventaja, -dijo Burgesis comenzando a calmarse mientras ponía su dedo, gradualmente, en cada punta de sus dedos. -Las marcas mágicas tienen cinco estándares en los que se basan. Número uno, tu consciencia; número dos, tu fuerza física; número tres, la fuerza emocional con la que dices las palabras; número cuatro, tu moral y tus valores; y por último, número cinco, tus virtudes. Cuando aprendes que matando a estas personas, quienes no solo están tratando de asesinarte, sino todo lo que defiendes, entrenas a tu subconsciente que está bien, y entonces no obtendrás marcas mágicas rojas. Haciendo eso obtienes buenas marcas mágicas, y si logras algo de lo que estás orgulloso o que defiendes o has luchado, o incluso algo que representa lo que eres, entonces obtendrás marcas mágicas buenas. El momento en el que dudes de ti mismo, te deprimas, te enojes, o algo por el estilo, es cuando tus marcas mágicas serán malas. Es por eso que cambias constantemente, porque cambias en cada momento con cada experiencia que vives, con tus actitudes, tus conocimientos, y con la sabiduría que recibes. De hecho, no me sorprendería si mañana despiertas con dolor, o fortalecido por lo que has logrado hoy, -dijo Burgesis viéndome fijamente.

-¿Dirías que si el ejército cambiara su perspectiva, se convertiría en un ejército bueno? -pregunté.

-Supongo, es una enorme diferencia. Pero creo que es posible, -dijo Burgesis. -Supongo, que ten en cuenta que hay miles en este ejército y algunos de ellos harían lo que fuera para hacerse tan poderosos y fuertes como Nerogroben.

-Entonces supongo que está bien matar a Nerogroben o su ejército si hay una absoluta necesidad cuando el tiempo llegue. Creo que preferiría intentar usar los elementos primero, -expliqué viendo a Burgesis, quien parecía estar más calmado. -Buenas noches, Burgesis, -le dije en medio de un bostezo. Pensé en nuestra conversación y aún, en mi corazón, sabía que incluso esto se sentía mal, mientras caminaba hacia mi cuarto. Cerré la puerta, me acosté en la cama, cerré los ojos y me quedé dormido.

La siguiente mañana me desperté de un susto con una sacudida que Burgesis me dio. -¡Despierta, Mark. Barty y Jana no han regresado! Creo que algo les pasó, -dijo Burgesis angustiado.

-El enemigo no sabe que estoy aquí, ¿no? -pregunté cuidadosamente, ya estaba completamente despierto y me había sentado en la cama de un salto.

-No sé, es posible, digo, todo lo que habría tomado es que alguien viera esta madriguera y la mantuviera vigilada; entonces capturara a Barty y Jana cuando se fueron, -respondió Burgesis mientras volteaba frenéticamente alrededor del cuarto tratando de pensar.

-Tal vez decidieron pasar la noche en la casa de los Fortesque. Las cosas podrían haberse dificultado al tratar de irse de ahí con todos los hombres en los alrededores. Creo que deberíamos esperar hasta mañana en la noche para preocuparnos. Necesitan tiempo para viajar a la casa de los Fortesque dependiendo de lo lejos que esté, -sugerí tranquilamente, Burgesis asintió. -De cualquier manera, no nos hace ningún bien. Ellos tienen razón, no he practicado lo suficiente todavía como para salir de este lugar a salvo, -le dije a Burgesis mientras él sacaba un libro del estante que había estado viendo por un rato.

-Tienes razón, muy bien, les daremos hasta mañana en la noche, -dijo Burgesis distraído. -Toma. -continuó al tiempo que me aventaba un diccionario español-latín que tenía en las manos. -Todas las palabras de este libro te ayudarán eventualmente, -dijo Burgesis con determinación.

Atrapé el libro y decidí que él tenía razón, así que comencé al principio del alfabeto. Mientras leía las palabras pensaba en maneras en que podría usarlas combinadas con otras palabras. Yo parecía ya saber cómo utilizar los diferentes objetos y materiales en el diccionario con magia al tiempo que leía con total interés. Burgesis debe haber salido del cuarto en silencio, ya que noté hasta después de un rato que ya no estaba, me había perdido en el libro.

Comencé a tomar notas y a escribir en inglés palabras con su traducción en latín, haciendo de esta manera mi propio diccionario de inglés al latín; me sentí muy orgulloso.

Al sentirme así, casi inmediatamente también sentí un poder interior cuando inhalé profundamente y un calor me recorrió. Noté que había ganado una marca mágica. Era de un rojo brillante, iluminando la oscuridad del cuarto. Yo no podía más que mirarla asombrado.

Burgesis entró lentamente y sonrió al ver la luz quemando mi piel, -recuerdo cuando recibí mi primera marca mágica y me sentí orgulloso de mí mismo. ¡Ah, los viejos tiempos!, -movió la cabeza sonriendo y salió del cuarto para sentarse en la sala.

Comencé a leer el libro lo más rápido que pude. Mientras leía, escribí estas palabras decididamente como si cualquiera de ellas pudiera ayudarme en cualquier momento, empezando con la A - abducción/secuestro - Abripio, a D - destrucción - abolefacio.

-¿Listo para comer? -llamó Burgesis desde la cocina. -Sí, ahí voy, - le respondí. Cerré mi libro, lo puse en mi cama y salí en dirección a la cocina. -¿No has recibido noticias de Bary y Jana todavía? -le pregunté a Burgesis, quien cortaba un sándwich recién hecho en un plato que estaba en la barra frente a él en la cocina.

-Todavía no, -respondió dándome el sándwich en el plato.

-No te preocupes, regresarán pronto, -dije en tono reconfortante.

-Burgesis, ¿qué tanto tiempo y qué tan bien conoces a Barty y Jana? ¿Confías en ellos? ¿Cómo los conociste?

-Los conozco desde hace años, antes de que yo estuviera en el ejército de Nerogroben, son buenas personas. Sé que no están tratando de traer a los hombres de Nerogroben aquí. Morirían primero. De todas las personas que conozco, aquí en el Mundo de lo Desconocido, ellos son en quienes más confío. Han estado para mí en los tiempos más difíciles, y han sido muy comprensivos. Ellos harán lo que sea para ayudarte, Mark. Voy a añadir otra capa de protección a este lugar desde afuera. Si tardo más de cinco horas haciéndolo, será mejor que te quedes dentro hasta que la fuerza de seguridad secundaria esté lista, -dijo Burgesis.

-¿A qué te refieres con fuerza de seguridad secundaria? -pregunté.

-La fuerza de seguridad secundaria es una alta seguridad transferida para los rebeldes en emergencias. Solo necesitas decir 'ayuda' en latín y apuntar al cielo, y la ayuda vendrá a ti. Para serte sincero, no creo tardar más de dos horas creando estos conjuros de protección en la casa, -explicó Burgesis.

-No te preocupes, puedo ocuparme en algo, especialmente con ese libro que me diste, -le dije mientras lo veía.

-Si yo fuera tú, no le diría a nadie sobre ese libro que te di, porque técnicamente es ilegal tenerlo porque contiene muchos secretos, -dijo Burgesis en voz baja, yo asentí.

-Muy bien, -dije curioso mientras terminaba con el último bocado de sándwich. Entré a mi cuarto y Burgesis me seguía con la mirada.

-Ten cuidado mientras yo no esté, no abras la puerta delantera o le quites el seguro a tu puerta, no importa quién te digan que son los que la tocan. La fuerza secundaria y yo somos los únicos que sabemos que la contraseña para abrir cualquier puerta es depraesentiarum, que significa 'aquí y ahora.' Ahora debo irme antes de permanecer solos por más tiempo, -dijo Burgesis abriendo y asegurando la puerta detrás de él al salir.

Puse seguro a la puerta de mi cuarto y continué escribiendo palabras de mi diccionario de latín en un cuaderno que originalmente había estado en mi mesita de noche. Prendí la lámpara y abrí el libro donde lo había dejado, me acomodé en la cama y continué escribiendo palabras entre Detectar - olefacto, a Paloma - Columba. En eso me topé con la palabra 'Dragon - anquis.' -Me pregunto, -me dije en voz alta, pero entonces decidí no usarla en ese momento. Continué escribiendo, Águila - Aquila, Espiar - subausculto. Entonces vi la palabra 'Electrica' para eléctrico y recordé lo que Barty, Jana y Burgesis habían dicho sobre que era un elemento cuestionable. También habían comentado que solo los más poderosos lo usaban. Decidí tratar de esperar al tiempo correcto, para usarla responsablemente. La siguiente hora y media, continué eligiendo varias palabras del diccionario, entre Linterna - Lucis afflatus a Niebla - nebula, vi la palabra Cuchillo y su versión en latín Culter.

Había terminado de escribir algunas de las palabras que yo consideraba más importantes, ahora solo era cuestión de aplicarlas.

Noté que todo estaba muy tranquilo y silencioso afuera. Después de esperar otros quince minutos, hubo tres golpes en la puerta y la palabra depraesentiarum fue dicha, así que abrí la puerta para encontrar a Burgesis, Barty y Jana.

-Añadí la protección extra, pero temo que no dure, -dijo Burgesis viéndome.

-Los hombres de Nerogroben han estado cerca de aquí demasiado tiempo, -dijo Barty con la mirada puesta en Jana.

-Creo que deberíamos moverlos a los dos, esta noche, antes de que se pongan más difíciles las cosas, -dijo Jana mientras yo ponía el diccionario en la bolsa de mi chamarra.

-Corre el rumor de que el elegido está aquí, -dijo Barty a Burgesis en un susurro que yo pude escuchar perfectamente, gracias a mis grandes orejas.

Burgesis corrió hacia el cuarto donde yo había estado durmiendo y apuntaron hacia varias maletas que al instante se abrieron solas y varias cosas se movieron solas del estante hacia ellas. Estas cosas comenzaron a empacarse solas en la pequeña mochila, que cuando estuvo llena se encogió en tamaño hasta llegar a ser como una caja de pastillas. Burgesis la metió en su bolsillo sonriente viendo mi expresión maravillada y dijo, -me gusta viajar ligero.

Entonces Jana y Barty continuaron empacando de la misma manera y moviendo cosas alrededor mientras yo observaba fascinado.

Burgesis puso una capa sobre mi cuerpo, la cual me cubría de la cabeza a los pies. Entonces murmuró occaeco, después de poner su mano en mi cabeza; entonces me hice invisible.

En minutos estábamos afuera de la casa. Aspiré profundamente y respiré el fresco aire de la noche a través de la capa.

-Por aquí, -nos dijo Barty a Burgesis y a mí. Jana cerró y aseguró la puerta detrás de nosotros. Barty y Jana comenzaron a correr frente a nosotros mientras nosotros los seguíamos hacia la oscuridad. Podíamos ver las luces de la casa desaparecer entre los árboles en la distancia al tiempo que nuestra aventura comenzaba.

Capítulo 12
Huyendo

Habíamos corrido por lo que parecían horas, y por suerte aún estaba oscuro. Podíamos escuchar a los hombres de Nerogroben desde varios de sus campamentos a través de los árboles del bosque cuando pasábamos cerca. Nos deteníamos de vez en cuando para recuperar el aliento, y después continuábamos como si nuestras vidas dependieran de eso. Finalmente, encontramos un claro en el cual se decidió que acamparíamos. Armamos nuestras tiendas para dormir y conjuramos protección alrededor de nuestro campamento para evitar que la gente pasara por el claro.

La siguiente mañana, cuando nos despertamos, Jana había preparado unos sándwiches para todos antes de que nos fuéramos de la casa la noche anterior. Los tomó de la mochila de Barty. Cuando terminamos de comer, empacamos todo y comenzamos nuestro viaje otra vez. Burgesis se aseguró de que yo estuviera completamente cubierto por la capa de invisibilidad. Durante este viaje, noté que cada vez que Jana, Barty y Burgesis podían alejarse de mí, se adentraban en profundas conversaciones a susurros de las cuales se evitaba física y mágicamente que yo escuchara o participara de ellas. Fue un par de semanas después en que finalmente terminé de hartarme de esto.

Había comenzado a sentirme frustrado pensando a dónde íbamos, qué íbamos a hacer. Yo solo quería ir a casa, ya no quería huir de nada.

Burgesis parecía estar en sintonía con mis pensamientos y sentimientos.

-Ya casi llegamos, -dijo Burgesis.

-¿A dónde vamos con tanta prisa? -pregunté frustrado a Burgesis, quien asentía silenciosamente hacia Barty.

-¿Recuerdas cuando te dijimos del ejército de Nerogroben? -preguntó Barty después de haber volteado a ver a Burgesis y a Jana, después a mí lentamente.

-Sí, -respondí impaciente.

-Hay algunos de nosotros que son leales a Nerogroben y a su ejército, -dijo Burgesis cuidadosamente.

-Ajá, -dije aún preguntándome cuál era el alboroto.

-Bueno, nosotros, Barty y yo, -dijo Jana. -Llamamos a los rebeldes, por así decirlo, por eso es que nos tardamos tanto. Estábamos enviando mensajes a, mmm... -se detuvo y nerviosamente buscó con la mirada a Barty y a Burgesis para que la ayudaran.

Yo no podía entender por qué estaban tan nerviosos pero aparentemente emocionados. En muchas de sus conversaciones, en los últimos días, cuando creían que yo dormía, habían olvidado conjurar los encantos mágicos para evitar que yo pudiera oírlos. Pude sacar un poco de información cuando los escuché desde sus tiendas, hablaban sobre un tipo de reunión. Burgesis notó lo que yo estaba pensando y cuánto me molestaba saber que hablaban a mis espaldas.

-Sé que estás frustrado con nosotros, así que te voy a decir lo que está pasando, -dijo Burgesis. -Estamos todos muy nerviosos porque no sabemos cómo reaccionarás a lo que te vamos a decir," continuó mientras veía a Jana y Barty.

-Puedo manejarlo, -le dije tratando de tranquilizarlo.

-Jana estaba a punto de decir algo sobre los rebeldes, -continué volteando hacia ella, mientras ella continuaba pidiendo apoyo a Barty y Burgesis con la mirada. Entonces le dio un codazo a Barty. Yo no le quité los ojos de encima.

-Pues, sí, bueno, mira... está bien, aquí va... tienes que entender que tanto los humanos mágicos como las criaturas mágicas tienen alianzas con Nerogroben y su ejército o con... -dijo Barty tratando de explicar, pero entonces volteó a ver a Burgesis.

-Contigo, porque tú eres el elegido, -dijo Burgesis viéndome y esperando mi reacción, pero yo no mostraba ninguna ya que estaba asegurándome de no tenerla, de no sacar ninguna conclusión apresurada. -Ellos creen en la profecía de tu venida.

-Creí que no se llevaban bien entre ellos, -dije.

-No se lleban bien, pero estos son seres que están dispuestos a entregar sus vidas, están dispuestos a ser asesinados por esta causa. Ellos solo quieren paz, para nuestro futuro, el de la tierra y el del Mundo de lo Desconocido. Preferirían ser asesinados a permitir que Nerogroben y su ejército causen un desastre en el futuro de los niños de ambos mundos. Están de tu lado por ti, creen en ti y en lo que representas, -dijo Burgesis.

-¿Pero por qué yo? ¿Por qué no Burgesis? -pregunté. -¿Por qué hay quien está dispuesto a entregar su vida por mí? ¡Ni siquiera me conocen! -comencé a decir, pero Burgesis levantó la mano para rebatir.

-¡Ellos conocen la profecía y saben del potencial que tienes, y los poderes que hay en tu interior! -dijo Burgesis sonriendo.

-Todos tenemos un gran poder en nuestro interior, y todos somos capaces de hacer grandes cosas. La gente debería seguirte porque sabes más de marcas mágicas que yo, -insistí.

-Eso no es una buena idea, -dijo Barty. -Si tú eres el elegido es porque esto era para ti, se supone que es tu destino. Simplemente no lo entiendes, Barty continuó viendo a Burgesis.

-¿A qué te refieres con 'si'? ¿Por qué no tú, Burgesis? ¿Qué es lo que no entiendo? -pregunté confundido.

-Necesitas conocerme más para que veas porqué tiene que ser así.
Discúlpanos un minuto, -Burgesis dijo con la mirada clavada en mí.

-Vamos a dar un paseo, -Burgesis me dijo cautelosamente, yo asentí, me levanté y seguí a Burgesis y a Barty.

Dejamos atrás la gran tienda cubiertos por la capa, hacia la oscuridad. Burgesis, Barty y yo caminamos juntos fuera del campamento. Jana se quedó para vigilar el campamento.

-Debes entender cómo están las cosas para nosotros ahora mismo, todo lo que hacemos está siendo vigilado y juzgado por otros. Cada que tengas una conversación con alguien debes asegurarte de que puedes confiar en ellos, de otra manera nunca sabrás lo que puede pasar mañana. Los seres de aquí siempre deben estar alertas si la persona con la que están hablando pertenece al ejército de Nerogroben o -peor- si es uno de sus informantes, -me dijo Barty bruscamente.

Después de caminar en silencio por algunos minutos, nos topamos con un palo en el piso con una marca en un lenguaje extraño, yo lo miré con curiosidad.

-Es la señal de donde el primer ataque antes de la Guerra Oscura inició. Cuando las noticias de Nerogroben apoderándose del Mundo de lo Desconocido se estaban esparciendo, había un creciente número de seres que lo apoyaban. Él convenció a todos que todos los líderes de los clanes eran corruptos y que solo querían dinero y poder, y que en realidad sus clanes no les importaban. Esto ocasionó una gran conmoción, y en algunos casos, desgraciadamente, tenía razón. Esta era la casa donde mi mamá, mi hermano y mi hermana, quienes eran leales a Nerogroben en ese tiempo, murieron, -dijo Burgesis señalando una casa quemada, en ruinas. -Fue un día muy oscuro en mi vida. Yo había jurado mi lealtad a Nerogroben y era parte de su ejército, había sido entrando. Su idea era atacar mi pueblo, que era uno de los más cercanos a Metromark, para mostrar su fuerza y persuadir a otros a no traicionarlo. Yo no sabía hasta que estábamos en camino y comenzamos a atacar. Mi familia no tuvo ninguna oportunidad de irse antes del ataque sorpresa, -continuó Burgesis mientras comenzaba a llorar, volteando hacia Barty para que él continuara.

-El padre de Burgesis sobrevivió porque estaba en lo profundo del bosque cortando leña para la chimenea. Él no ha podido ver a Burgesis en años. Creemos que no sabe que Burgesis aún vive, -dijo Barty cuidadosamente.

-¿Dónde está tu padre ahora, Burgesis?, -pregunté despacio, viendo las ruinas de la casa al pasar por los escombros de Petal Village, era pura desolación, no había nadie.

-Mi padre vive en Metromark, -respondió Burgesis, -según Brendan Alicea, el asistente del canciller Rain. El canciller quería que yo probara mi fidelidad, y que probara que no le soy fiel a Nerogroben antes de permitirme ver a mi padre otra vez. Yo era el original, el elegido, pero fallé. Me uní a Nerogroben y fui engañado. Sí, fui parte de su ejército; no me siento orgulloso. Esa es la razón por la que no puedo liderar la rebelión en su contra. El hecho es que fui entrenado por ellos, así que sé cómo pelean y cómo ayudarte. La gente que vivía en este pueblo eran una mezcla de humanos mágicos y criaturas mágicas, hermosos y amorosos. Eran inocentes y no debían morir, -continuó Burgesis sin poder contener las lágrimas.

-Al tiempo que Nerogroben se hacía más poderoso, también creció su idea de que los humanos mágicos y las criaturas mágicas no deberían mezclarse. Esto causó pánico y desconfianza, también esparció odio entre los clanes, y con esto vino la segregación. Los humanos mágicos crearon la custodiada e impenetrable ciudad de Metromark. Algunos dicen que era protección contra la maldad de Nerogroben y su ejército. En mi opinión, no es protección; hasta este día, lo usan como una justificación a su cobardía.

-¿Por qué y cómo es que soy el elegido? ¿Por qué crees que soy la persona indicada si otros pensaban que tú eras el elegido?, -pregunté nervioso mientras Burgesis sonreía.

-Whiskers creía que eras tú, -respondió con un brillo en sus ojos.
-Además, déjame decirte que Whiskers jamás me vio como el elegido de la profecía.

-¿En verdad? -pregunté incrédulo.

-Espera, ¿qué? ¿Cómo es que Mark conoce a Whiskers? -preguntó curioso Barty.

-Para que Whiskers y yo pudiéramos buscar al elegido, necesitábamos una manera de no solo mezclarnos, sino que además pudiéramos buscar sin que pareciera que estábamos buscando a alguien, -comenzó a explicar Burgesis.

-Me preguntaba cómo me eligieron, ya que hay miles de chicos en la tierra que podrían ser una buena opción. -Burgesis asintió, entendía mis pensamientos.

-Tienes razón, Mark, por años Whiskers y yo pasamos por muchas familias y chicos con la esperanza de encontrar al correcto a tiempo, -expuso Burgesis.

-¿A tiempo? -pregunté frunciendo el ceño.

-Verás, nosotros no somos los únicos en la tierra buscando al elegido, -Burgesis continuó. -Los gobiernos están tratando de encontrar a gente con cualidades específicas para dar con la persona que está destinada a ayudarles en sus mundos también, y es el mismo chico que buscan.

-¿Esa es la razón por la que te preocupaba que yo muriera? -pregunté preocupado. -¿Quién está buscándome?

-Ese es el punto, aún no estamos seguros sobre ti. Fue a través de unas rigurosas pruebas que Whiskers le ponía a los chicos que eventualmente sintió que había encontrado al correcto; tú, Mark, -explicó Burgesis.

-La segunda noche después de que lo alimentaste, él encontró compasión en tu corazón, y después de observarte supo que eras un ser puro. Los dos nos pusimos de acuerdo y decidimos que su muerte en la tierra significaría que había encontrado al elegido, el único chico puro. La prueba final era ver cómo manejabas el duelo, el dolor, la lucha y la pérdida en tu vida. Te obligaste a ir a la escuela, me recibiste dejando tu cuarto, lo cual me dijo que estabas tratando de aceptar lo que había sucedido. Y era mi trabajo confirmarlo. Si tú hubieras fallado, simplemente habríamos continuado. Respondiste a la situación y no reaccionaste emocionalmente a todo. Sí, tus emociones estaban a todo lo que daba, pero mantuviste la compostura conmigo en tu sala, -explicó Burgesis serio mientras yo procesaba todo.

-¿Cuánto tiempo has vivido en tu hogar en la tierra?, -preguntó Barty viéndome.

-Toda mi vida, -respondí.

-¿Ves? -dijo Burgesis.

-¿Ver qué? -pregunté confundido.

-No has viajado como nosotros, -replicó Burgesis.

-Claro, te he visto crecer un poco, cruzando la calle de mi casa, pero verás, mientras crecías, no has experimentado cómo es la gente alrededor del mundo. Solo ves cómo la gente actúa alrededor de 'tu mundo' y todo lo que ves es la bondad en ellos. Hemos notado que en tu corazón no ves a los demás como malos, no confiables, flojos o arrogantes. Pero, si puedo agregar, no estás impresionado de que el mundo sea así, -continuó aparentemente leyendo mi mente.

-Todo lo que hagas de ahora en adelante será visto como la manera correcta de manejar las situaciones en que estamos a punto de ponernos. Eres nuestra nueva conciencia, nuestra guía moral. Serás capaz de liderar moralmente este ejército de rebeldes leales, gente mágica, y criaturas similares, y mostrarles un mundo puro y generoso, y cómo vivir entre amigos, -añadió Barty.

-¿Pero qué si hago el ridículo? ¿Quién me escuchará? Soy solo un chico que no sabe lo que no sabe, -expliqué, -no soy especial o inteligente, o lo suficientemente disciplinado para guiar a alguien, apenas puedo guiar mi propia vida.

-Eres humilde y muy especial, ¿qué pasó con tu positivismo? -preguntó Burgesis frunciendo el ceño.

-Quiero ser positivo, pero no sé a qué me enfrento.

-¿Cuántos seguidores tengo? ¿Cuántos hay en el ejército de Nerogroben? -pregunté angustiado.

-Tu fe aumentará cuando veas la fe que los demás tienen en ti, y lo leales que serán conforme nos acerquemos. El mundo está lentamente llegando al resto de las familias, y ellos se encontrarán con personas que cambiarán y estarán entusiasmados, -Barty explicó con la mirada puesta en Burgesis.

-¡Pero ni siquiera me han conocido! -dije desalentado sintiendo una gran presión.

-De cualquier manera, hay algo que debes tener en mente, Mark. Todos somos capaces de hacer grandes cosas en circunstancias difíciles. La gente te seguirá por lo que hagas por ellos, y lo que hagas por otros. También te seguirán no solo por lo que crees, sino por lo que representas, -explicó Burgesis.

-Ah, ¿sí? ¿Y qué represento? -pregunté escéptico.

-¡Esperanza, Mark, esperanza! ¡Tú eres nuestro líder y la gente volteará a verte incluso solo por eso! -exclamó Burgesis entre lágrimas con una gran sonrisa.

Continuamos nuestro camino al campamento, donde Jana nos recibió con la cena preparada. Comimos en silencio. Después me fui a dormir sintiéndome un poco mejor de entender al menos un poco más de lo que estaba sucediendo. Solo me sentía mal por Burgesis y lo que había sucedido con su familia. No había nada que quisiera más que verlo volver con su padre. Fue en ese momento que decidí que la única manera en que eso sucedería era que el canciller Rain viera que Burgesis estaba de nuestro lado y que estaba completamente en contra de Nerogroben.

Capítulo 13

El río de la paz

La siguiente mañana me levanté temprano, quería algo de tiempo solo para pensar en un plan en el cual pudiera aplicar la magia que había aprendido por mi cuenta.

Silencioso y con la mente tan clara como pude, dejé la seguridad de nuestro campamento. Mientras caminaba por el claro, encontré un río. Era muy temprano y no había ni un alma.

Levanté las manos y tomé aire profundamente mientras cerraba los ojos. Me sentí en paz.

Al tiempo que movía mis manos descubrí que desplazar el agua en el río era muy relajante al sentirla fluir a través de mí. El agua se movió alrededor y contra la corriente creando ondas y olas.

Después de unos momentos me detuve abruptamente ya que había algo moviéndose en el agua alrededor de mis corrientes río arriba.

-¿Barty? ¿Jana? ¡Si son ustedes, dejen de jugar! -exigí sintiéndome nervioso; pero no hubo respuesta del ser con pelaje café que se dirigía hacia mí. Así que tomé las corrientes de agua más fuertes para usarlas en contra de la criatura que venía río abajo hacia donde yo estaba.

-¿Por qué y cómo es que está usted lanzando esa agua, señor? -preguntó la criatura levantando su cabeza.

-Lo siento, -dije cuidadosamente aún con mis manos levantadas defensivamente.

-Está bien. Noté que no era fácil nadar por aquí, entonces vi que estabas moviendo la corriente en dirección opuesta al resto del río. ¿Quién eres?

-Me llamo Mark, -respondí detenidamente; me di cuenta de que la criatura era un castor cuando se paró en dos patas.

-Mucho gusto, Mark. ¿A qué clan perteneces? -preguntó el castor.

-Soy de... -comencé, pero después di un salto cuando el castor puso sus manos defensivamente hacia mí.

-Mark, ¿qué haces aquí? ¡Se suponía que te quedarías con nosotros! ¿Con quién estás hablando? -preguntó Barty detrás de unos arbustos mientras Jana se asomaba detrás de él, ambos acercándose con sus manos levantadas a modo de defensa. -¡¿Pero, qué?!.. ¡Dickens! -soltó Jana rápidamente y volteando a ver nerviosa a Barty.

-Ah, solo eres tú, Dickens, -agregó Barty relajándose junto con Jana.

-¿A qué te refieres con que solo soy yo? -preguntó Dickens frunciendo el ceño al verme. -¿Qué hacen tan lejos del Valle de los Castores y con él?

-Creímos que estabas de parte de Nerogroben, -asestó Jana preocupada.

-¿Por estos rumbos? -respondió Dickens con una sonrisa traviesa. -¡Déjalos que intenten acercarse a mí y a este río! ¿Mark está con ustedes?

-Sí, viene con nosotros, -dijo Barty cuidadosamente volteando hacia Jana. -Lo estamos ayudando a regresar a su casa.

-Sí, se perdió cuando la corriente lo alejó de su escuela, así que estamos tratando de llevarlo a la Escuela de lo Desconocido, -respondió Jana asintiendo.

-Qué raro, -replicó Dickens acercándose a mí, sospechoso. -Hace un momento estaba manejando el agua muy bien.

-¿Estás solo, Dickens? -interrumpió Barty.

-Sí, claro que estoy solo, -contestó Dickens. -¡El resto de nuestro clan está en el Valle de los Castores como ustedes bien saben!

-Veo que ya conociste a nuestro joven Mark Trogmyer, -sonrió Burgesis asustándonos detrás de nosotros.

-¡Ah, por fin, Burgesis, tu regreso ha sido tan esperado! -dijo Dickens sonriendo y acercándose a la orilla del río, aproximándose a mí, para abrazar a Burgesis entre risas.

-Ninguno de ustedes ha respondido por qué sus historias no cuadran, ¿quién es Mark? ¿Por qué todo este misterio? -preguntó Dickens con cuidado y lanzándome una mirada de sospecha que después dirigiría a Barty, Jana, y Burgesis. Todos me voltearon a ver. Entonces todos pusieron sus ojos en Burgesis, quien me miraba ininterrumpidamente tratando de leer mi mente. Yo pensé: -Burgesis, si tú me garantizas que Dickens es de confianza, entonces revélale quién soy. Confiaré en tu criterio, por ahora, para asegurar que mi identidad no será expuesta a las personas equivocadas hasta que sientas que ya estoy listo.

Burgesis asintió.

-Mark es un amigo de confianza, lo conozco desde la infancia. Huyó de la escuela porque sintió que había mucha corrupción ahí. Sus padres aún no saben que huyó así que, por favor, no divulgues esta información, -le explicó Burgesis a Dickens, quien se tomó un momento para procesar la información y después lo aceptó con un movimiento de cabeza.

-Tienes razón, esos magos han estado intentando crear un ejército para defender la escuela de ser anulada. Hay mucha corrupción y maldad dentro de esas paredes, -dijo Dickens mostrando su comprensión al respecto. -Bueno, mucha suerte con tus futuros proyectos, Mark; que permanezcas en la luz. Comandantes, estaré en las casas de los clanes si me necesitan. -Dickens terminó y asintió respetuosamente hacia Barty y Jana antes de alejarse nadando corriente abajo.

-Esto es lo último que ha sido dejado intacto por el ejército de Nerogroben. Este es el Río de la Paz, Es extremadamente poderoso, y es muy valioso para nosotros, ¿no es hermoso? -preguntó Burgesis sin esperar respuesta, al tiempo que observaba las aguas del río moverse corriente abajo, yo le respondí con un movimiento afirmativo de cabeza. Era pacífico, estaba rodeado por muchos árboles, arbustos y matorrales,

-¡Uf!, eso estuvo cerca, -soltó Barty.

-¿Comandantes? -pregunté pensando en lo que Dickens había dicho. Burgesis asintió.

-Todos los líderes son los comandantes de sus propios clanes, -explicó Burgesis. -Es una señal de respeto.

-Ah, bueno. Me imagino que Dickens no es confiable, ¿cierto? -le pregunté a Burgesis.

-Sí es confiable; la cosa es que, como estamos en una etapa temprana del juego, entre menos gente sepa de ti por ahora, mejor.

Asentí. Burgesis tenía un buen punto. Entre más gente supiera sobre mí en el Mundo de lo Desconocido, más posibilidades habría de que mi vida estuviera en peligro antes de poder estar a la altura de pelear contra Nerogroben. Regresamos a la seguridad del campamento, desayunamos y empacamos nuestras cosas rápidamente. Me pusieron la capa antes de avanzar tras los árboles. Viajamos paralelo al río que estaba cerca del campamento. Más adelante vi matorrales, arbustos y árboles altos que nos ocultaban y nos protegían de ser descubiertos. Ahí nos detuvimos para descansar, refrescarnos, y comer algo. Fue después de la comida que Barty, Jana y Burgesis querían recuperar el aliento. Me paré junto al río desde donde pude ver que más adelante se convertía parcialmente en un lago. Me sentí lo suficientemente libre para poder practicar.

Despacio levanté mis manos con las palmas hacia lo alto diciendo hydra suavemente y elevando mis dedos gentilmente. Una fuente de agua surgió desde el cuerpo de agua, y al tiempo que movía mis manos, se movía también el pequeño chorro.

Hice movimientos circulares con las manos, enfocándome en la energía del agua como si fluyera a través de mí. Estaba parado con los pies separados, y así movía las manos como si moldeara una esfera de arcilla. Miré el agua frente a mí, había un globo de agua flotando en el aire. Barty y Jana habían estado hablando de qué tan lejos se encontraban los rebeldes, pero repentinamente guardaron silencio cuando notaron mi elemento mágico.

-Te estás fortaleciendo, Mark, -dijo Burgesis detrás de mí; yo me asusté, congelé el agua y le lancé los cuchillos de hielo, pero él puso su mano y los trozos de hielo se detuvieron en el aire y se descongelaron cayendo como gotas de lluvia.

-Wow, discúlpame, -dijo Burgesis riendo. Debí saber que estabas muy alerta. -Estaba pensando en cómo deberías estar aprendiendo los elementos, ¿recuerdas cuando te dije que ajustando tu tono de voz puedes hacer los elementos más fuertes o más débiles?"

-Sí, -respondí sonrojándome al recordar esa conversación.

-Lo único que debes tener en mente es que mientras más alto pronuncies la palabra, será más poderoso será. Entre más tranquilo, más débil y menos poderoso será, -volvió a explicar Burgesis caminando conmigo a orillas del río.

-¿Por qué los demás no pueden ir a la tierra, y tú tienes esa habilidad? -pregunté con cuidado.

-Yo soy el único autorizado por tu mundo para ir, de ahí mi tatuaje de águila. Mi prometida me apoyaba mucho y quería que yo fuera exitoso, así que estaba feliz de que yo hubiera sido seleccionado para poder viajar para encontrar al elegido. Si y cuando muera, el águila entonces elige a su siguiente representante por sí misma, basada en los principios de moral y creencias tradiciones de esa persona o criatura, el águila se posa pacíficamente en esa persona, pero el águila nunca muere. Es un símbolo de mi representación de la tierra aquí, y yo me encargo de abastecer de cosas como jabón o ciertos tipos de comida, etc. Es por eso que dije -regresaré contigo después si me hubieras dicho que no vendrías al Mundo de lo Desconocido, -dijo Burgesis.

-Ah, bueno, -respondí, mientras recorrimos el camino por alrededor de diez minutos.

-Confía en mí, -dijo Burgesis leyendo mis pensamientos. -La vida aquí es muy consciente de lo que podría ser y lo que será. Cuando comprendas el lenguaje de la naturaleza verás lo que quiero decir cuando digo que ellos están asustados, muy asustados, créeme... -su voz se apagó al tiempo que se detuvo y comenzó a añadir encantos de protección para prevenir que alguien nos pudiera ver.

-Bueno, ¿y cuál es el lenguaje de... -comencé a hablar pero Burgesis me calló.

-¡Shh, baja la voz! -dijo Burgesis. Jana y Barty corrieron hacia mí, tenían miedo en su mirada.

-La razón es que no podemos confiar en las plantas por aquí. Cada árbol, cada arbusto, cada hoja de pasto tiene voz y está del lado del elegido o en contra de él, o del lado de Nerogroben o en contra de él. No sabemos quién está en cuál lado, así que es mejor mantenernos callados, no necesitamos que cierto tipo de personas obtengan información, -dijo Barty volteando cuidadosamente para todos lados, yo asentí.

En ese momento Barty y Jana saltaron del susto cuando varios patos y gaviotas se lanzaron a volar desde el piso, más abajo en el camino. Pudimos ver a dos de los hombres de Nerogroben subiendo por el camino. Me di cuenta entonces de que eso es lo que Burgesis había visto, solo que nosotros aún no lo habíamos notado.

-Parece que tenemos compañía, -dijo Barty moviendo su cabeza en dirección al camino delante de nosotros.

-Lo sé, -respondió Burgesis en murmullos, -los vi desde hace rato, pero no quería preocuparlos, así que tenemos un poco más de protección, no podemos ser vistos inmediatamente. Estoy tratando de pensar en un plan.

-Rápido, escóndanse en estos arbustos, -dijo Jana nerviosa.

Los troles de Nerogroben pasaron muy cerca de nosotros entrados en una profunda conversación que pude oír.

-No puedo creer que el jefe quisiera que hiciéramos esto, esto ocasionará un levantamiento en su contra. Tanto los humanos mágicos como las criaturas mágicas viven de estas aguas. Parece que no le interesa lo que le pase a las personas que le son leales, -dijo un trol flaco vestido con una armadura.

-No le importa, -dijo el otro, un trol gordo, con una gran indiferencia. -Solo empieza. Debemos hacer lo que se nos pide, de otra manera es nuestro fin.

El trol flaco asintió poniendo su mano en la orilla del río. Susurró profundamente mientras el otro trol lo observaba con detenimiento.

El trol continuó murmurando, y poco a poco un color oscuro parecía estar goteando de sus brazos y hacia el río justo delante de nuestros ojos. Inmediatamente las criaturas del agua comenzaron a salir a la superficie respirando con dificultad. El cuerpo de agua estaba siendo envenenado. El agua se puso negra, las aves comenzaron a atacar ferozmente a los dos guardias quienes respondieron con fuego y fuertes ataques de viento.

Entonces las plantas trataron de entrar al rescate. El lago de la Paz había sido envenenado y por un tiempo Barty y Jana se vieron el uno al otro con la mirada llena de miedo. El siguiente momento todo el lago era negro.

Salí de mi escondite abruptamente gritando y apuntando a los troles -¡ALTO!

-No nos puedes obligar, -dijo el trol gordo disparando bolas de fuego hacia mí. Burgesis las bloqueó.

Jana dijo, -¡Mark, no hagas nada!

Barty gritó, -déjalos en paz y podremos irnos a salvo.

-Esperen, déjenlo manejar esto, vamos a ver de qué está hecho, -intervino Burgesis, repentinamente, deteniendo a Jana y a Barty, lleno de curiosidad.

Yo me sentía enojado, una marca mágica en forma de rayo apareció en mi cuerpo y me quemaba. Fue hasta ese momento que me di cuenta de que tenía ese elemento mágico en mí. Al voltear arriba noté que el cielo se oscurecía.

Me sentí entrar en un estado raro, mis ojos se pusieron en blanco pero aun así podía ver. Entonces puse mi manos en el aire y nubes oscuras se formaron encima de mí. Las nubes comenzaron a cubrir todo el cielo por el área del lago y a oscurecerse cada vez más, llenándose de agua de lluvia. Fue ese momento en que grité ¡Lightningum Forte!, y relámpagos atravesaron el cielo. Apunté con mis dedos a los troles directamente y comencé a lanzarles rayos hasta que el guardia delgado se detuvo. El trol gordo hizo lo mismo, dejó de lanzarme bolas de fuego. Dos minutos habían bastado para dejar atónitos a los guardias. A continuación los levanté en el aire con poderosos vientos y los dejé atrapados entre una pared de ladrillos y piedras cerca del río. Decidí poner una tabla de piedra cerca de ellos, y con los mismos rayos escribí:

"DEJEN ESTE RECIÉN NOMBRADO RÍO DE LA PAZ Y EL LAGO DE LAS PROMESAS EN PAZ. ESTO ES UNA ADVERTENCIA PARA TODOS DE 'EL ELEGIDO'.

SI ESTE RÍO, O EL LAGO, O ALGUNA CRIATURA CERCA DE ESTE RÍO ES LASTIMADA... ESTO MISMO LES SUCEDERÁ A LOS RESPONSABLES".

Después de unos minutos, los troles recuperaron la consciencia sorprendidos de encontrarse atrapados contra la pared al tiempo que leían el mensaje. Yo estaba completamente enojado con ellos por ser tan crueles y les grité, -NADIE destruirá este río sagrado otra vez, -entonces susurré unos encantos que de repente llegaron a mí, también agregué maldiciones para lastimar a quien tratara de lastimar el lago o a cualquiera alrededor del lago. De mis manos salió una niebla plateada y entonces murmuré un encantamiento que limpió el río y el lago. Comenzó a fluir de nuevo y su color oscuro desapareció.

Despacio caminé hacia atrás, hacia Jana, Barty y Burgesis, quienes me veían atónitos. Habían observado todo y no podían evitar sonreír y aplaudir maravillados.

-Te dije que los rayos no eran una opción para la magia de los elementos y tú me dijiste 'sin matar, ¿cierto?' -dijo Burgesis preocupado viendo a los dos troles tratando de escapar.

-Bueno, decidí intentarlo porque, por alguna razón, vino automáticamente a mí. Quien lastime este mundo frente a mí pagará dos veces y sí, los guardias siguen vivos, no los maté; se podría decir que los dejé impactados.

Dije ad sanandum y una luz vino desde dentro que me hizo sentir una fortaleza venir hacia mí como nunca antes la había sentido.

-Este tipo de magia no se controla fácilmente aquí abajo. Haberla usado por primera vez y de manera tan exitosa demuestra lo poderoso que te estás haciendo. Solo hay otras dos personas que conozco que podrían haber usado rayos: tú, yo, y Nerogroben, quien no tiene control directo sobre esta magia como parecieras tener tú, -continuó Burgesis mientras regresábamos al campamento.

-Descansa ahora, Mark, -dijo Barty viéndome.

Caminé cerca del fuego y ahí puse mi bolsa de dormir, me acosté y pensé en lo que había sucedido. Había sido interesante conocer a Dickens y esperaba verlo otra vez, en circunstancias más honestas. Burgesis tenía razón, yo no estaba impresionado por cómo eran nuestros mundos. Quiero decir que hay muchos tipos de maldad, ambos mundos contienen mucho miedo, ira, frustración, avaricia y envidia. Los seres ya no actúan con la misma cortesía y respeto de antes. En general cualquiera puede ser egoísta y grosero sin importarle nada el efecto que pueda tener en los sentimientos o autoestima de los demás. Yo quería tratar de cambiar eso, me prometí a mí mismo que si quería hacer una diferencia en las vidas de aquellos a mi alrededor, necesitaba mostrar más interés y tratar de ser un mejor ejemplo.

-¿Está todo bien? -preguntó Jana viéndome llena de curiosidad mientras se acomodaba junto al fuego, a mis pies. Barty y Burgesis ya se habían dormido al otro lado de la fogata.

-Sí, solo estoy preocupado de decepcionar a los que son fieles a mí, no me siento digno de liderar a un ejército, sobre todo porque no estoy completamente entrenado en los elementos todavía, -dije observando a Jana.

-Sé que no sientes que vayas a hacer un buen trabajo ahora mismo, y que no tienes confianza en ti mismo sobre esto, pero debes entender que puedes marcar la diferencia en nuestras vidas, ¡y lo harás, Mark! -dijo Jana.

-Pero, ¿cómo? ¿Cómo puedo marcar la diferencia en las vidas de aquellos a mi alrededor? -pregunté angustiado.

-Estás tan inseguro de ti mismo que no te das cuenta de que ya has marcado la diferencia para Barty y para mí, -explicó Jana. -Barty nunca se preocupaba tanto por los demás y no confiaba en nadie tan fácilmente. Tú aumentaste nuestra confianza en ti y, por lo tanto, realmente creemos en ti y en la diferencia que puedes marcar en nuestras vidas aquí en el Mundo de lo Desconocido. Lo harás maravillosamente, Mark, -dijo Jana sonriendo. -Debes recordarlo, saber cómo usar la magia de los elementos no es lo mismo que saber cuándo usarla.

-¿Cómo puedo entrenar más? -pregunté. -Realmente no sabía qué era lo que iba a hacer, simplemente llegó a mí. Solo supe un montón de palabras en latín y las junté. Me di cuenta de que si no aprendo la magia de los elementos, que pareciera que el mundo depende de que yo aprenda, las cosas podrían desmoronarse. Me siento tan abrumado. Tengo mucho que aprender y un largo camino que recorrer antes de que pueda estar a la altura de las expectativas de los demás.

-Debes aprender a controlar tus emociones y a sentirte confiado, -dijo Burgesis repentinamente al otro lado del fuego.

-Lo siento, pero cuando te preocupas puedo oír tus pensamientos. Los escucho mucho más alto de lo normal que cuando no estás estresado. Ya me había quedado dormido, pero me despertaste y eso no está bien, -dijo Burgesis amargamente.

-Hay gente allá afuera que como yo puede leer la mente de los demás. Necesitas aprender a controlar tus emociones y no permitir que nadie entre a tu mente...

-¿Quién más puede leer la mente? -pregunté con curiosidad.

-Solo conozco a una persona que puede hacerlo, Brendan Alicea, el asistente del canciller, -explicó Burgesis.

-Relájate, vas a conocer a unos seres geniales mañana, quienes verán si eres el elegido si es que puedas pasar sus pruebas, y tal vez te puedan ayudar con tu entrenamiento.

Puedes descansar tranquilamente, nuestro perímetro está seguro esta noche, Mark, -dijo feliz Jana. -¡Buenas noches!

La siguiente mañana fui el último en despertar. Ya casi terminaban de empacar.

-Ya nos vamos, solo tenemos que caminar un poco más, -dijo Barty.

Casi una hora después nos encontrábamos caminando en silencio. Burgesis volteó hacia mí y dijo, -está cerca… ¡auch! Me pisaste, Mark.

-Lo siento, Burgesis -respondí.

-Los rebeldes, -dijo Jana moviendo los labios nerviosamente mientras volteaba alrededor, entre los árboles. -Mantén tu voz baja, ya casi estamos en la casa.

-¿Los rebeldes? -pregunté en susurros en medio de un campo abierto.

-Sí, algunos de los líderes de los clanes que podrían apoyarte. Estamos en el Valle de los Sueños ahora mismo, y casi llegando a la casa, -murmuró Barty caminando delante de mí, yo veía burbujas flotar en el aire.

-¿Podrían apoyarme? -pregunté en voz alta.

-¡Shhh! -dijo Jana mientras avanzábamos cada vez más. Dos minutos después llegamos a la casa, y estaba oscuro dentro; Burgesis dijo una frase y movió su mano, entonces las luces se prendieron y yo fui conducido hacia adentro por Barty.

-Es raro que no haya nadie, supongo que llegarán en cualquier momento, -dijo Burgesis encogiéndose de hombros. Yo estaba sorprendido de lo grande que era la casa, y todos estábamos cansados por la caminata. Burgesis hizo guardia primero mientras los demás descansábamos en la sala. Yo me encontraba durmiendo ahí con Barty y Jana, y Burgesis había estado en guardia alrededor de dos horas antes de escuchar un fuerte ruido y un estallido. Abrí los ojos y vi al menos seis figuras avanzando hacia nosotros en la oscuridad, y todo lo que se podía ver eran unas luces brillantes golpeando nuestro escudo protector.

Capítulo 19
Los rebeldes

Mientras se acercaban, Burgesis gritó -¡los rebeldes!, -quitó el escudo protector y encendió una vela. Había veintiséis seres/criaturas en total en ese cuarto.

-Mark, me gustaría que conocieras a los líderes del Ejército de la Rebelión (el segundo al mando si se comprueba que tú eres el elegido). Ellos representan a cada una de las catorce comunidades en el Mundo de lo Desconocido, -explicó Burgesis sonriéndoles, abrazándolos y saludándolos de mano. Volvió a poner el escudo protector alrededor de la casa. Gradualmente, todos comenzaron a entrar al enorme cuarto al lado de la sala.

-Así que, permíteme explicarte las diferentes comunidades y sus guardianes mágicos protectores, -comenzó Burgesis. -Primero, por supuesto, ya conoces a Barty y a Jana. Ellos son los representantes del Clan de los Castores, -ellos asintieron al ser reconocidos. Entonces, paulatinamente, todos comenzaron a sentarse en esta mesa larga que había aparecido casi de la nada.

Burgesis volteó a ver a Barty y a Jana mientras tomaban asiento, y él jaló unas sillas para una pareja de hermosos elfos del tamaño de un niño. Leyendo mi mente, Burgesis dijo -estos son Andrea y Mike Smitherton, protectores y guardianes del Bosque de los Olmos, -Mike asintió hacia mí y se sentó junto a Andrea. Todos permanecieron en silencio observándose incómodos unos a otros y después volteando a verme a mí atentamente. Era muy incómodo y podía sentirse, causando que fuera difícil respirar.

-Estos son Alice y Jack Pillowdrum, son fénix, grandes viajeros inmortales, -dijo Jana viendo a Burgesis.

-Nosotros somos Chris y Elizabeth Ersal, probablemente acabas de escuchar que nos involucramos recientemente, somos hadas del oeste a tu servicio, -dijo Elizabeth viéndome maravillada, entonces procedió a sentarse en la mesa ordenadamente junto a los demás.

-Esta es Angie Cunnings, y mi nombre es Martin Cunnings, -dijo Martin ayudando a Angie a sentarse. Ambos parecían zorros con cabello naranja. Volteé a ver a Burgesis solo para observar cómo él se volteaba casi en desapruebo mientras ellos se sentaban a su lado al final de la mesa.

-Mi nombre es George, y esta es mi esposa, Donna Eubinks. Somos troles, y humildemente pedimos tu perdón. Sentimos mucho haber causado tal caos en el reino del Mundo de lo Desconocido, -dijo buscando alrededor por algo de confort de parte de los demás líderes y después en su esposa quien solo miraba abajo evitando todo contacto visual.

-¡Nos has fallado a todos como líder de los troles! ¡Cometiste un grave error al pensar que tu título te hace un líder en nuestra comunidad! Fallaste en la manera en que manejaste la destrucción de tu clan. A los troles les falta lealtad y respeto hacia sus líderes en tu clan. Son débiles porque son fácilmente corrompibles y son ambiciosos. ¡Has perdido la lealtad de tus súbditos y eso es irresponsable y deshonroso! ¡Los humanos elfos mágicos jamás habríamos permitido que eso sucediera en nuestras filas! Mi nombre es John Popper, y esta es mi esposa Terry Popper, -dijo John viendo a George y Donna con repulsión antes de verme a mí. Yo podía notar que eran humanos elfos mágicos y no solo elfos. No era solo porque son más altos que los elfos, sino porque sus ojos eran naturalmente morados, justo como Burgesis me había explicado antes.

-Deberían ser despojados de su representación en el liderazgo en este consejo, -dijo George bruscamente y todos comenzaron a gritarse entre sí por dos minutos.
Me senté observando a todos, y me puse de pie repentinamente gritando -¡SILENCIO, TODOS, POR FAVOR!
Tan abruptamente como comenzaron a gritar y discutir, así se detuvieron y voltearon a ver a Burgesis quien remató, -Él es nuestro líder, déjenlo hablar porque sus palabras son finales ya que él es, de hecho, el elegido. -Eso lo veremos con el tiempo, -dijo John Popper tranquilamente mientras todos murmuraban y después guardaban silencio.

Entonces todos voltearon hacia mí en silencio. Cuando me senté, ellos también lo hicieron, alrededor de la mesa.

-Gracias, me siento muy feliz de estar aquí, ya que deseo ayudar en el Mundo de lo Desconocido con buenas intenciones. No pude evitar notar que ustedes no se llevan bien. Necesito que comprendan que sin unidad no puede haber éxito. Sin éxito, Nerogroben prosperará y se convertirá completamente en el gobernante del Mundo de lo Desconocido mientras su mundo se oscurece. Es por esto que estoy pidiendo que si son líderes en su clan, con su lealtad hacia mí, todos aprenderán a respetar a los demás. También estarán totalmente en paz. Mi nombre es Mark Trogmyer, y todos pueden llamarme Mark. En segunda, necesito ser completamente honesto cuando les digo que solo puedo ayudar a guiar y ayudar a aquellos que lo pidan. Ahora, regresando al primer punto, quiero que entiendan que se pueden lograr más cosas sin enojo, sin juzgar, sin desconfianza y sin problemas de comunicación. Sé que hay muchos sentimientos de desprecio entre ustedes, pero el buen liderazgo necesita una buena dirección, de otra manera, ¿cómo pueden esperar lograr algo? No pueden, no es posible, necesitan confianza, unidad y una buena comunicación. Sin duda podemos todos estar de acuerdo en muchas cosas. Primero, lo que está sucediendo en el Mundo de lo Desconocido es inaceptable, -dije viendo a mi alrededor. Muchos parecían haber sido persuadidos a cambiar su actitud hacia los demás cuando asintiendo al estar de acuerdo con lo que yo decía. -Aquellos que están causando los problemas en este mundo necesitan ser detenidos. Pero, ¿cómo podemos lograrlo si no nos llevamos bien entre nosotros? Debo insistir, lo que es pasado pertenece al pasado, si no puede ser cambiado, entonces solo se puede le puede aprender. Es mi opinión que George y Donna se queden como los líderes representantes de los troles. Estoy seguro de que ellos son los únicos conscientes de los troles que podrían estar de nuestro lado y de los que están en nuestra contra. Es muy fácil culpar a cierto grupo de seres o criaturas, pero ¿es correcto? Los buenos líderes proveen confianza, unidad y una buena comunicación. Pero sobre todo amor, paz y perdón; esto podría ser el empujón que todos necesitamos entre nosotros y en nuestros propios clanes para impulsarnos. El hecho es que cualquiera de ustedes podrían haber detenido todo este caos hace mucho tiempo si hubieran formado este liderazgo, si se hubieran llevado bien, si se hubieran comunicado mejor. ¿Cómo podemos terminar con todos estos prejuicios que parecieran tener entre ustedes mismos para poder avanzar? Eso es básico en cualquier relación en la vida. No tendré a mis líderes peleando entre ellos y criticando sus roles como líderes. Ese es mi deber, y asegurar que hay lealtad, confianza y respeto a través de buenas prácticas de liderazgo de mi parte hacia ustedes, -dije al tiempo que los veía a todos asentir. -Puedo simpatizar mínimamente por ustedes, George y Donna. Respeto que hayan venido a mí con humildad y respeto y están siendo responsables al tomar la culpa por este error de juicio, porque requiere de mucho valor, y deberían estar orgullosos de ustedes por eso. Sin embargo, ahora que estoy aquí, voy a vigilar de cerca la habilidad de liderazgo de todos. La razón es que en este mundo puedes dar una piedra y no saber qué tipo de maldad hay en ella, -dije viendo a George y a Donna, quienes movían la cabeza en aprobación mientras los demás habían bajado la cabeza avergonzados. Al verlos a todos, noté que no todos se habían presentado. -¿Y a quiénes tenemos aquí?

-Mi nombre es Pine, y esta es mi esposa Rose Plantoligong, -dijo Pine, un pequeño colibrí al final de la mesa que estaba sentado junto a los Ersal. -Nosotros controlamos las plantas, los árboles y los insectos, -asentí.

-Mi nombre es Danny, y esta es mi esposa Jamie Fortescue, nosotros controlamos a los gigantes en el este, -dijo Danny el gigante sonriendo.

-¡Maravilloso, bienvenidos -dije alegremente sonriéndole a Danny. -Mi nombre es Brittany y el nombre de mi esposo es James, somos los Figwiggins, nosotros controlamos a los burros, las mulas y los caballos, somos antiguas criaturas de antaño, somos sabios, y somos... -dijo Brittany sorprendida. -Unicornios, -dije impresionado poniéndome de pie y caminando hacia ellos. -Perdón por interrumpirte pero en mi mundo, en la tierra, solo podemos leer sobre la existencia de los unicornios, pero jamás ver uno, -continué caminando hacia ellos mientras ellos avanzaban hacia la mesa. -Los dos son hermosos, -dije tocándolos. -Gracias, -respondieron sonriendo.

-Todavía falta que conozcas a tres parejas, Mark, -dijo Burgesis señalándolos desde donde estaba, pegado a la pared.

-Ah, sí, es cierto, -respondí regresando a mi lugar al otro extremo de la mesa.

-Nosotros somos Tom y Jerry, somos cuervos a cargo de las aves, excepto de las águilas y los colibríes, a ellos no los ayudamos, -dijo Tom viéndome.

-Desde este momento todos mis líderes se ayudarán los unos a los otros sin importar a qué clan pertenecen, -dije viéndolos a todos.

-Eso será difícil, ya que tenemos nuestros propios clanes y comunidades y, a veces, entre ellas rivalizan, -comentó James volteando hacia todos incómodo.

-Bueno, esto debe ser solucionado inmediatamente. Quiero reuniones como estas más frecuentes para que todos podamos estar en la misma página y trabajar en llevarnos mejor para poder enfocarnos en unir a todos. Unir a todos para la misma causa, la cual se puede encontrar fácilmente en nuestros corazones. Necesitamos paz para todos nosotros, y la única manera en que todo esto funcionará es si realmente hacemos todo lo posible para trabajar juntos y unidos," proclamé. Quedaban dos parejas en el campamento, sentadas en la mesa.

-Finalmente, estos son Eggbert y Jenny Kromopolis. Eggbert es un hechicero y tiene un nivel de magia muy alto, es extremadamente poderoso, -dijo Burgesis observando a Eggbert, quien fumaba su pipa. -Es un placer conocerte, Mark, -dijo Eggbert viéndome reflexivamente mientras daba un jalón a su pipa.

-Esta es su esposa Jenny, no es solo una bruja, sino la bruja mayor de su clan. Último, pero no menos importante, Shirley y Matt Lookings, ellos vuelan sobre nosotros en esta reunión. Tienen un excelente sentido del oído, y son águilas, están cuidándonos como siempre, -continuó Burgesis.

-¡Genial! Gracias, Matt y Shirley, lo aprecio mucho, -dije alto viéndonos en el cielo. -Entonces, ¿qué hacen todos aquí?, -pregunté expectante.

-Estamos aquí para la reunión y para ver si los rumores sobre tu llegada eran ciertos, -dijo James con la mirada fija en mí. -Pues, aquí estoy, -dije viéndolos a todos.

-Bueno, pues un tiempo más serás mi protegido ya que no conoces lo que necesita ser discutido, pero definitivamente expresa tu opinión, -dijo Burgesis mientras yo asentía con la cabeza.

Capítulo 15
El protegido

Después de unos segundos de un gran silencio incómodo, vino una explosión de voces.

Burgesis se levantó y dijo, -pido orden para hacer que todo lo desconocido sea conocido en nuestro mundo hoy, día 18 de noviembre del año 3176. Yo, sr. Burgesis, el que preside, junto con Mark Trogmyer, 'el elegido' de los siete, jefe supremo de los catorce clanes, guardián y custodio de todo lo conocido y desconocido en el Mundo de lo Desconocido. Acompañado hoy por los veintiséis miembros del consejo representativo del reino y varios clanes. Sr. Barty Burgeons se te cede la palabra para expresar tus preocupaciones, sin juicios o una opinión inmediata de los demás presentes, -formalizó Burgesis viendo a Barty, quien asintió.

-Bueno, gracias, señor ponente, -comenzó Barty viendo serio a Burgesis. -Primeramente, ¿cuáles son los planes para continuar con el entrenamiento de Mark?

-¿Entrenamiento -dije incrédulo. -¿Entrenamiento? ¡He estado estudiando este libro en latín por lo que parecen semanas! -Me quejé viendo a Barty y después a Burgesis, cerrando el libro frente a mí, algunos de los líderes saltaron en su lugar con una expresión de sorpresa.

Burgesis entonces puso su mano arriba para que me calmara mientras quitaba el libro de ahí. -¿Realmente necesito más entrenamiento? Me aprendí los elementos de la tierra, del fuego, del aire y del agua; tú mismo dijiste que solo necesitaba aprender lo básico, -continué enardecido.

-En realidad estoy confiando el resto del entrenamiento de Mark a Eggbert Kromopolis en la Escuela de lo Desconocido, donde estará a salvo de Nerogroben.

-Sería un honor, -respondió Eggbert subiendo la mirada desde la mesa y levantando un vaso de agua hacia Burgesis para después darle un trago y dejarlo en la mesa frente a él.

-Esto significa que las futuras reuniones serán en la Escuela de lo Desconocido; ahora que Mark quiere más reuniones y más frecuentes, las tendremos una vez al mes en vez de una vez cada seis meses, -continuó Burgesis esperando un desapruebo general.

-Suena bien, -le dijo Barty muy seguro a Eggbert y después a su esposa Jana, quien se encontraba sentada junto a él.

-Segundo, ¿cuándo y dónde va a estallar esta guerra? -preguntó Jana nerviosa.

-Esta guerra no será sencilla, será muy diferente de la vez pasada, -dijo Burgesis pesadamente. -En cuanto a dónde y cuándo tendrá lugar dependerá completamente de la estrategia de Mark, su entrenamiento y sus entrenadores, por supuesto. También dependerá altamente de qué tan rápido aprenda las lecciones de nuestros clanes, -dijo Burgesis.

-¡De acuerdo!, -exclamaron muchos en voz alta.

-¿Lecciones en los clanes?, -pregunté confundido. -¿A qué te refieres con eso? Soy el elegido, creí que pelearíamos en la guerra en cuanto yo aprendiera lo básico de los elementos.

-¿Qué quieres decir con que tú eres el elegido?, -preguntó Eggbert frunciendo el ceño.

-Ya sabes, 'el elegido' del que habla la profecía, -respondí impaciente.

-¿Cómo has demostrado que eres digno de que nuestro clan te siga?, -preguntó Danny el gigante.

-Soy de la Tierra, soy el último humano joven de corazón puro conocido, -expliqué.

-Yo no sé sobre eso, no sabemos sobre eso, ¿cómo podemos saber que no eres un mentiroso?, -dijo Jamie Fortesque de acuerdo con su esposo Danny, quien se encontraba sentado junto a ella.

-Verás, -explicó Eggbert viendo a Burgesis, Barty y Jana, y por último a mí con un gesto muy serio. -Podrán haberte dicho que tú eres el elegido. Ellos creen que tú lo eres por muchas razones, pero tú debes probarnos que eres digno de ese título.

-¿Por qué no habría de serlo?, -le pregunté a Eggbert de manera contundente mientras él fumaba de su pipa reflexionando.

-Cada uno de nuestros clanes tiene una prueba que necesitas pasar para comprobar que sabes y entiendes todo. Es en ese punto que vamos con el consejo y les decimos sobre ti. Explicamos qué pasó durante la prueba y porqué creemos que mereces nuestra lealtad, -explicó Eggbert sin soltar su pipa. Danny y Jamie Fortesque asintieron.

-Hasta ahora, -continuó Danny frente a todos mientras mis orejas se ponían rojas. -Que conste que Mark ha fallado la prueba de nuestro plan. Le falta humildad.

Comencé a llorar de tristeza mientras Eggbert no dejaba de verme ni un segundo, ni de fumar.

-Verás, Mark, podrás haber sido seleccionado por Whiskers en la Tierra, pero tienes mucho qué probar, -explicó Burgesis. -Todos ellos deben regresar con sus clanes y pedirles que se unan a nuestra causa. El problema es que sin una causa adecuada no podemos esperar conseguir el apoyo total. Por eso es crucial que Eggbert y los magos de la Escuela de lo Desconocido te enseñen.

-Justa advertencia, su majestad; no soy un entrenador fácil. Ahora que supuestamente terminaste con lo básico, es probable que sea fácil para ti, o difícil de continuar. Todo depende de tus habilidades y de qué tan bien te enseñaron lo básico, -dijo Eggbert sin soltar la mirada a Burgesis.

Eggbert volteó hacia arriba y preguntó, -¿cuál es su reporte, Matt y Shirley?

-Hemos tenido avistamientos y reportes de que Nerogroben ha estado actuando por miedo después de haber escuchado de otros que el elegido ha regresado o regresará pronto. Hemos oído que ha doblado su guardia y sus patrullajes. Sus espías están ansiosos por descubrir cualquier información sobre su paradero, -dijo Matt bajando hasta una silla vacía.

-¿Y si somos seguidos? También hemos escuchado que está creando un arma en su castillo, que planea usar con 'el elegido.' Qué hace esa arma y dónde está se ha mantenido bien en secreto, en las entrañas de su castillo, Valfador, en Creaton, -dijo

Shirley preocupada viendo a Burgesis después de haberse sentado en la orilla de la silla donde se encontraba Matt.

-Podríamos dejar una pista falsa que los lleve lejos de nuestro camino, -sugirió Danny.

-¿Tenemos alguna prueba de a qué nos enfrentamos con esta arma, Eggbert? -Burgesis preguntó preocupado.

-Desafortunadamente nuestros poderes en el reino mágico no nos permiten ver nada dentro de Valfador, ¡tiene protecciones tan fuertes y oscuras que casi son inmencionables! -respondió Eggbert estremeciéndose al ver a su esposa temerosa.

-Es intrigante, ¿y nadie de ustedes ha escuchado nada sobre esta 'arma secreta' de Nerogroben? -Barty preguntó sorprendido viendo a todos en la mesa.

-Nuestros espías dicen que puede meterse en el corazón de los demás y dispara automáticamente una forma más fuerte de materia gris con una tasa de éxito muy buena, -explicó Martin engreidamente.

-Eres un zorro, ¿cómo podrías saberlo?, -dijo Barty a Martin, presa de la frustración.

-Somos astutos y tenemos la habilidad de jugar en ambos lados de la moneda si es necesario,- dijo Angie confiada.

-¿Cómo es posible que no sepas nada sobre el arma secreta, Burgesis?, -pensé; entonces él volteó a verme y me respondió en voz alta, -yo no estaba ahí cuando empezó, Mark.

-¡Suficiente! ¿podemos continuar, por favor? No quiero que nos encuentren aquí con los pantalones abajo con el elegido antes de que esté complete su entrenamiento. ¡Tenemos mucho que planear! ¿Qué sigue en la lista?, -dijo Chris, el hada, viendo a su esposa Elizabeth impaciente, quien asentía. Se escucharon murmullos de apoyo alrededor de la mesa, cuando Jack, el fénix, comenzó, -Tercero: ¿qué vamos a hacer respecto a la protección de 'el elegido' mientras esté en entrenamiento?

-¿Realmente estás dudando de las protecciones y encantos que hay en mi escuela?, -preguntó Eggbert volteando indignado hacia Jack.

-Sí, lo dudamos, -dijo Alice piendo apoyo a Burgesis con la mirada, -cada vez vemos cuánta maldad se ha colado por las paredes de esa escuela. Estamos preocupados de la protección en la Escuela de lo Desconocido, y por supuesto, de nuestros niños ahí.

-Lo que estamos sugiriendo es que cada uno de los representantes del reino, agregue seguridad adicional y patrullajes, protecciones y turnos de vigilancia en la escuela para proteger al elegido mientras esté entrenando, -propuso Jack viendo a los demás, quienes parecían murmurar entre ellos. Todos voltearon a ver a Eggbert, quien estaba atónito y se había puesto de color rojo oscuro.

-Necesitamos estar todos de acuerdo en esto, todos, -advirtió Burgesis sin quitarle la vista de encima a Eggbert.

-Nunca me habían ofendido tanto en toda mi vida! ¡Creer que la escuela no está bien protegida!, -dijo Eggbert incrédulo.

-Todos queremos, después de todo, estar alertas sobre la protección de el elegido, al menos mientras esté en entrenamiento. También es un tema de seguridad para el futuro de todos aquí en el Mundo de lo Desconocido, -dijo Alice con la mirada puesta en Eggbert y su esposa Jenny.

Jenny finalmente accedió y volteó hacia a Eggbert poniendo su mano sobre la de él para confortarlo.

-Tienen razón, necesitamos toda la ayuda y protección de los rebeldes en contra del ejército de Nerogroben como sea posible, -dijo Jenny. -Esto haría que la escuela sea impenetrable y la protección no sería solo para el elegido, sino para todos nuestros estudiantes también.

Eggbert puso su dedo en alto, y sosteniendo su pipa con la otra mano mientras se inclinaba hacia adelante dijo: -está bien, pero esto no podrá interferir con las actividades diarias de la escuela.

-Que quede constancia que Eggbert, director de la Escuela de lo Desconocido, y su esposa Jenny accedieron al incremento de protección a su escuela. Esto ocurrirá durante el tiempo que dure el entrenamiento de Mark. Las protecciones serán incorporadas con la llegada de Mark a la Escuela de lo Desconocido, -agregó Burgesis.

-¿Cómo viajará a la escuela sin ser detectado? -preguntó Jana con curiosidad.

-Ese es el siguiente tema a tratar, -dijo Barty viendo la lista en el pergamino en sus manos.

-Antes de continuar con el siguiente tema iba a proponer al consejo un voto para que cada clan agregue sus propios hechizos y magia de protección, y que haga vigilancias de seguridad y patrullaje en la escuela. ¿Podemos todos decir 'sí' antes de pasar al final de la lista de temas por tratar? -preguntó Burgesis viendo a todos.

Todos respondieron con el propuesto 'sí', excepto Angie y Martin, los zorros.

Todos voltearon a verlos, esperando.

-Estamos de acuerdo, pero solo con la vigilancia diaria durante el tiempo en que el elegido esté en entrenamiento, no añadiremos los poderes mágicos del clan a la escuela ya que no son solo instintivos, sino también sagrados, -dijo lentamente Martin mientras Angie asentía apoyando a su esposo.

-Está decidido entonces, que quede constancia que todos los líderes en el reino accedieron a añadir protección a la Escuela de lo Desconocido durante el entrenamiento de Mark, -dijo Burgesis.

-El siguiente tema en la lista que quisiera discutir es la reubicación temporal de los once clanes, -comenzó a decir Mike Smitherton, el pequeño elfo, cuidadosamente. -Quisiera disculparme con todos, pero esta es la decisión más desafortunada que he tenido que tomar ya que nuestro clan está creciendo. -Todos murmuraron.

-Sé que como elfos no estamos muy alto en la jerarquía aquí, pero solicitamos una expansión para nuestro clan, -pidió Andrea con delicadeza.

-¡Vienes y te sientas en esta mesa poniéndonos en esta posición frente al elegido, tratando de ganar más de nuestras tierras! ¡Son una vergüenza cada vez más grande para el resto de nosotros con sus enseñanzas extremistas e imponiéndolo en nuestros clanes! ¡Es la propaganda de su clan la que ha influenciado a nuestro mundo también! -estalló enojado Tom, buscando con la mirada a Jerry. -¡Nuestro clan ha crecido, pero no nos ves solicitando más tierra!

-Pero siendo justos, ustedes tienen los cielos y diferentes árboles, etc. Nuestro clan es muy sofisticado y tiene sus casas construidas tradicionalmente de cierta manera, -explicó Mike con cuidado viéndome.

-¿Qué está pasando? -pregunté tratando de entender cuál era el problema.

-Bueno, para obtener más tierra debemos solicitarla a los líderes para poder expandirnos, -dijo Andrea con la mirada fija en mí. -Nuestro clan no puede prosperar en un área tan ajustada.

Andrea terminó de hablar viendo con frustración a Tom y a Jerry.

-¿Por qué no estamos tratando de llevarnos mejor con los demás y de ser más tolerantes? -pregunté viendo alrededor de la mesa, en un silencio total. -¿A qué te refieres con esparcir propaganda? -le pregunté cuidadosamente a Tom.

-Sus visiones extremistas han cambiado la estructura de nuestra sociedad, -respondió Jerry.

-¿Sus visiones extremistas? -pregunté.

-Algunas de sus enseñanzas son que no debería haber ninguna división entre los clanes. Que todos deberíamos vivir juntos. Convivencia comunal o algo así, -respondió Tom.

-¿Y por qué eso no sería una buena idea? -pregunté delicadamente mientras los demás se encontraban conmocionados con la boca abierta.

-Siempre hemos permanecido dentro de nuestros clanes, y conocemos nuestras maneras de hacer las cosas, -respondió Barty abruptamente.

-¿Saben?, Burgesis me explicó que las criaturas mágicas y los elfos humanos mágicos antes vivían juntos y ahora no. ¿Cómo es eso diferente de cómo podrían ser? -pregunté. -Quiero decir, ¿quién puede decir que un elfo no puede dormir junto a un unicornio en una noche fría?

-¡Jamás lo haríamos! -dijo Brittany con aversión. -¡Nuestra especie es pura, y nosotros no nos llevamos con ellos! Quieren que cada uno de nosotros nos protejamos de Nerogroben arriesgando nuestras vidas por alguien por debajo de nosotros. Quieren que confiemos ciegamente en aquellos que han tenido prejuicios contra nosotros y han sido más acogedores con otros. ¿Cómo podemos hacerlo si somos todos diferentes?

-Las cosas van a cambiar, -respondí. -Debemos ser más tolerantes con cada uno, de otra manera, ¿cómo crees que superaremos esta materia gris? Si mis líderes no pueden llevarse bien, entonces, ¿qué crees que pasará cuando los rebeldes se unan?

-Pero los rebeldes ya están juntos, -dijo Jana delicadamente.

-Ah, ¿entonces sí se llevan bien, y están bien durmiendo en el mismo lugar y hay una comunicación abierta entre todos? -pregunté.

-No, no hay una comunicación abierta, y definitivamente no duermen en el mismo lugar, pero sí conviven sin pelear unos con otros, -respondió Burgesis.

-Necesitamos unidad, necesitamos llevarnos mejor, -insistí viendo alrededor, meneando la cabeza.

-¿Cuál es el siguiente tema en la lista? -le pregunté a Burgesis.

-Finalmente, el último tema a tratar hoy, el traslado de Mark. Por asuntos de seguridad, solo once de nosotros conocerán exactamente qué está sucediendo y qué pasará. Para los demás, se levanta la sesión. Mark elegirá a quienes él sienta que puede confiar, -dijo Burgesis bajando la mirada hacia la mesa y evitando el contacto visual conmigo y los demás.

Capítulo 16

La Guardia

-Antes que nada, me siento honrado de poder elegir a mi escolta de seguridad. Siendo que toda esta travesía comenzó con ustedes tres, -dije viendo a Barty, Jana, y después a Burgesis. -Primero los elijo a ustedes, y por derecho ustedes deben estar a mi lado como los líderes de la escolta: Burgesis, también elijo a Jana, y a Barty Burgeons. Evidentemente, como es la escuela de Eggbert y Jenna, me gustaría que Eggbert fuera parte de la escolta. También esperaba que pudiera darme un recorrido por la escuela cuando lleguemos, -continué mientras Eggbert sonreía y asentía.

-Como fueron Alice y Jack Pillowdrum quienes sacaron al tema mi protección, me gustaría que ambos formaran parte de la escolta. También me gustaría tener a Matt Lookings, el águila, y Chris Ersal, el hada. También John, de los humanos mágicos; Brittanny, de los unicornios; y Tom, de los cuervos, -dije mientras cada uno de los mencionados asentía, sonreía o decía palabras de agradecimiento y honor por haber sido seleccionados.

-Que se sepa que once de nosotros seremos parte del equipo de seguridad para el elegido, -dijo Burgesis viendo detenidamente a cada uno. -Ahora doy por concluida esta reunión por hoy, quienes hayan sido elegidos como parte del equipo de seguridad favor de quedarse.

Así que me levanté y esperé cerca de la puerta para despedir a los que se iban; Andrea y Mike Smitherton de los elfos; Elizabeth de las hadas, quien besó y abrazó a su esposo despidiéndose de él. Los siguientes en irse fueron James y Donna, de los troles, quienes respetuosamente asintieron al irse. Terry, de los humanos mágicos, también se despidió de su esposo. Pine y Rose, de los colibríes partieron después.

Danny y Jamie, de los gigantes, les siguieron después de darme un apretón de manos. Jamie me dijo, -recuerda la palabra humildad, y sé humilde, -yo asentí y la abracé como despedida.

El siguiente fue James, de los unicornios, quien también se despidió de su esposa Brittany. Jerry, de los cuervos, se fue poco después de decirle adiós a su compañero Tom. Shirley, de las águilas, salió del cuarto y fue la última después de dejar a su esposo Matt.

Burgesis cerró la puerta y añadió otros hechizos protectores. Yo me senté junto con los que había seleccionado para La Guardia.

-Es importante recalcar la importancia de que ninguno de ustedes debe hablar de esto a nadie, añadí algunos hechizos protectores en la puerta, así que al salir serán silenciados en todas las cuestiones relacionadas con el tema de la seguridad de Mark, quien creemos es el elegido. ¿Están todos de acuerdo en mantener el secreto de esta junta hasta el día de su muerte? -dijo Burgesis cuidadosamente con la vista fija en todos.

-Sí, todos estamos de acuerdo en mantener el secreto de lo que se diga en esta junta hasta el día de nuestra muerte, - Eggbert soltó al tiempo que todos asentían sin dudarlo, entonces hubo un destello azul que nos encerró por unos minutos, y antes de desaparecer, un parpadeo de luces naranja.

-Ahora que este asunto está arreglado, ¿cuál es el plan? - preguntó Barty viendo al selecto grupo de guardias buscando ideas o respuestas.

-El primer problema que debemos solucionar cuál ruta debemos tomar y cómo llevaremos de manera segura al chico a la escuela sin ser vistos. Si él solo tiene entrenamiento básico, quién sabe cómo le iría con los hombres de Nerogroben, -soltó Matt, el águila, quien había estado volando por encima de la junta y se había parado sobre el respaldo de una silla.

-Tienes razón, -comenzó Alice, la fénix, -entonces podremos encontrar la manera más segura de moverlo.

-Actualmente estamos en medio del Campo de los Sueños, ¿por qué no vamos hacia el sur primero por el inhóspito desierto, y después a través de las Montañas de la Perseverancia y del Valle Rojo de las Calaveras?

-sugirió Eggbert.

-No, no atravesaremos el Valle Rojo de las Calaveras o esas montañas, no es seguro, y ese valle apesta a sangre y tiene moscas por todos lados, debido a la última guerra oscura, -dijo Burgesis cuidadosamente mientras sacaba un mapa de su chamarra. Yo me preguntaba por qué se llamaría el Valle Rojo de las Calaveras, pero pensé que lo mejor era no indagar ahora.

-Creo que la mejor ruta es por los Prados del Reino Medio, atravesando el Valle Castores hacia abajo hasta el río Ritz, y entonces por el río de la Desesperación, donde hay una entrada secreta a Metromark. Entonces podemos ir a la Escuela de lo Desconocido desde Metromark si podemos obtener algo de ayuda de nuestros amigos, John. Con los permisos correctos, esto podría ser posible, -continuó Burgesis viendo a Barty y luego a John.

John tenía la mirada perdida, pero se sentó correctamente en su silla en cuanto se dio cuenta de que le estaban hablando, y entonces respondió, -Oh, este, sí, tal vez puedo conseguir el permiso adecuado, si no, podríamos quedarnos atrapados y meternos en problemas, si tratamos con la gente equivocada. Dame algún tiempo para obtener el permiso, de otro modo podría tener otra manera de llegar a la escuela, -dijo John con seguridad mientras todos lo escuchaban con gran interés.

-Primero le enviaré un mensaje al canciller Rain y veré si puedo obtener el permiso para que podamos ir a la escuela a través de la protección de Metromark, -dijo John viéndome; entonces tomó un papel y una pluma y escribió una carta. En cuanto la terminó la dobló, la envolvió en su dedo y dijo *Praemittere*. Entonces Burgesis murmuró en mi oído, -significa 'enviar' en latín, justo en el momento en que yo me preguntaba qué significaba. En ese instante unas llamas azules aparecieron desde sus dedos y rodearon la carta; y entonces, la carta desapareció.

-Debería tener una respuesta muy rápido, -agregó John viendo a los demás entretenidos con lo que estaba sucediendo.

Tres minutos después, después de un profundo silencio, apareció una flama verde en la mano de John que dejó ver un pedazo de papel flotando. John tomó el papel lentamente y lo desdobló. Asintió al tiempo que comenzó a leer en voz alta.

-El permiso para entrar a la Escuela de lo Desconocido a través de la Vigilada Ciudad de Metromark ha sido concedido para La Guardia bajo la condición de que esto no es un acto de guerra en contra de la ciudad, así como tampoco deben permanecer dentro de sus murallas por mucho tiempo, -leyó John sonriendo.

-¿Este es el único camino seguro? -le pregunté a Burgesis dudando. -Estamos medio seguros, ¿esto no rompe con los acuerdos que tenemos con Metromark? -interrumpió Barty viendo a John y a Burgesis.

Burgesis, leyendo mi mente, dijo, -los acuerdos a los que Barty se refiere, los que teme que estemos rompiendo, son los que hicieron Metromark y Valfador, que es, por supuesto, el castillo de Nerogroben dentro de Creaton, y su ejército y los partidarios. Cuando Nerogroben comenzó a obtener poder, la negociación a la que se llegó entre él para las criaturas mágicas y el canciller Rain para los humanos mágicos con la esperanza de que pudieran cohabitar sin actos de guerra de unos en contra de los otros. Esto también significó que nadie podría entrar a Metromark sin el consentimiento tanto de Metromark como de la ciudad de Creaton y el castillo de Valfador.

-Lo que significa que, si no nos descubren entrando a escondidas, estaremos bien, -añadió John.

-Suena bastante riesgoso, -soltó Barty con voz de desconfianza mientras apuntaba con un dedo a John, quien negaba con la cabeza y me veía seriamente.

-Alto, ¿cómo puedes entonces llegar aquí e irte de Metromark? -interrumpí preguntando con sorpresa.

-Igual, a través de la escuela, -dijo John sonriendo tranquilamente.

-Ha sido predicho para la llegada del elegido, el canciller Rain de la Vigilada Ciudad de Metromark también nos pidió a mí y a mi esposa que representemos la ciudad, secretamente, por supuesto, -dijo John viéndome.

-Ah, así es como puedes salirte con la tuya, -dije en voz alta viendo a John.

-No lo llamaríamos salirnos con la nuestra, ya que no estamos aquí para causar problemas, -respondió John con seguridad.

-Pero estás dispuesto a ser la causa del comienzo de los problemas aquí, ¿no? -dijo Brittany indignada.

-Solo esperamos estar en el lado ganador, los poderes que tienes dentro de ti son leyenda. Tenemos la esperanza de poder ayudarte de esa manera para que los puedas usar de manera apropiada con el mejor entrenamiento, -dijo John viendo a Eggbert.

-Si no nos descubren yendo a la escuela, puedo decir que esta es la ruta más segura para nosotros, -soltó Burgesis confiadamente hacia mí.

-¿A qué te refieres con 'si'? Llámame loco o paranoico, pero quiero asegurarme de que esta ruta que tomemos no se dé por sentada. ¿Estás seguro de que esto lo más seguro, Burgesis? -preguntó Barty incrédulo. -¿Qué pasa si nos descubre la persona equivocada? -le pregunté a Burgesis curioso.

-Entonces la guerra comenzaría antes de lo previsto, -respondió Burgesis secamente viéndome fijamente a los ojos y después a los demás integrantes de la ahora silenciosa guardia.

-El canciller Rain me pidió que te ofreciera sus disculpas por no poder estar aquí para conocerte. La política lo impidió. El solo hecho de salir de Metromark sería un acto de guerra, -dijo John cuidadosamente, yo asentí comprendiendo.

-Entonces, intentaremos esta ruta como planeado, se levanta la sesión... -concluyó Burgesis mientras todos comenzaron lentamente a levantarse y juntar sus pertenencias.

-¡No! ¡No hemos terminado con esta sesión! -interrumpí, y todos se sentaron de nuevo rápidamente con los ojos muy abiertos viendo a Burgesis y luego a mí. -Lo siento, pero necesitamos elegir cuándo y cómo sucederá esto, -dije viendo a cada uno.

-Cierto, lo siento, -dijo Burgesis nervioso.

-Necesito dos días para asegurar el viaje con Metromark, -dijo John hacia Burgesis. -Esto debe de quedar fuera del radar para casi todos porque su entrenamiento no está completo todavía.

-Obviamente, -dijo Eggbert viéndome con una sonrisa. -Nadie sabe esto mejor que yo, pero en cuanto a cómo llegaremos ahí, he notado el mismo problema, -continuó Eggbert volteando alrededor.

-Necesitamos hacer esto muy rápido, bien escondidos y sin ser notados, -agregó Barty viendo seriamente a Eggbert.

-Claramente, y alguien con la mente tan cerrada como un castor no podría haber tenido una idea más astuta que yo, -soltó Eggbert un tanto molesto mientras me guiñaba un ojo. -¿A quién le gusta viajar a ciegas? -preguntó tranquilamente. Todos permanecieron en silencio y confundidos.

Capítulo 17

Prado Armonía

Durante la reunión de la guardia, no muy lejos del prado Armonía, se encontraba un campamento del ejército de Nerogroben en una casa. En esta casa vive una familia élfica leal a Nerogroben. Ha vivido ahí por mucho tiempo, tienen un hijo de 15 años llamado Eladius.

-Hijo, algún día entenderás lo que es apoyar a esta familia. Sabrás cómo son Nerogroben y sus hombres. Algún día aprenderás que tragártelo y jurarle lealtad al rey sin importar las circunstancias de sus decisiones, de las que tal vez no estés completamente de acuerdo. Aun así, es lo que es, pues este es el peso de la lealtad, -le dijo Andrew a su hijo Eladius en la sala donde se encontraban sentados.

-Papá, te has quejado conmigo sobre lo difícil que han sido las cosas para nosotros desde las guerras oscuras de Nerogroben. Siempre has dicho que la paga por dar información a Nerogroben no es mucha para sobrevivir. ¿Por qué no hacemos algo más al respecto en vez de tratar de estar bien donde estamos y batallando todo el tiempo? -preguntó Eladius con la mirada fija en el piso.

-Tu mamá y yo le juramos lealtad al rey cuando tuvimos la edad apropiada. Es gracias a él que tenemos comida, una cama donde dormir cada noche, y un hogar, -dijo Andrew, su padre élfico, agradecido.

-Pero él es un rey malvado, que mata gente y la tortura dentro de las murallas de su castillo, ¿cómo pueden apoyar eso? -contestó Eladius sorprendido por sus propias palabras.

-Lo sé, hijo, pero no tenemos otra opción. Esto es todo lo que conocemos, y no podemos salir de esta situación. ¿Cómo sobreviviríamos? ¿Quién nos ayudaría? -respondió

Andrew viendo a su hijo con la mirada llena de preocupación.

-Mary, de la casa del campamento en el puente dice que hay otro rey que acaba de llegar, y que cambiará las cosas, -soltó Eladius viendo a su padre con desesperación quien inmediatamente buscó la mirada de su esposa, Pam.

-¿Por qué no podemos unirnos a él si es un rey bueno y justo? -preguntó Eladius a sus padres.

-¿Los padres de Mary conocen esta información? -preguntó Pam llena de curiosidad.

-No sé, pero estoy cansado de estar aquí todo el tiempo, -respondió Eladius ansioso mientras se sentaba en el sillón, -¡quiero ver qué hay allá afuera! ¡Quiero ver lo que el mundo tiene reservado para nosotros! ¡Quiero tener una aventura y ver otros clanes! ¿No les da curiosidad ver lo que hay por allá? ¿Si saben que hay más que solo este prado? ¿No se sienten curiosos de saber a dónde llevan esas aguas? A qué lugares podríamos ir tan solo por seguir la corriente del agua, quiero decir que nos llevarían a donde está este otro rey, ¡lo escuché!

-Deja de decir tonterías, ve a jugar al prado con Mary antes de que sea hora de dormir. Aparte, espero que le hayas dicho a Mary que no divulgue esa información, -soltó Pam, la esposa de Andrew en un susurro casi inaudible mientras veía a Eladius y luego a su esposo. Eladius se dirigió a la salida, y lleno de frustración dijo, -¡cuando cumpla 18, no le daré mi lealtad a ese rey asesino Nerogroben!, -y salió furioso del lugar.

-No sé, pero si no es cuidadoso y continúa hablando así con la gente equivocada podrían asesinarlo o podríamos ser interrogados e investigados por traición, -dijo Pam preocupada.

-Las únicas personas que conocemos que sabrían si esta información es correcta son Andrea y Mike Smitherton, -

dijo Andrew cuidadosamente. -Los contactaré o iré directamente si no logro hablar con ellos.

-Pero eso está hasta las tierras elfas de Goldor, cerca del bosque de los olmos -dijo Pam.

-Entonces hablaré con ellos a través de nuestro fuego y le añadiré polvo anti-rastreo -agregó Andrew al tiempo que veía a su esposa desesperadamente.

-¿Estás seguro de que esa es una decisión sabia? -preguntó Pam.

-Sí, vale la pena el riesgo. -Respondió Andrew con la mirada en la chimenea, comenzando a preparar todo. Sacó un ladrillo de la chimenea mostrando el hueco con un plástico detrás. Andrew sacó el pedazo de plástico dejando ver polvo azul y rojo, tomó una pizca y lo arrojó al fuego. Las flamas se tornaron verdes al contacto con el polvo. Entonces puso el ladrillo en su lugar, entró al fuego y pronunció el nombre de Mike Smitherton; fue en ese momento en que logró ver a Mike Smitherton sentado en el escritorio de su oficina.

-Hola, Mike. ¿Es seguro hablar? -preguntó Andrew a través de las llamas.

-Sí, es seguro. Solo estamos tú y yo. -Dijo Mike al fuego desde su escritorio sin levantar la vista de su escritorio.

-Escuché la novedad de que el elegido ya está aquí, ¿puedes confirmar esta información? -Andrew preguntó, pero no observó en Mike ninguna reacción.

-Si tu intención es crear un reporte, no sé de lo que estás hablando. Se escuchan muchos murmullos y rumores entre la naturaleza, no deberías confiar en esas ráfagas, - respondió Mike, aún inmutable ante tal pregunta.

-No pasa nada, Mike. No estoy aquí para hacer ningún reporte oficial -dijo Andrew cuidadosamente.

-Desgraciadamente, oficial o extraoficialmente no puedo confirmar o desmentir esta información, -dijo Mike sin dejar de ver los papeles en su escritorio.

-¿Sería posible vernos en persona para hablar de esto? -preguntó Andrew detenidamente.

-Por supuesto, en unas cuantas semanas puedes venir y nos vemos en nuestro lugar de siempre, lejos del clan. Hasta luego. -Respondió Mike sin voltear a ver a Andrew.

Andrew se alejó de las llamas. El fuego volvió a su color normal en cuanto él salió de ellas. Andrew se sentía confundido por lo que acababa de pasar, y mientras lo repasaba en su mente, preparaba el fuego en la chimenea nuevamente.

-Eso fue muy interesante, Pam. Generalmente puedo confiar en Mike para confirmar información, -dijo Andrew curioso con la mirada perdida en su esposa. Una pequeña llama comenzaba a tronar en la madera seca de la chimenea recién prendida. Andrew le narró a su esposa todo lo sucedido en la conversación con Mike.

-Bueno, entonces debe ser cierto. Si este es un rumor guardado tan herméticamente y sabes que él no te haría viajar tan lejos si no hubiera algo de verdad en esto. -Dijo Pam lentamente.

-Tienes razón, creo que Eladius está llegando a algo... -respondió Andrew.

-¿Por qué? ¿A qué te refieres con no decir nada? ¿Te das cuenta de que podríamos obtener oro y tesoros si reportamos esto? -preguntó Pam incrédula -Si no reportamos esto nos podrían matar o peor, nos podrían torturar.

-No. Mi lealtad es primero con mi familia, después con el gobernante, y no creo que Nerogroben sea nuestra respuesta para un futuro feliz para ninguno de nosotros como antes creía. Pam, siempre dices que conseguiremos mucho oro, pero al final siempre terminamos con unos cuantos pedazos de plata y ya, -dijo Andrew. -Entonces, ¿para qué?, ¿cómo es que esto lo convierte en lo correcto?, ¿qué le estamos enseñando a nuestro hijo: a ser bueno o a ser malo?

-¡Ni lo intentes! ¡No! ¡No me culpes a mí! Entonces ahora, después de todos estos años, quince años, ¿estás diciendo que tu lealtad hacia el rey Nerogroben desapareció por completo? Después de todas esas noches en que lloramos hasta quedarnos dormidos. Después de todos esos días y noches de escuchar los gritos de los vecinos, ahora, ¿lo vas a denunciar? -preguntó Pam con las cejas y la voz levantadas.

-¿Sabes lo que se ha predicho sobre el elegido? -preguntó Andrew a su esposa, quien se encontraba sentada al otro lado de la mesa de la cocina, con sus brazos cruzados en señal de rechazo.

-Sí, sí, lo sé. ¡Pero no se dice que nos tocará vivirlo! Se "supone" que él tiene el poder de cambiar los corazones de las personas y de deshacerse de toda la materia gris. Aparte, no tendríamos que estar viviendo a la luz de fogatas de campamentos tanto como antes. Tendríamos que estar sintiendo y viendo la calidez y la luz natural a nuestro alrededor en vez de las nubes de la materia gris cubriendo el sol, -dijo Pam sarcásticamente.

-Creo que deberíamos hacernos espías de este nuevo rey, - soltó Andrew sonriendo ante la idea de Pam.

Pam volteó hacia su esposo estremecida.

-¿Estás loco? ¿Te das cuenta de lo que estás diciendo? ¿Espías? No matarían si nos atrapan, o peor, nos tratarían como espías. ¿Qué pensarían y harían los de los otros campamentos?

-¿A quién le importa!, -respondió emocionado Andrew. -¿A quién le importa lo que los demás piensen? Ambos sabemos que ahora aún estamos batallando y estresados por no tener suficiente información que reportar para los hombres de Nerogroben para mantenernos el camino abierto. Apenas estamos sobreviviendo y ya somos espías. ¡No puedo esperar un cambio si no cambio lo que estoy haciendo! Tienes que entender que lo que hemos estado haciendo, y hacemos aún, no hace ni ha hecho las cosas más sencillas. De hecho, a través de los años, las cosas han empeorado para nosotros. ¡Creo que esta podría ser la oportunidad que necesitábamos!, -respondió Andrew sonriendo, sorprendido de sus propias palabras.

-¿Por qué estás tan contento, Andrew? Creo que primero deberías hablar con Mike sobre este rumor ya que él era nuestro líder y no queremos dar un reporte sobre algo falso, -agregó Pam preocupada viendo que la sonrisa de Andrew no desaparecía.

Pam se levantó de la mesa y llamó a Eladius para que fuera a dormir. Al regresar, su esposo aún le sonreía.

-Ni una palabra de esto a Eladius, Andrew.

Andrew escondió su sonrisa y se mantuvo en silencio.

En ese momento, Eladius lanzó la última piedra y se encaminó hacia su cama. Mientras caminaba, pensaba cómo sería conocer al elegido. Se quedó dormido con la ventana junto a su cama abierta. Andrew le siguió un poco después, acostándose con un sentimiento de esperanza, aún sonriendo, algo que con la Guerra Oscura había sentido muy poco en muchos años.

Capítulo 18

La guardia continua

Mientras tanto, todos en la junta continuaban sentados alrededor de la mesa en silencio y muy confundidos...

-¿A qué te refieres con sopa de chícharos? -preguntó Brittany con la mirada puesta en Eggbert.

-Me refiero a que en unos días se espera una niebla tan espesa como la sopa de chícharos. No se podrá ver nada. Esta sería la manera más segura de viajar, o la posibilidad de hacerlo de noche, -respondió Eggbert molesto.

-Esto ayudaría a Mark a pasar inadvertido, -dijo Burgesis pensativo.

-Estoy de acuerdo, -agregó Barty asintiendo y observando a los demás.

-Puede viajar en mí para asegurarnos de ir más rápido, antes de que alguien se dé cuenta de lo que está pasando, -sugirió Brittany viéndome.

Le sonreí.

-Muy bien. Entonces Barty y yo nos adelantaremos caminando para cuidar el frente y el suelo desde abajo, -dijo Jana acomodando su cabeza en el hombro de Barty.

-John y yo estaremos frente a ustedes para asegurarnos de que nadie se nos cuele por ningún rincón, -dijo Burgesis.

-Alice y Jack pueden estar en el aire conmigo, vigilando los cielos para alertarlos sobre cualquier ataque, -agregó Matt Lookings, el águila.

-Igual yo, -añadió Tom, el cuervo.

-Eggbert y yo estaremos en la retaguardia, entonces, -dijo Chris, el hada, incluyéndose en el plan.

-Suena como un buen plan de distribución, -dijo Burgesis. -Me encanta la idea. ¡Buen trabajo! ¡Se levanta la sesión!, -concluyó.

Todos se levantaron después de mí. Mientras se iban, todos besaban mi mano con respeto y se despedían para salir al aire de la noche del Valle de los Sueños. Los únicos que quedábamos éramos Barty, Jana, Burgesis, Eggbert, y yo.

Caminé de regreso a la casa y encontré a Eggbert sentado en el sofá después de haber cambiado el cuarto a uno más cómodo. Sacó su pipa de su túnica y comenzó a fumar. Lo observé en silencio por un rato. Él parecía estar dentro de un profundo pensamiento. De repente, le nació una amplia sonrisa y me volteó a ver.

-Entonces, Mark, cuéntame, ¿cómo vas en tu entrenamiento?, ¿qué es lo que ya sabes?, -preguntó Eggbert. -No pude evitar notar que parecía como si nunca hubieras visto un mapa del Mundo de lo Desconocido antes cuando Burgesis lo sacó, - Eggbert me miraba fijamente.

-Es cierto, esa fue la primera vez que vi el mapa. En cuanto a mi entrenamiento, conozco los cuatro elementos básicos. - Respondí.

-Burgesis, saca el mapa y muéstraselo a Mark. Debe aprender los recursos básicos primero, -ordenó Eggbert poniéndose la punta de la pipa entre los dientes e incorporándose en su lugar.

Burgesis miró al brujo y con renuencia sacó el mapa y lo puso en la mesa frente a nosotros. Eggbert le ayudó a Burgesis poniendo peso sobre las esquinas para mantenerlo extendido y quieto. Había una sutil brisa entrando desde la ventana hacia la sala. Me senté en el sillón, y Eggbert frente a nosotros.

-Como ves, este es el Mundo de lo Desconocido, -Eggbert comenzó explicar mostrándome. Entonces, agitó su mano izquierda en la parte superior del mapa, y con la pipa aún en su boca dijo "revelio". En ese momento, el mapa cobró vida y se convirtió en un holograma tridimensional encima de la mesa.

-¡Wow!, -dije sorprendido.

-Este es, verdaderamente, el Mundo de lo Desconocido, -dijo Eggbert. Cada que él tocaba alguna parte del mapa, esta se ampliaba y mostraba en tiempo real quién estaba ahí y qué estaba pasando.

-Presumido, -soltó Burgesis cruzando sus brazos.

-¡Nuestra magia es tan poderosa e ilimitada que es mucho más que los elementos!, -explicó Eggbert observando a Burgesis. -Me gustaría que conocieras a alguien, -continuó, tocando sobre el área de Prado Armonía, que era igual que el resto del Mundo de lo Desconocido: hermoso. Entonces, el mapa se amplió hasta poder ver a un elfo que estaba durmiendo en su cama.

-Este es Eladius. Él ha hecho cambios que afectarán nuestro futuro desde ahora, -dijo Eggbert viendo a Barty y a Jana.

-El Prado Armonía es un lugar hermoso que contiene bondad y maldad, -le explicó Eggbert a Burgesis.

-Yo creía que Prado Armonía era controlado por dos campamentos de exploradores, -comentó Barty con sospecha viendo a Burgesis y a Eggbert.

-Ya no. Verás, todavía hay bondad en todos nosotros. Hoy temprano, después de nuestra junta, Mike Smitherton se encontró con el padre de Eladius, Andrew, y no, no compartió información sobre tu presencia aquí, Mark. Pero Eladius tiene la esperanza puesta en su padre, Andrew. Este simple hecho ha atraído la atención de nosotros los brujos hacia esta familia. Mis hermanos brujos y yo nos hemos dado cuenta después de hoy, que hay mucha esperanza para todos nosotros. Esta esperanza nació en su familia, y por lo tanto se ha esparcido a mis hermanos brujos. La fe que tenemos por el Mundo de lo Desconocido ha cobrado fuerza hoy. Eladius comenzó a ayudar a sus padres a darse cuenta de que seguir a Nerogroben no está ayudando a su familia. Más bien está matando a otros, los lleva a su tortura y a la desconfianza en los demás. Esto ha traído esperanza a nuestro mundo, -explicó Eggbert a todos mientras observaban a Eladius y a Andrew dormir. -Pero debes conocer el resultado de esto, -continuó Eggbert mientras sacaba la mano de su túnica y decía "Futurero"; entonces el mapa mostró lo que pasaría o podría pasar en un futuro...

Capítulo 19

Esperanza

-Mike Smitherton dijo que Andrew debe ir a verlo en unas semanas para saber más sobre la existencia del elegido. El problema es que esto puede dividir familias también, -me comentó Eggbert.

-¿Y qué?, muchas familias se dividen todo el tiempo por culpa de diferentes lealtades, -soltó Barty cruzando sus brazos.

-¿A qué te refieres?, -le pregunté a Eggert preocupado mientras observaba el mapa.

-Su madre, su esposa, -respondió Eggbert mientras cambiaba las imágenes de Pam a Eladius y a Andrew, para después volver a Pam, -son extremadamente leales a Nerogroben. Me temo que esto separará a la familia por su falta de lealtad hacia ti, -comentó Eggbert y quedó en silencio.

-¿Qué hacemos con los seguidores de Nerogroben que atrapamos?, -le pregunté a Burgesis, pero él solo me volteó a ver sin responder.

-¿Qué nos hacen ellos a nosotros? Pues les hacemos lo mismo: los encerramos, los torturamos, y también los matamos. ¡Son traidores!, -respondió Barty resoplando petulante.

-Eggbert, por favor trae a Eladius y a su familia a la escuela después de mi llegada y asegúrate de que estén a salvo. Que se queden ahí conmigo, -le pedí, pero él negó con la cabeza tristemente.

-Eso no será posible, me temo que mis hermanos no estarán de acuerdo, -respondió Eggbert cuidadosamente.

-Entonces envíale un mensaje a Mike y pídele que los invite antes. Primero iremos a las tierras elfas de Goldor, -dije confiado.

-Eso sería muy imprudente, Mark, -intervino Jana viéndome.

-Ella será una traidora. ¿Qué caso tiene perder tu tiempo, y nuestro tiempo en este asunto?, -dijo Barty impaciente a Eggbert, sonando casi enojado.

-Entonces quiero que los traigas aquí, Eggbert, -concluí obstinadamente, ignorando la impaciencia de Barty y Jana.

-¿QUÉ?, -soltaron juntos Barty, Jana y Burgesis. -¿Aquí, a esta casa? ¿A esta casa secreta?, -preguntó Barty con los ojos bien abiertos.

-Por lo mismo es más seguro, y con razón de peso para mantenerlos dormidos ahora mientras los transportamos, -respondí.

-Tenemos dos cuartos extra. Quiero que los traigan aquí mientras están en sus camas y que los mantengan dormidos, -le ordené a Eggbert con su mirada encima de mí.

-Hijo, ¿para qué los quieres aquí y por qué ahora mismo?, -preguntó Eggbert.

-Porque sé lo que es perder a alguien, y no quiero que eso le suceda a Eladius, -dije observando a Burgesis. Él asintió comprendiendo-. Después de todo, incluso tú lo dijiste, con magia podemos hacer mucho más-. Repetí las palabras de Eggbert viéndolo a los ojos. Él quería decir algo, pero en lugar de eso, inclinó su cabeza y salió de la habitación.

Observando el mapa, uno por uno: Eladius, Andrew, y Pam desaparecieron y tres golpes pudieron escucharse en el segundo piso. Eggbert bajó las escaleras.

-Eres consciente de que estarán preocupados y atemorizados cuando despierten, ¿verdad? -me advirtió.

-No se despertarán hasta que yo te lo pida, ¿cierto? -pregunté.

-Correcto. Pero si no los despiertas después de siete horas, el sueño profundo los puede llevar a dormir eternamente hasta la muerte.

-Quiero que cierren sus puertas con seguro, -intervino Barty viendo a Eggbert. -¡Son criminales, el enemigo, y no confío en ellos!

-No los conoces, Barty. Abran su corazón, perdónenlos por sus malas decisiones y malas acciones. Y después, perdónense ustedes por juzgar y pensar mal de los demás, -dije tranquilamente mientras Barty y Jana cruzaban sus brazos.

-¡Tú tampoco los conoces! Nosotros sabemos de lo que son capaces y eso es suficiente para mí, -soltó Jana poniendo su mano en la pierna de Barty, buscando su aprobación y apoyo. Barty asentía obstinadamente.

-Todos somos capaces de grandes cosas, tanto buenas como malas. Al menos escuchen lo que digo, confíen en mí, abran sus corazones, -les respondí al tiempo en que abandonaba aquella habitación. Burgesis, quien había estado sentado junto a mí en el sillón, me siguió; Jana y Barty permanecieron sentados, sorprendidos.

Eggbert tomó su taza de té de la mesa frente a ellos y sonrió mientras bebía en silencio.

-Espero que sepas lo que estás haciendo, -me dijo Burgesis tranquilamente mientras caminábamos fuera de la casa. -Por supuesto, -dije confiadamente, sentándome en una banca para poder admirar el campo.

-Tengo fe en ti, añadió Burgesis sentándose junto a mí-. Como dicen en la tierra: ¿estás tratando de matar dos pájaros de un tiro?, ¿estás tratando de cambiarlos de bando al hacerlos nuestros espías?, ¿o estás tratando de castigarlos por su traición?, -preguntó Burgesis con sus ojos en mí, mientras yo admiraba el cielo.

-Puedes hacer mucho más con una piedra y dos pájaros que solo matarlos con "la piedra elegida", dije con seguridad tomando una piedra del piso. -Puedes tirar la piedra y errar para salvarlos de una muerte segura, -continué, lanzando la roca con una sonrisa dirigida a Burgesis. Él también me sonrió. Puse mi mano en su hombro antes de entrar lentamente a la casa.

Todos estaban donde los había dejado. Dirigiéndome a Eggbert, le pedí que trajera primero a Eladius y que lo despertara cuando estuviera conmigo.

Eggbert salió del cuarto. Entonces salí de la casa de nuevo hacia la larga banca exterior donde había estado sentado con Burgesis. Él continuaba cerca de ahí.

-Eggbert traerá a Eladius. Necesito un escudo extra de protección, si es posible, -le pedí tranquilamente a Burgesis, quien asintió y comenzó a hacer lo propio con su mano. En un minuto, Eggbert acostó a Eladius en la banca con su cabeza en mis piernas, puso su mano sobre la frente de Eladius y cerró sus ojos murmurando algunas palabras, entonces Eladius comenzó a despertar lentamente. Abrió los ojos mientras yo le quitaba el cabello de la cara. Eladius me vio.

-¿Dónde estoy? ¿Quién eres tú?, -dijo Eladius preocupado, levantándose lentamente.

-Mi nombre es Mark Trogmeyer, algunos me llaman "el elegido", pero yo prefiero Mark. Me gustaría que me vieras como un igual. Estás despierto, esto no es un sueño. Te traje aquí, a mi hogar secreto, a través del gran mago Eggbert-. Le informé en calma.

-Eladius, necesito que me confirmes algo que ha llamado mi atención. He escuchado que crees en mí y que deseas que tú y tu familia pierdan la conexión que los une a Nerogroben y su ejército, -le dije a Eladius, quien me miraba sorprendido.

-Es cierto, -respondió Eladius-. ¿Cómo sabes mi nombre? ¿Qué tengo yo de especial para que tú sepas mi nombre?, -preguntó repentinamente al darse cuenta de quién era yo, entonces hizo una reverencia y agregó, -¡Lo siento, su majestad Mark!

-Si es cierto, entonces es mi deber conocer a todos los que me siguen. Quiero que te sientas seguro y libre de decir lo que piensas. No tienes que inclinarte ante mí ni llamarme majestad, -dije tranquilo.

-¿Dónde están mis padres?, -preguntó Eladius mientras se incorporaba, sonriéndome.

-Estarán aquí de momento. Ha sido mi deseo hablar contigo y con tu familia, -respondí y dirigí una inclinación de cabeza a Eggbert. Él desapareció para traer a Andrew y a su esposa Pam.

-¿Por qué quieres hablar con nosotros?, -me preguntó asustado Eladius.

-Confíen en mí y no tengan miedo de mí como de Nerogroben. Quiero que sepas que pueden confiar en mí. Los traje aquí para que estén a salvo, -le dije mientras él trataba de tomar mi mano y besarla. -No tienes que rendirme pleitesía, mi amigo, simplemente quiero que entiendas que puedes confiar en mí. Serán llevados a salvo hasta su hogar después de haber hablado contigo y tu familia si así lo desean, -añadí-. ¿Cómo los ha tratado la vida en los campamentos todos estos años?

-La vida no ha sido sencilla, Mark. Mi papá y mi mamá han pasado por mucho tratando de mantenernos. Con el simple hecho de hacer lo que hemos hecho hace que tanta maldad me duela en mis adentros. Había veces en que, por toda la maldad a nuestro alrededor, nos sentíamos siempre tan enojados que hacía la vida insoportable. Han tratado de ser buenos padres, pero es por esa maldad y ese odio que nos rodea que nos convertimos en sus víctimas. Muchas noches nos despertaban los gritos de las personas que el ejército de Nerogroben torturaba y mataba. Llegué a sentir que no tenía caso vivir así. No sé qué piensen mis padres. pero sí confío en ti, y será un honor para mí poder ser parte de tu ejército y vencer a Nerogroben. Tal vez te pueda ayudar porque conozco a Nerogroben y su ejército, y sé cómo operan, -dijo Eladius cuidadosamente, analizando mi comportamiento.

-La materia gris te afecta porque tienes tu conciencia intacta aún. Siento mucho que hayas visto tanta maldad y tantos horrores en tu vida hasta ahora. Gracias por tu confianza. Lo que me preocupa es que, al haber visto tanta maldad, ¿eres realmente capaz de ser empático?, -le pregunté cuidadosamente a Eladius.

-¿Empatía?, -me respondió.

-Sí. Es la habilidad de identificarse con los sentimientos de otros, -le expliqué.

-Es por la culpa que siento que le mencioné ayer a mis padres que quiero que cambiemos de bando. Estoy avergonzado de haber sido parte del ejército de Nerogroben y de haber vivido en su campamento. Va en contra de mis principios. Muchas noches las he pasado llorando por todos los horrores que he visto y que siento que he causado. Creo que el conocimiento no es poder como el régimen de Nerogroben afirma, -soltó Eladius con lágrimas en los ojos. Yo le di palmaditas en la espalda aliviado al ver que sus emociones era un reflejo fiel de su carácter.

-Está bien, he visto tu corazón. Lo primero que debes hacer es perdonarte a ti mismo, y con suerte, podemos ayudar a que los demás también te perdonen. Voy a hablar con tus padres. Burgesis te llevará con Jana y Barty, quienes espero también hablen contigo, -Eladius asentía mientras yo le explicaba y lo llevaba hacia donde Burgesis lo esperaba.

-El perdón inicia con ellos. Por favor pídeles que pongan sus diferencias de lado y aprendan a amar a los demás, -le susurré a Burgesis. Él tomó a Eladius de un hombro y suavemente lo guió hasta la casa. Menos de un minuto después, Andrew y Pam flotaban frente a Eggbert, quien los llevaba cuidadosamente frente a mí.

Finalmente despertaron.

-¿Qué está pasando?, ¿dónde estamos?, -preguntó Andrew confundido, tallándose los ojos.

-¿Quién eres?, ¿qué estamos haciendo aquí?, -cuestionó Pam igual de confundida y avergonzada, ya que estaba vestida con su ropa de dormir.

-Mi nombre es Mark Trogmyer y algunos me llaman "el elegido", pero pueden usar mi nombre, Mark, -les respondí con firmeza. Ellos se levantaron con sorpresa y me dedicaron una reverencia.

-No es necesaria la reverencia, por favor, levántense y tomen asiento. Fui yo quien los llamó y quiso que me conocieran de esta manera, -les expliqué suavemente.

-¿Dónde está nuestro hijo?, -quiso saber Pam preocupada-. ¿Está en nuestra casa? ¿Está bien cerrada?

-Su hijo está aquí con nosotros. Yo necesitaba hablar en privado con ustedes, sin que él estuviera presente. No tienen otra opción que confiar en que su hijo está a salvo dentro de la casa.

Me aseguré de que el gran mago Eggbert los trajera de manera segura hasta aquí.

-Disculpa, no sé si se nos permite otra pregunta. ¿Por qué fuimos convocados?, -preguntó Andrew con la mirada en el piso.

-Son libres de expresar su opinión y sus preocupaciones como lo deseen. También son libres de verme a los ojos. No tengo el corazón negro como el rey Nerogroben que le gusta acallar a las personas frente a él. No se logra nada de esta manera. Lo único que pido es que escuchen con la mente abierta a lo que digo y que no me interrumpan, -dije claramente y con prudencia-. Los convoqué aquí hoy porque temo no solo por su futuro, sino también por el de su hijo. Creo que este futuro suyo y mío depende en gran medida de sus sentimientos, sus acciones y las decisiones que tomen de ahora en adelante, -continué ante la sorpresa de ambos.

-Debo recordarles que están hablando con alguien que puede y que marcará la diferencia en el futuro. He visto cómo viven, y he visto cómo se cuestionan su propia lealtad. Estoy aquí para ofrecerles un nuevo comienzo libre de maldad, de dolor, de juicio, y lleno de bondad y virtudes-. Les dije mientras ellos se veían uno al otro en silencio.

Mientras tanto, Eladius tuvo la oportunidad de estar con Barty y Jana, quienes continuaban sentados en silencio en la oscura sala cuando Burgesis lo guió hacia ellos.

-Él dijo que el perdón comienza hoy contigo y poniendo las diferencias y prejuicios a un lado. Él quiere que ustedes perdonen y aprendan a amar a los demás; y en muchos sentidos, tiene razón, la revolución empieza con nosotros-. Burgesis rompió el silencio. Eladius sonreía, y Barty y Jana asintieron ante las palabras dichas.

-¿Ustedes son parte de la rebelión?,- preguntó Eladius viendo con curiosidad a Burgesis, -¿son castores?, ¡genial!

-Sí. Somos unos pocos de muchos. Seguimos a Mark porque creemos que él tiene el poder de hacer del mundo un lugar mejor-. Respondió Burgesis con una leve sonrisa.

-Sí. Creemos que vencerá a Nerogroben y a la materia gris que está tratando de esparcir en nuestro mundo. Queremos tener una mejor relación con los humanos mágicos otra vez-. Dijo Barty ásperamente, esperando una reacción de Eladius.

-Yo también espero eso, -fue la respuesta de Eladius mientras los veía emocionado. -Estoy cansando de toda la maldad y la tortura que hay en nuestro mundo por culpa de Nerogroben y su ejército. Quiero que desaparezcan. Solo quiero paz.

Gratamente sorprendidos, Barty y Jana se acercaron a Eladius y lo abrazaron.

-¡Es posible!-. Soltó Jana con unas lágrimas mientras sus brazos apretaban el cuerpo de Eladius.

-Te perdono a ti y a tu familia por todo lo que han hecho-. Dijo Barty con los ojos acuosos, rodeado por los brazos de Eladius. De repente, la sala comenzó a iluminarse y el ambiente se sintió más ligero. Burgesis comenzó a reír ante aquel abrazo.

Mientras todo esto ocurría en la sala, dentro de la casa, yo todavía me encontraba afuera. Miraba a Andrew mientras observaba a su esposa. Entonces él respondió:

-Quisiera hablar con mi esposa y mi hijo en privado antes de tomar cualquier decisión.

-Está bien. Tienen hasta la tarde para hacerlo. Quiero que sepan que si deciden no unirse a nosotros, serán llevados de manera segura a su hogar. No tendrán que preocuparse por su seguridad o por sus vidas. Tienen mi palabra, -tenía mi mirada fija intensamente en Pam. -Si, por el contrario, sienten que serán mejor recompensados y tendrán una mejor manera de vivir conmigo y en nuestro bando, les proveeremos de un lugar para vivir. Recibirán suficiente comida, y mucho amor y apoyo de todos nosotros. Todos necesitaremos aprender a amar a nuestros enemigos, pero primero hay que tomar los primeros pasos, que son perdonar-. Andrew asentía ante mis palabras.

-Gracias. ¿Podemos ir con nuestro hijo?-. Preguntó Andrew tranquilamente.

-Por supuesto. Vamos adentro con él inmediatamente-. Respondí mientras le di indicaciones a Eggbert. Él nos abrió el paso y nos mostró el camino. En cuanto entramos, pudimos apreciar el abrazo entre Eladius, Barty y Jana, y a Burgesis soltando unas lágrimas.

-¿Soy yo o es más fácil respirar en este cuarto?-. Le pregunté a Eggbert, quien se había unido a las risas y las lágrimas.

-¿Qué está haciendo nuestro hijo?, -preguntó Pam impresionada. -Los castores jamás abrazan a los elfos. Los elfos y los castores nunca han estado en el mismo nivel social.

-No entiendo. Estamos en la misma clase media-. Respondió Eladius.

-No, los castores siempre han presumido estar un nivel más arriba de aquellos que están dentro de la misma clase social en la tabla de la jerarquía social de los clanes, -explicó Pam.

-Sin importar el pasado, vamos a cambiar eso con la gente como tu hijo que acaba de aprender cómo tomar un gran paso hacia el futuro, -respondió Eggbert sonriendo y con los ojos vidriosos. -¡Ha aprendido el poder del perdón y del amor!

-¡Eladius, ven! -pidió Andrew preocupado.

-Está bien, papá y mamá, he descubierto mi propósito, -dijo Eladius soltándose del abrazo de los castores, caminando hacia sus padres.

-Tenemos que hablar de esto, -dijo Pam al tiempo que me veía.

-Pueden ir arriba a hablar en privado; la primera puerta a la derecha, -intervine asintiendo serio.

Casi inmediatamente, ambos comenzaron a subir las escaleras y comenzaron a hablar. En cuanto desaparecieron, me volteé hacia Barty, Jana y Burgesis, quienes aún reían y lagrimeaban.

-No te había escuchado reír desde antes de la guerra oscura, Burgesis, -dijo Eggbert riéndose, sin poder contener las lágrimas.

-¡Lo lograste, Mark!, -añadió Burgesis mientras corría a abrazarme. -¡No había visto a Barty sonreír en años!

-¡Quién diría que algo tan pequeño podría ser tan poderoso! -Barty continuaba con los ojos acuosos.

Fue en ese momento que Eggbert me dedicó una reverencia.

-Felicidades, Mark. Has pasado la primera lección del clan de los magos:

cómo manejar situaciones de manera racional y responsable.

En ese momento me sentí orgulloso de mí mismo y una ola de calidez cubriéndome; era una marca mágica del clan.

-Para ser honesto, esto es solo el comienzo, es solo un pequeño paso, -dije mientras salía del cuarto -. Voy por Pam; ¿podrían esperarme afuera? Quiero que vayamos afuera, pero no quiero meternos en problemas y estar sin protección-. Burgesis asintió y salió.

Capítulo 20

Pam y la decisión Familiar

Fue en ese momento que decidí que quería hablar con Pam, estaba realmente preocupado por ella y por la decisión con la que podía causar un gran impacto en su familia. Así que fui arriba y toqué a la puerta.

-Quería ver si podíamos hablar a solas, Pam-. Se veía enojada, sentada en la cama. Ella se levantó y me siguió hacia la banca que estaba afuera sin decir una sola palabra. Estando ahí, ella continuaba observando a Burgesis con miedo porque era un humano-elfo mágico como yo, y ella solo era una elfa. Yo no entendía por qué no se llevaban bien, pero me imaginaba que con el tiempo comprendería todo.

-Ya te he dicho que quiero que hables libremente, y que no te sientas alarmada. Burgesis solo es un guardia aquí, - le dije a Pam, quien tan solo asintió en silencio, sin quitarle a Burgesis la mirada de desconfianza.

-Quiero saber qué está pasando por tu mente en este momento, y quisiera saber tu opinión sobre lo que les ofrecí a ti y a tu familia, -le pedí.

-¿Por qué yo?- preguntó.

-Porque la mujer tiene tanto impacto en su familia, política, emocional y socialmente como los hombres, -le expliqué.

-Pero, ¿por qué pides mi opinión de entre nosotros tres? - preguntó Pam-. ¿Desconfías más de mí que de los demás? Noté cómo me veías intensamente cuando nos hacías tu oferta, -continuó.

-Me doy cuenta de lo aterrador que esto debe ser para ti, más que nada, una madre que solo quiere lo mejor para su hijo y su familia. Es lo que mi madre en la Tierra querría de mí, -dije poniendo mi mano en la suya, ella se estremeció.

-No pasa nada, -continué-. No te voy a lastimarte a ti o a tu familia. Quiero que ignores lo que está pasando en el mundo sobre la jerarquía social. Te han enseñado algo que está mal en muchos sentidos. Sin importar de dónde vengas, quién seas, tú y tu familia me importan. Entiendo que tu lealtad estuvo con el rey Nerogroben por muchos años, -le dije mientras le secaba las lágrimas en sus ojos.

-Desde que me casé con Andrew, nuestra lealtad siempre ha estado con Nerogroben. ¿Quieres que simplemente lo ignoremos y nos unamos a tu causa, así como así?, -preguntó con la mirada fija en mí.

En ese momento volteé al cielo y noté que la materia gris se hacía más clara a nuestro alrededor.

-En cuanto Eladius se despertó, le dije que necesitaba que todos ustedes confiaran en mí. Los traje aquí de manera segura y me he encargado de que los malvados secuaces de Nerogroben no me encuentren con ustedes. Eladius estaba sorprendido de que yo supiera su nombre, yo le respondí que sí me importan todos aquellos que me siguen. Hablaba en serio. Me tomo el tiempo para aprender que tu nombre es Pam, y que el nombre de tu esposo es Andrew. También sé que él tiene un atisbo de esperanza que no había podido sentir en años. Las cosas mejorarán conmigo al lado de tu familia. Amo a todos mis seguidores. Quiero que todos tengan una casa adecuada, apoyo y provisiones para estar bien. No voy a expulsarlos o encarcelarlos, o torturarlos por información, o incluso juzgarlos por apoyar a Nerogroben. No soy ese tipo de líder o de persona, -le expliqué a Pam.

-Puedo sentir que honestamente te preocupas por nosotros, pero estar en el ejército de Nerogroben es todo lo que conocemos, -respondió Pam preocupada.

-Está bien, si tu familia lo elige, pueden seguir siendo espías para Nerogroben; es una opción, -Pam no parecía muy atraída a esa idea.

-¿Sabes?, creo que tú y tu familia han visto más de destrucción, muerte, tortura y asesinato de lo que dicen. Creo que me encantaría verlos en paz, y para eso solo pido que sean mis seguidores y que me ofrezcan su lealtad, -sugerí-. Solo quiero que tú y tu familia vivan en paz y sean felices. Ya han pasado por mucho dolor y han visto mucha maldad; ya no quiero verlos sufrir más. Si necesitan algo, lo que sea, quiero que sepan que pueden tenerlo. Los apoyaré si me apoyan a mí y mis demás seguidores. Y lo más importante, deben entender que los perdono por lo que nos han hecho a mí y a mis seguidores con el ejército de Nerogroben-. Dije tranquila y sinceramente.

En ese momento Pam comenzó a llorar y cayó en mis brazos. Un gran sentimiento de alivio la invadió y fue entonces que supe que Eladius estaría bien. Me di cuenta de que probablemente terminarían uniéndose a nuestra rebelión en contra de Nerogroben y su ejército. Pam me soltó mientras asentía. Volteé hacia Burgesis.

-Burgesis, ¿podrías llevar a Pam con Andrew y Eladius? Así podrán hablar un poco más e informarme de su decisión final después de la cena-. Le pedí a Burgesis. Él asintió y ayudó a Pam a levantarse de la banca.

-Gracias, Mark. Puedo ver que tienes un corazón amable y gentil, -dijo Pam volteando a verme entre lágrimas.

-No hay nada que agradecer. Puedes hablar conmigo cuando lo necesites, -le respondí sonriendo mientras se alejaba.

-Ya has comenzado a cambiar el corazón de las personas. ¡No sé cómo lo haces!, -dijo Burgesis con gran sorpresa, sentado junto a mí.

-Soy lo contrario de lo que Nerogroben ha hecho, estoy tratando de deshacer lo que hizo, restaurar la confianza con comprensión, amor, respeto y compasión, -vi a Burgesis seriamente, él estuvo de acuerdo y juntos volteamos al cielo. -¿Dónde se mantienen a los prisioneros rebeldes? -Burgesis se volvió y observó el campo.

Mientras tanto en el cuarto...

-Mamá, ¿estás llorando? -Preguntó Eladius viendo a Pam preocupado cuando ella entró al cuarto.

-¿Te lastimaron? -Andrew estaba preocupado.

-No, corazón. Para nada, -respondió Pam a su esposo, tratando de calmar la impresión que le había causado verla así-. Me gustaría decir que estoy lista para que nos unamos al elegido -anunció Pam viéndolos a ambos.

-Mark estará muy feliz, -respondió Eladius sonriendo.

-Eladius, no creo que él haya dicho que podemos llamarlo por su nombre de pila, -lo reprendió Andrew.

-Él nos dijo que no es un rey y que podemos llamarlo Mark. Me parece que él cree que todos somos iguales y que estamos en el mismo nivel.

-No sé, Eladius. Me parece una falta de respeto no llamarlo rey, -Andrew buscó a Pam con la mirada.

-Yo lo llamé por su nombre, -dijo Pam tranquilamente, sentada entre su hijo y su esposo.

-¿Por qué ese cambio de opinión?, -le preguntó Andrew consternado.

-Estoy bien, Andrew. Es solo que por fin sentí el poder del perdón y del amor. Por primera vez puedo decir "te amo" con más facilidad, -Andrew escuchaba sorprendido. Jamás había escuchado esas palabras de la boca de su esposa en muchos años. Entonces se levantó, la besó y comenzó a llorar y a reír al mismo tiempo. Pam se levantó y los tres se fundieron en un abrazo.

-Este sentimiento que he tenido aquí es tan bueno, me siento tan ligero, y para ser sincero: mamá, ya no quiero que seamos espías nunca más.

-Pronto tendremos que bajar a cenar, y nos pedirán una respuesta, -anunció Pam tranquilamente, viendo a su familia entre lágrimas de felicidad.

Mientras tanto, en el porche.

-¿Dónde se encuentran nuestros prisioneros? -Volví a preguntar.

-Te llevaré una vez que haya terminado tu entrenamiento, para que puedas estar preparado para enfrentar a esa gente, -respondió Burgesis severamente con la mirada puesta en el Campo de los Sueños.

-¿A qué te refieres con esa gente?, -le pregunté a Burgesis. Él evitaba el contacto visual conmigo.

-Ellos no son como tú y yo, son diferentes. Roban nuestra comida, matan a la gente como tú y yo, están llenos de odio, creen que son mejores y que merecen más que nosotros. Mark, simplemente no son buenos, son peores que Pam y Andrew. Son gente endurecida, -respondió Burgesis. Su mirada finalmente había encontrado la mía y la sostenía severamente-. No estás listo para enfrentarlos.

-¡Estoy listo! Tú mismo dijiste que estaba funcionando. Debes entender que el amor y el perdón son contagiosos. Debemos seguir adelante y dejar en el pasado nuestras diferencias si queremos sobreponernos a esta falta de unión. Debemos mejorarnos a nosotros mismos para poder salvar a los clanes-. Le respondí al tiempo que me levantaba.

-¿Cómo puedes decir eso? ¡No sabes cómo son todos esos seres! ¡No comprendes que ellos no perdonan ni olvidan fácilmente, o siguen adelante sin resentimientos! ¡El clan de los troles es el que comenzó con esta falta de unión y esparcen su odio a través del liderazgo de Nerogroben, y lo usan como excusa de cómo debería hacerse todo! Lo aceptaron por sus palabras cuando estaba ganando poder, y usando su miedo, lo esparció entre sus seguidores.

Negué con la cabeza.

-Ese puede ser el caso, ¡pero no tenemos que rebajarnos al nivel de Nerogroben para ser mejores personas! Podemos mejorarnos a nosotros mismos y esparcir amor y perdón a los demás, ¡liderando con el ejemplo! ¿Dónde está la fé en mí que tanto profesabas?, -le pregunté enojado, mis ojos comenzaban a llenarse de lágrimas. Comencé a caminar hacia la casa para ayudar a Jana y Barty a preparar la cena. Una marca mágica se formó en mí en el momento en que sentí el arrepentimiento por haber dicho todo eso sin haber podido controlar mis emociones y pensar antes de hablar.

Noté que una mesa pequeña, para nosotros ocho, estaba lista. Barty me comentó que mi lugar sería en la cabeza, y que los demás se sentarían a ambos lados de la mesa.

-Cenaremos en unos minutos. Asegúrate de que los demás estén listos, -me pidió Jana.

Salí del comedor y subí. Toqué la puerta del cuarto de Pam y Andrew justo antes de abrirla solo para encontrar a los tres fundidos en un abrazo.

-El amor es contagioso, -dije alegremente.- Supongo que viene una buena noticia. Estoy emocionado de escuchar su decisión después de cenar, la cual estará lista en unos minutos. Solo quería avisarles que pueden bajar cuando estén listos.

-Gracias, Mark. -Contestó Eladius.

-No, gracias a ti, Eladius, -añadí observando su sonrisa.

Me volteé hacia las escaleras y comencé a bajarlas. Todos estaban de pie alrededor de la mesa esperándome. Cuatro asientos permanecían vacíos cuando llegué para tomar el mío. Un momento después, Eladius, Andrew y Pam ocuparon sus lugares. Cuando me senté, los demás también lo hicieron.

-Primero que nada, quisiera agradecer por esta comida que tenemos aquí, -dije volteando hacia todos en la mesa. Vi a Burgesis al otro extremo de la mesa sentado junto a Jana y evitando mirarme, secando sus lágrimas todavía.

-En segundo, quisiera disculparme con Burgesis por mi comportamiento, fue infantil y estuvo fuera de lugar. Supongo que obtendré la respuesta a lo que quiero saber cuando sepas y sientas que estoy listo, -Burgesis asintió y me miró sin decir nada.

-Muy bien, comamos-. Dije viendo a todos.

Después de una cena tranquila y silenciosa, me levanté.

-¿Podría pedirles a todos que se levanten y vayan a la sala?

Todos hicieron lo que les pedí. Me paré frente a ellos mientras ellos me veían con expectación.

-Antes que nada, quiero que se sepa que yo no voy a juzgar, criticar, desterrar, torturar o matar a nadie que elija apoyar a Nerogroben. También quiero que se sepa que es mejor seguirme a mí. Además, mis seguidores jamás castigarán a nadie que no me sea leal. Solo pido que aquellos que no me juren lealtad, vengan a mí con la mente abierta, y dispuestos a escuchar lo que tenga que decir, -dije esto notando que Burgesis evitaba verme; al voltear hacia Eggbert me di cuenta de que se sentía aliviado.

-Andrew, siento curiosidad de saber qué es lo que tú y tu familia han decidido de manera individual, y como cabeza de tu familia, tu trabajo es asegurarte de que sea respetado. También quiero que sepan que no haré nada en contra de ti o de tu familia si deciden mantener su lealtad hacia Nerogroben. Simplemente Eggbert los pondrá a dormir y regresarán a sus cuartos como si nada hubiera pasado. Si, por el contrario, han decidido que desean seguirme a mí y mi rebelión en contra de Nerogroben, les pido que abandonen sus pertenencias; solo podrán traer con ustedes dos maletas. Serían escoltados por Eggbert hacia su casa con el tiempo justo para que empaquen sus cosas y después los traería de regreso con nosotros, -dije viendo a Andrew con altas expectativas.

-Mark, nos has demostrado un gran amor, respeto, consuelo, y has, probablemente, cambiado la misma naturaleza de nuestra familia. Nos has mostrado compasión, amor, y nos has dado paz. Sería para nosotros un honor seguirte y ser parte de tu rebelión en contra del cruel rey. Cada uno de nosotros decidió seguirte por voluntad propia. Gracias por lo que has hecho por nosotros, -dijo Andrew con la voz quebrada. Las lágrimas comenzaron a salir.

Me levanté y todos me siguieron en un abrazo.

-Los quiero a todos y me aseguraré de que estén a salvo. Solo tienen esta noche para empacar sus maletas cada uno. Dormirán aquí, y mañana comenzarán su travesía con nosotros. Gracias por su apoyo y por tomar la mejor decisión de sus vidas, -dije sinceramente.

-Me van a hacer llorar de nuevo, -soltó repentinamente Jana mientras nos observaba.

Todos nos reímos.

Eggbert desapareció con la familia después de la cena, y una hora después ya estaban de regreso. Esa noche, mientras dormía, me desperté con un dolor muy grande causado por seis marcas mágicas. La marca roja había desaparecido. Todo lo que podía pensar era que al menos podría viajar montado en Brittany, la unicornio, ya que una de las marcas mágicas había aparecido en mis piernas, y otra cerca de mi corazón. Me sentía agradecido porque todas eran blancas.

Capítulo 21

La transferencia

La mañana siguiente me di cuenta de que Eggbert tenía razón, había una niebla densa por todos lados cuando la guardia llegó temprano. Fue justo en ese tiempo en que Eggbert logró encoger las maletas de todos. Eso nos permitió viajar de una manera más sencilla y discreta.

Presenté la familia a la guardia. Estos últimos se mostraban reticentes y desconfiados, pero después de un rato los convencí de perdonarlos por todo lo hecho con el ejército de Nerogroben. Entonces ellos también cambiaron. Eggbert sonrió ante lo que sus ojos observaban y apuró el paso para llegar hacia donde yo estaba.

-Estoy muy impresionado con lo rápido que estás marcando la diferencia en las vidas de los demás, -me susurró mientras caminábamos.

-Gracias, Eggbert, -respondí mientras observaba a Andrew, Eladius y Pam vigilar la retaguardia. Después volteé hacia Eggbert.

-Yo también estoy muy sorprendido, -añadí quedamente.

-Mark, volaremos bajo. Cuando nos vamos alto, perdemos visibilidad de ti y la guardia por causa de la niebla. Es tan densa que no podemos darnos ese lujo, -dijo Matt desde atrás, en el aire.

-Está bien, -le respondí-. Agradecería que la guardia se acomodara como mejor le parezca para poder verme mejor durante el viaje.

Todos se rieron al unísono y asintieron.

Mientras nos alejábamos de la frontera del Valle de los Sueños comenzamos a dirigirnos hacia la casa de Jana y Barty a través de los verdes del Imperio Medio. Mientras caminábamos, me acerqué a Eggbert.

-¿Qué te motivó a hablarme de Eladius? -Le pregunté en voz baja. Eggbert fijó su mirada en mí y sonrió.

-Debo admitir, me temo, que esto fue una prueba de mis hermanos magos.

-¿Una prueba para mí?, -pregunté observándolo fijamente.

-Es verdad, -comenzó a explicar Eggbert, -que se ha predicho que el elegido tendrá un inmenso poder para cambiar los corazones de muchos. Hasta ahora has probado tener ese poder. También fue predicho que el elegido será humano, y es muy probable que se equivoque...

-¿Esperabas que cometiera un error? -pregunté sorprendido.

-Sí, pero ya lo has cometido, -Eggbert me sonrió de nuevo, volteando petulante hacia Burgesis, -por eso te has disculpado con Burgesis. Todavía podrías tener la habilidad de pasar las pruebas del otro clan aunque te equivoques, justo como sucedió con los nuestros y la prueba de los gigantes.

-¿Por qué estoy siendo probado? ¿Qué quieres decir con que todavía podría? -Pregunté frustrado-. Todos continúan diciendo que debo probarme a mí mismo. ¿Por qué no puedo simplemente ir y hablar con estos clanes? Sería mucho más sencillo hablar y convencerlos en lugar de tener que preocuparnos por las pruebas de los clanes.

-Verás, a veces lo que es más fácil en la vida no es la respuesta. Estás siendo probado, y sí, es una prueba por cada uno de los clanes de nuestro reino. Esto debe ser así porque en la vida todos somos probados en diferentes épocas. Tus pruebas simplemente resultan ser una de cada uno de los líderes de los clanes. Ya pasaste nuestra prueba, la de clan de los magos. Así como la persona promedio sufre en la vida, así debes ser probado por cada líder de los clanes. Ellos deben asegurarse de que tu corazón, tu cuerpo y tu alma va de acorde a sus enseñanzas. Una vez que pases cada prueba, esos líderes volverán hacia los suyos y hablarán de ti para tratar de convencerlos de seguirte, -explicó Eggbert tranquilamente, pero sin dejar de ver a Andrew y Pam, quienes hablaban con Eladius.

-¿Qué estás diciendo? ¿Que soy deshonesto? ¿Que no soy confiable, o que soy un mentiroso? ¿Un manipulador?, -le pregunté cuidadosamente a Eggbert.

-Bueno, ¿cómo puedes prometer no levantar una mano en contra de tus enemigos y aun así ganar la guerra contra Nerogroben?, -respondió Eggbert con el mismo cuidado.

-Me niego a levantar una mano en contra de quien sea que no me haya hecho daño a mí o frente a mí-. Eggbert solo levantó sus cejas en señal de sorpresa por mis palabras.

-¿Y qué me dices de los que han lastimado a los demás?, -preguntó Eggbert aun con su gesto de sorpresa.

-He reflexionado en estos temas, y tomé la decisión desde el momento en que hablé con Eladius. Así que cumpliré con mi palabra. Es cierto que en otro mundo y en otro tiempo soy un humano, pero en ese mundo tenemos expresiones que significan algo, y por lo general esas palabras se cumplen. Una de esas expresiones es: No hagas a otros lo que no te gustaría que te hicieran; otra es: Ama a tu enemigo; porque cuando lo amas, dejan de tener razones para odiarte o lastimarte, - expliqué tranquilamente.

-¿Así que no ves esto como una guerra llena de armas o artillería?, -preguntó incrédulo Eggbert, casi afirmándolo solo para que yo lo confirmara. En ese momento pasábamos frente a la casa de Jana y Barty.

-No. De hecho, esta es simplemente una guerra de virtudes, valores, y de las diferencias de perspectiva u opinión. No he visto esto como ese tipo de guerra desde mi punto de vista, -aclaré-. Todo está en los ojos con que lo miras. Sí, el enemigo podrá tener armas más grandes y artillería rápida, planes, o lo que sea. Pero no puedes ganar una guerra con fuego contra fuego porque no llevaría a ningún lado, o al menos no muy lejos. Habría demasiadas muertes, demasiado dolor y sufrimiento, y no habría lugar para la paz. Habría tanta maldad y lucha que no quedaría mucho del mundo. Sería destruido por los mismos actos de la guerra, -dije quedamente cuando doblamos la esquina y nos dirigimos hacia el Valle de los Castores adentrándonos al bosque de los olmos. Por unos momentos, Eggbert caminó en silencio, reflexionando mis palabras.

-Él hará lo que considere necesario, -dijo Brittany en un tono algo frío.

Eggbert había olvidado que ella estaba ahí.

-Gracias, Brittany, -le sonreí mientras le acariciaba su crin.

-¿Cómo puedes planear pelear y ganar una guerra sin fatalidades y sin muerte y armas?, -preguntó Eggbert.

-No te preocupes, mi amigo, ten fé en mí, así como yo la tengo en ti, -le dije en un tono suave.

Sabía que Eggbert tenía algo de razón, que probablemente habría muertes. Pero por otro lado, sabía que tenía que cumplir mi palabra a Eladius y su familia. Eventualmente trazaría un plan para que todo funcionara.

Comenzamos a caminar en el bosque, en donde se escondían muchos elfos que asomaban sus cabezas desde los árboles para ver al elegido mejor.

Conversaban en susurros en los árboles, unos cuantos sonreían y saludaban con la mano, y yo les sonreía y les respondía el saludo mientras avanzábamos.

A cada paso, la niebla comenzaba a ceder y la guardia se ponía cada vez más alerta. Un poco más adelante nos encontramos con Andrea y Mike Smitherton, con sus brazos doblados, parados en medio del camino.

Capítulo 22

La conexión familiar

Mike veía furioso a Burgesis.

-¿Esto es un atentado hacia nosotros, Burgesis?

-Oh, no. Para nada es un atentado en contra de ti o de tu clan, mi amigo, -respondió Burgesis con la voz tranquila pero lo suficientemente alta para que todos pudieran oír-. Simplemente somos la guardia del elegido. Nos jugamos la vida en contra del malvado rey Nerogroben y su ejército.

Burgesis se inclinó ante Andrea y Mike Smitherton de manera respetuosa, así que todos los demás lo imitamos.

Me bajé de Brittany, la unicornio. Burgesis y John se levantaron y extendieron la palma de su mano hacia mí al tiempo que los demás se incorporaban después de haberse inclinado.

-Deseamos asegurarnos de que el elegido no sufrirá ningún daño mientras pasamos por aquí, -expresó John en voz alta.

Todos parecían impactados de ver a un humano mágico fuera de Metromark protegiéndome. Nadie pronunció palabra por unos minutos.

-Tonterías. No tienen enemigos en este reino. Nosotros hemos sido especialmente atormentados por el rey Nerogroben, -Andrea rompió el silencio-. Nos sentimos honrados y felices de verlos por aquí.

Todos aplaudieron brevemente mientras Andrea y Mike abrían sus brazos.

-Por favor vengan a nuestro hogar por una taza de té antes de continuar con su travesía, -invitó Mike guiándolos por el camino correcto-. Además, todos deben estar hambrientos después de haber viajado hasta acá.

-Buena idea, gracias. Iremos con ustedes por una taza de té, -dije viendo a mi guardia sin notar lo cansados que se veían-. Me pregunto si pudiéramos descansar bajo la protección de su reino también.

-Por supuesto, Mark, -respondió Andrea amablemente mientras nos adentrábamos cada vez más en el bosque hasta legar a un claro en el que vimos muchas casas y árboles, una de ellas en el nivel del piso.

La guardia se relajó y despacio siguió a Andrea adentro de la casa. Era de buen tamaño, hecha de madera y ladrillo, y el techo cubierto de una capa espesa de paja; parecía una cabaña con la parte de atrás hecha de ladrillo. Cuando entré noté que el techo era alto, y la puerta daba a un pasillo que llevaba a muchas otras puertas. A la izquierda estaban el comedor y la cocina, y a la derecha la estancia donde nos invitaron a sentarnos, donde después Mike puso un encanto protector para no ser escuchados; Barty se encargó de cerrar las cortinas, y Andrea comenzó a pasar el té y galletas.

-Disculpen, Mark y Burgesis, -soltó Mark viéndonos fijamente-. Nadie puede saber que nos hemos visto antes, así que tuvimos que fingir todo.

-Entiendo, -le respondí a Mike con una sonrisa justo antes de darle un sorbo a mi té.

-Igual yo -sonrió Burgesis mordiendo su galleta.

Mike and Andrea se sintieron aliviados.

-Supongo que se dirigen hacia la escuela, ¿correcto?, -preguntó Mike, buscando la respuesta entre todos y entrecerrando los ojos al llevar a Andrew, quien estaba escondido detrás de Jana y Barty.

Nadie respondió y se mantuvieron quietos bebiendo su té.

-¡Ah, es cierto!, no tienen permitido decir nada, -añadió Mark con nerviosismo.

Todos sonrieron y un silencio incómodo se estableció entre ellos. Mis ojos permanecían fijos en Andrew. Mike se acomodó para observarlo mejor.

-Todos están felices de que los rumores sean ciertos después de todo, -continuó curioso, entonces se rió burlonamente.

-Así que eres tú. Veo que descubriste sobre el elegido antes de lo que yo esperaba, -dijo Mike levantándose con la mirada puesta en Andrew, quien evitaba el contacto visual.

-Todo está bien ahora. Esto fue a petición de Mark. Verás, él ha jurado lealtad a nuestro lado, -intervino Eggbert cambiando la mirada de Andrew a mí, y poniendo su mano en el hombro de Mike para intentar calmarlo.

-Ya veremos, -respondió apenas Mike.

Me puse entre Andrew y Mike. Inmediatamente la guardia se interpuso entre Mike y yo. Mike tan solo me veía curioso.

-¿Por qué se levantaron por él inmediatamente? ¿Qué hace su vida más valiosa que la de ustedes?, -preguntó Mike ante mi silencio-. Soy un elfo, igual que él. Al menos soy un elfo lo suficientemente confiable para serte leal, al contrario de él.

En ese momento pude darme cuenta de que había una hostilidad entre Mike Smitherton y Andrew. No sabía por qué, pero lo que fuera, causaba un rechazo inmediato entre ellos. Eran del mismo clan, pero era una situación rara entre los dos. Ni siquiera se miraban el uno al otro mientras se encontraban en el mismo cuarto, hasta que Mike lo notó y entonces descubrí que Andrew estaba evitando hacer contacto visual con él, manteniendo su mirada baja.

-Debemos aprender a perdonar, -dije viendo a Mark con firmeza y poniendo mi mano en Andrew.

-Es fácil para ti decirlo. ¡Tú nunca has perdido a tu familia o amigos por culpa de la información que pasaron él y su familia al mismo Nerogroben! -dijo Mike con rabia, sin poder contener las lágrimas. Entonces salió del cuarto.

-Hablaré con él, -soltó repentinamente Andrew viéndome antes de salir tras él.

-Necesito que le ofrezcas disculpas por mí, por tocar una fibra sentimental, pero también dile por qué tú y tu familia creen en mí, -le pedí a Andrew. Él respondió asintiendo con la cabeza justo antes de salir.

-Una disculpa por eso, Mark, -dijo Andrea mientras rellenaba las tazas de todos con té-. Mi esposo no ha sido el mismo desde que sus padres y un amigo murieron. Hace años que su hijo, mi hijastro, y su esposa nos dejaron y no quiere hablar de ellos. Ni siquiera sé si podría reconocerlos si los viera, han pasado demasiados años, -continuó mientras yo notaba que el patrón floreado de la taza combinaba con todo el juego de té.

-No te preocupes, yo entiendo. Nerogroben tiene mucho qué explicar, y nos ha hecho la vida difícil a todos. ¿Has visto a tu hijastro y a su esposa?, -pregunté respetuosamente mientras todos disfrutábamos en silencio del té y las galletas.

-No. Han pasado tantos años que probablemente no los reconocería si los volviera a ver. Voy con mi esposo para asegurarme de que está bien, -respondió Andrea.

Mientras tanto, en el cuarto contiguo Andrew seguía a Mike, quien se negaba a mirarlo.

-¿Cómo puedes engañar a Mark así?, -preguntó Mark apretando los puños y los dientes, mirando salvajemente a cualquier lado menos a Andrew.

-¿A qué te refieres?, -Andrew estaba confundido.

-Le juraste lealtad a Nerogroben y a su ejército, y crees que Mark simplemente va a creerte. ¿No crees que Mark tendrá sus reservas sobre nosotros? ¿Por qué a mí? ¿Por qué a mí? ¿Por qué a mí? ¡Habiendo tantos! ¿Por qué me sucede esto a mí? ¡Esta es precisamente la razón por la que tú y tu esposa fueron echados de nuestro clan, de nuestro reino! ¿Eres un agente infiltrado ahora, Andrew? -soltó Mark con rabia, dando vueltas por todo el cuarto.

-¡No, papá! -respondió Andrew tomando a Mike por los hombros para ponerlo frente a él y lograr que lo viera a los ojos.

-¡Soy yo, papá! ¡Tu hijo! ¡Mírame! Quiero regresar a casa, papá, todos queremos regresar a casa: mi esposa, y mi... mi... mi hijo también... queremos regresar a casa. Hemos cambiado mucho gracias a Mark. Él nos ha ayudado a través del cambio en Eladius que llegó hasta mí y Pam. Estamos listos para tratar de ser una familia otra vez. Eladius merece saber quiénes son sus abuelos y que han sido unos padres ejemplares, -respondió Andrew entre llanto tratando de abrazar a su padre, pero él permanecía atónito sin moverse.

-¡Lo siento, papá! ¡Siento mucho todo lo que he hecho! No debí haberlos abandonado. Debí haber reflexionado sobre mis creencias. Debí haber hablado contigo, haber estado más abierto hacia ti y en general. No debí haber huido del clan, la vida era tan miserable que caímos víctimas de la materia gris, mi esposa, mi hijo y yo, -añadió Andrew llorando sobre los hombros de Mike.

-¿Debo entender que nombraste a tu hijo en mi honor?, -preguntó Mike aún atónito, golpeando suavemente la espalda de su hijo, tratando de comprender todo lo que su hijo le había dicho.

-Sí. Eladius Michael Smitherton, -respondió Andrew abrazando a su sorprendido padre.

-¿Su segundo nombre es mi primer nombre, y su primer nombre es mi segundo nombre?, -preguntó tratando de entender bien el nombre de su nieto.

-Sí. Jamás podría odiarte, papá; jamás podría olvidarte, o todo lo que has hecho por mí. Peor aun, jamás podré olvidar lo que le hice a mi propio padre, -soltó Andrew entre lágrimas.

-¡Realmente has cambiado! ¡Oh, Dios! ¡No puedo creer que has cambiado!, -finalmente Mike cedió y comenzó a llorar junto con Andrew.

Un minuto después, la puerta se abrió y Andrea entró.

-¡Hola, mamá!, -Andrew la recibió ante la escena de ver a su esposo y a su hijo llorando.

-¡Eres tú!, -soltó Andrea mientras cerraba la puerta detrás de ella. No pudo controlar el llanto al tiempo que caminaba hacia Andrew, feliz de poder abrazarlo.

-Creí que eras tú, pero no estaba seguro, han pasado al menos catorce años, -dijo Andrea entre abrazos.

-Ha venido para quedarse, -añadió Mike con la mirada fija en su esposa.

-Debes contarme todo lo que ha pasado, -pidió Mike secándose las lágrimas y sentándose.

-Todo empezó con Eladius hace casi una semana, -comenzó Andrew.

-¿Entonces sí se dirigen a la escuela?, -preguntó Mike mirando fijamente a Andrew.

-Lo siento, no estoy seguro. Mantienen en secreto hacia dónde vamos, papá, -explicó Andrew con seriedad-. Mark ha hecho mucho por nosotros y por esta familia. Nos ayudó a alejarnos del alcance de Nerogroben. ¡No puedo creer que esto esté sucediendo!

La habitación se sentía más brillante y era más fácil respirar. La materia gris que ocupaba el lugar se había disipado.

-Deberíamos volver con los demás antes de que piensen que nos fuimos demasiado tiempo, -sugirió Andrew. Ambos Mile y Andrea asintieron. Salieron del comedor y se dirigieron hacia la sala. Al entrar, todos los miraron, y Andrew rodeó a sus padres con sus brazos.

-Tenemos grandes noticias, -anunció Andrew aún con lágrimas en los ojos-. Finalmente me reconcilié con mi padre: tu abuelo, Eladius. Ahora podemos quedarnos en nuestro hogar.

Al principio todos se sorprendieron, pero el sentimiento dio paso a la felicidad. Todos se levantaron entre abrazos y aplausos. Eladius se sentía feliz.

-Ahora has pasado las pruebas de los elfos y los magos, Mark, -Eggbert murmuró en mi oído.

Yo estaba atónito. No tenía idea de que Mike y Andrea tenían lazos con Pam, Eladius y Andrew.

Después de todos los abrazos y felicitaciones, todos se sentaron en silencio mientras Andrew relataba lo que había sucedido entre él y su familia antes de la guerra oscura.

Capítulo 23

Y entonces el mundo se oscureció

-Déjame contarte todo sobre cómo era la vida antes de la guerra oscura y la historia de lo que me convenció a cambiar mi lealtad a Nerogroben en mi ingenuidad y mi lamentable estupidez, Eladius, -soltó Andrew mientras todos se sentaban alrededor de él-. Hace quince años, cuando vivíamos aquí en el Bosque de los Olmos, -comenzó Andrew observando cuidadosamente a cada uno de los oyentes-, había un elfo que vivía aquí y que creció conmigo. Su nombre era Tom Clanswood, y era muy cercano a tus abuelos. Sus padres nunca lo apoyaron ni lo consolaron cuando se lastimaba, o cuando se sentía triste. No tenían empatía hacia él y no lo alentaban o motivaban. Siempre lo reprimían y eran muy negativos hacia él. Él era mi mejor amigo,- Andrew volteó a ver a su padre y continuó-, yo me sentía celoso de Tom Clanswood, porque a veces él recibía más atención de mis padres que yo. Tom era un buen chico, pero nunca fue afortunado con su propia familia y eso lo marcó en gran medida. Si yo no hubiera estado en su vida, él habría crecido solo y sin amigos. Cuando crecimos, comencé a trabajar en las responsabilidades del clan con tus abuelos. En ocasiones veía a Tom Clanswood, pero él era un espía para nosotros; él conseguía información importante sobre Nerogroben, y comenzó a ganar poder. Era muy bueno en lo que hacía-, Andrew rodeó a su hijo Eladius con su brazo, quien escuchaba intensamente el relato de su padre.

-Un día, -prosiguió-, Tom vino con tus abuelos y conmigo, y dijo que Nerogroben había peleado en un duelo con el líder de los troles y lo había asesinado junto a su esposa. Después de eso tomó el trono, y a cualquiera que lo resistiera o le faltara al respeto, o que no fuera leal a él, lo mataba. El clan de los troles sintió que no tenía opción más que rendirse a él. Con el tiempo, los líderes de otros clanes, por miedo a ser destruidos, se inclinaron hacia Nerogroben y le juraron lealtad. Otros se escondieron. Fue por ese tiempo que las criaturas mágicas comenzaron a ser corridas de la ciudad de Metromark. El canciller Rain firmó un acuerdo de paz con Nerogroben para que pudieran coexistir mientras no hubiera una declaración de guerra o un acto bélico entre las dos partes. Nerogroben firmó el acuerdo. Tus abuelos eran líderes en ese tiempo y se negaron a jurarle lealtad a Nerogroben y a su ejército. Entonces, Tom Clanswood comenzó a intentar persuadirme de unirnos a las filas de Nerogroben para que no nos atacara. Yo podía ver los cambios que empezaban a aparecer en Tom. Después de mucho dialogar acepté, así que les anuncié a tus abuelos que le ofrecería mi lealtad a Nerogroben. Fue entonces cuando ellos me corrieron del reino de los elfos a mí y a tu mamá, quien en ese momento estaba embarazada de ti. Su explicación fue que no querían que la maldad penetrara sus muros, -explicó Andrew mientras observaba a Mike, pero él evitaba su mirada-. Así que ese día fuimos expulsados del clan y tu mamá y yo comenzamos nuestra travesía a Valfador, el castillo de Nerogroben, que se encuentra en la ciudad de Creaton. Durante el camino, descubrimos que Tom Clanswood nos estaba siguiendo y comenzó a viajar con nosotros. Los guardias del castillo nos dejaron pasar a ambos. Nerogroben había sido advertido de nuestra llegada. Nos llevaron a verlo y él nos pidió a tu mamá y a mí una reunión en privado.

Al principio parecía ser un tipo agradable, nos ofreció una buena comida ya que nos sentíamos muy hambrientos después del viaje, y nos dijo que tal vez podría ayudarnos.

A media comida nos preguntó cómo conocíamos su nombre y su ascenso al poder. Le respondimos que en nuestro clan, gracias a Tom Clanswood.

En ese momento el rey se levantó, dejamos de comer, y nos levantamos. Entonces ordenó que Tom fuera llevado a donde nosotros estábamos. Los guardias abrieron la puerta y Tom entró-. Todos nos encontrábamos al borde de nuestros asientos mientras Andrew relataba la historia, -entonces Nerogroben nos volteó a ver a tu mamá y a mí y nos preguntó cómo podría estar seguro de nuestra lealtad hacia él.

Nosotros volteamos hacia Tom, y él dijo que podía responder por nosotros. Entonces Nerogroben, tomándolo del mentón le exigió saber quién respondería por él.

En ese momento Tom volteó hacia donde estábamos y Nerogroben me pidió una prueba de su fidelidad matando a Tom, matando al espía. Nosotros estábamos atónitos. Le habíamos dicho a Nerogroben que él era nuestro amigo, -en ese momento le ganó la tristeza a Andrew y unas lágrimas comenzaron a asomarse en su rostro-. Nerogroben me dijo que lo matara porque era un traidor, después nos preguntó a tu mamá y a mí si acaso nosotros éramos los traidores a él y a nuestra propia especie. Entonces tomó una espada larga y gruesa y me la dio, -dijo Andrew temblando al recordar; entonces miró a Mike, su padre, quien tenía los ojos muy abiertos y vidriosos-. Entonces tomé la espada que Nerogroben me ofrecía. Tom estaba justo frente a nosotros. Blandí la espada, y de un golpe le corté la cabeza que cayó sobre el plato de tu madre, justo frente a ella, entonces ella vomitó sobre la cabeza mientras el cuerpo de Tom caía al piso.- El llanto de Tom había tomado fuerza, -una marca rojo oscuro apareció en mí, justo allí, -Andrew se levantó la manga, yo me acerqué para comparar la marca. La suya era de un rojo brillante sobre su brazo como si fuera una cortada recién hecha, y cuando la comparé con la mía me di cuenta de que no se veía tan fresca como la de él-. Fue en ese momento que Nerogroben confió en nosotros. Aun así, hubo condiciones para que pudiéramos tener una casa, comida y provisiones. Teníamos que darle información de manera continua, atrapar espías, y teníamos que jurarle la lealtad de nuestro hijo cuando tuviera la edad suficiente, -Eladius cruzó sus brazos en negación-. Fue un mal trato, pero era la única manera que teníamos de sobrevivir, -Andrew volteó a ver a todos a su alrededor, pero ellos negaban con desaprobación.

-El pasado es el pasado, por ahora debemos enfocarnos en avanzar, ahora deberíamos dormir un poco. En la mañana saldremos temprano, -dije y todos comenzaron a levantarse, entonces me dirigí a Andrew, Pam y Eladius -. Me gustaría hablar con ustedes un momento.

Los tres asintieron y yo le hice una señal a Burgesis para que nos acompañara. Fue entonces cuando recordé cuando sané el corazón roto de Burgesis y me pregunté si funcionaría hacer lo mismo con la marca roja en el brazo de Andrew.

-Ten cuidado, Mark, -dijo Burgesis escuchando mis pensamientos-. No sabemos exactamente cómo funciona ese tipo de magia. Es magia muy avanzada. ¿Crees que sea sensato intentar hacerlo otra vez?

-¿Hacer qué?, -preguntó Andrew alarmado.

-Por favor, siéntate frente a mí, Andrew, -le pedí tranquilamente mientras pensé, -Burgesis, Andrew y su familia han pasado por mucho y ya es suficiente, es lo menos que puedo hacer para tratar de ayudarlos.

Burgesis asintió y no protestó ante mi argumento.

-Levántate la manda, Andrew, -lo observé.

-¿Qué vas a hacer?, -preguntó preocupado.

-Algo que debí haber intentado hace tiempo, -le expliqué mientras él hacía lo que le había pedido. La malvada marca roja fue desvelada. Puse mi mano sobre la marca y cerré los ojos mientras aspiraba profundamente.

-Le ordeno a esta malvada marca que sea convertida en luz y bondad, *Prepicio quod corrigendum sit in luce marca mágica malum et bonum*, -en ese momento una luz emergió desde la palma de mi mano y golpeó la marca de Andrew. Él gritó de dolor y comenzó a llorar en agonía. Un minuto después, la luz de mi palma cesó y él se desmayó. Observé cuidadosamente a Andrew y comprobé que aún respiraba, solo estaba inconsciente. En eso Eladius atrajo mi mirada hacia él con su grito, -¡papá!

-Puede que quede bien, -dijo Burgesis revisando el brazo-. En todo caso, la marca ha desaparecido.

Entonces voltéo hacia Pam y le dio unas palmadas en la espalda. Ella había cerrado los ojos en todo el proceso mientras apretaba la otra mano de su esposo. Abrió los ojos y me buscó con ellos.

-¡Gracias, Mark, por todo lo que has hecho por mí, por mi esposo y por mi hijo!

-No hay problema, -le respondí mientras salía del cuarto.

Burgesis corrió tras de mí.

-Siempre haces eso, -me dijo.

-¿A qué te refieres?

-Te vas después de hacer algo así, -explicó reflexivamente-, ¿por qué?

-No hay ninguna razón para rodearte de tu propio triunfo. Si lo haces, tu ego crece, -le expliqué sabiamente.

-Estás tratando de ser humilde, ¿verdad? -Burgesis me abrazó.

-Estoy trabajándolo, -le respondí con una sonrisa.

-Buenas noches, Mark.

-Buenas noches, mi amigo.

Mientras me preparaba para dormir, ya en pijamas, alguien tocó a mi puerta.

Era Eladius.

-¡Has hecho tanto por mi y por mi familia, por todos nosotros! ¿Cómo podré pagarte? Nos sacaste de esa situación y ayudaste a mi papá-. Eladius corrió hacia mí y me dio un abrazo fuerte.

-No me deben nada, su lealtad es suficiente, -le dije poniendo mis manos en sus mejillas. Él simplemente sonrió.

 -No puedo dormir, todo esto de ir a una aventura parece emocionante, y finalmente poder estar lejos de Nerogroben y su despiadado ejército nos hace sentir mucho mejor, -explicó Eladius.

-Tu vida de ahora en adelante estará llena de aventura, -le dije reflexionando sobre lo que Andrew había contado. Caminando alrededor de la habitación y observando de vez en vez a Eladius.

-Creo que tus padres decidieron quedarse aquí en el clan contigo cuando yo me vaya en la mañana, -dije.

-Bueno, yo me voy a quedar a tu lado, Mark, -respondió emocionado.

-No creo que sea una buena idea, Eladius. Hay mucho que hacer, y por un tiempo mi vida será difícil. Todavía hay mucho que tengo que aprender, mucho sobre este mundo. Además, deberías conocer a tus abuelos y al clan. No has tenido esa oportunidad, -le dije ante su decepción. Entonces se levantó, se puso frente a mí y me abrazó y me besó.

-Lo siento, Mark, -Andrew se retiró unos pasos al darse cuenta de lo que acababa de hacer. -¡No deberías irte! Pero si te vas, quiero ir contigo.

-Eres muy amable, Eladius, -le dije poniendo mi mano en la mejilla donde me dio un beso.

-Ustedes han pasado por tanto, me han sido leales y me han mostrado la gran fe que tienen en mí a través de su afecto. Sin embargo, debo pedirte que me hagas un favor. Esparte tu amor y tu bondad a aquellos que no están en paz y que están llenos de negatividad. La razón por la que necesito que hagas esto es porque la positividad es contagiosa, -le dije a Eladius al tiempo que le secaba una lágrima, después puse mis manos en sus hombros en señal de apoyo.

-Siempre estaré para ti si necesitas más gente para tu guardia, - agregó sollozando.

-Lo sé, pero por ahora quédate con tu familia, al menos hasta que yo haya entrenado más. Protégelos, esparce la buena noticia y ayuda a que la materia gris vaya perdiendo su densidad.

Eladius se despidió y salió de mi habitación.

Cerré la puerta tras él y caminé hacia mi cama. Me acosté bocarriba y comencé a reflexionar sobre todo lo que Eladius dijo, y en la historia que Andrew compartió. Era difícil para mí entender por qué Andrew y Pam habían sido expulsados del clan cuando sus padres descubrieron que querían jurar su lealtad a Nerogroben. Recordé cuando Barty dijo: *Lo que nos hacen les hacemos. Los encarcelamos, los torturamos y los matamos también. ¡Son traicioneros!*

No podía evitar preguntarme por qué Mike habría decidido simplemente desconocer y desterrar a Andrew y a su esposa Pam estando embarazada. Justo en ese momento, un golpe en la puerta interrumpió mis pensamientos.

Capítulo 24

Se busca

Esta vez era Burgesis. Me esperaba afuera de la habitación.

-Me preguntaba si podía pasar, -Burgesis me veía fijamente.

-Por supuesto, -le respondí mientras me sentaba en la cama abrazando una almohada y cruzaba mis piernas.

-Supuse que no podías dormir, -comenzó a decir mientras se sentaba en la orilla de la cama-. Y sucede que yo tampoco podía dormir.

Sentí un momento incómodo.

-¿Todo está bien entre nosotros?, -preguntó muy serio.

-Sí, -respondí viéndolo fijamente.

 -No creo que todo esté bien. Decidí decirte que te llevaré con nuestros prisioneros cuando termines de entrenar en la escuela, -él me veía preocupado.

-Burgesis, todo está bien. Entiendo lo que quisiste decir y por eso me disculpé.

-Bueno, mucho ha pasado desde eso y has estado muy distante.

-Tienes razón, y todavía estoy procesando lo que sucedió.

-Pero han sido buenas cosas, -añadió.

-Burgesis, hay una cosa que me está molestando, -él soltó una carcajada al oírme.

-Dices que es una cosa, pero en realidad te refieres a varias al mismo tiempo, -soltó-. A ver, dime qué es lo que realmente te está molestando.

-Mike Smitherton. Necesito entender algo.

Burgesis continuó callado y noté que comenzó a evitar mi mirada.

-Barty dijo que habitualmente matan, tortura y encarcelan a los traidores de nuestro clan que se van al lado de Nerogroben. ¿Por qué Mike Smitherton no les hizo nada de esas cosas a Andrew, Pam y al bebé no nacido que sería Eladius?, -le pregunté suavemente.

-¿Estás dudando de la lealtad de Mike Smitherton?, -preguntó Burgesis.

-Estoy cuestionando porqué un padre no encarceló a su hijo y su familia en vez de matarlos, torturalos, desterrarlos o desconocerlos, -repliqué.

-¿Habrías querido que Mike Smitherton encarcelara a su propio hijo, a su nuera y su futuro nieto?, -las cejas de Burgesis se habían levantado en señal de sorpresa.

-Solo estoy cuestionando su juicio, y sí, tal vez su lealtad entra en duda sutilmente, -afirmé.

-¡Esa idea está muy loca! ¿Puedes imaginar las protestas si Mike hubiera mantenido a su hijo dentro del clan? Se habría visto como si Andrew quisiera derrocar a su padre. La materia gris se esparce aquí como un incendio forestal después de la primera chispa, -respondió Burgesis-. ¿No crees que si Mike hubiera encerrado a Andrew, habría empezado un odio por su padre? y esto habría sucedido no solo en el corazón de Andrew, sino también en aquellos que estaban de acuerdo en que Andrew apoyara a Nerogroben.

-Suena muy cruel de su padre haberle hecho eso, -dije observando mi cama.

-Debes entender que una vez que tienes esos pensamientos, es difícil salir de esa mentalidad. Su padre no tuvo elección, -explicó Burgesis tranquilamente-. Era la única manera en que podía tener la esperanza de que su hijo cambiara. Al menos estuvieron en contacto durante todos esos años, incluso cuando Mike no podía ni ver a su propio hijo.

-Supongo, -respondí aún sin convencerme-. Eladius se fue de aquí justo unos minutos antes de que llegaras. Quería ir con nosotros. Le dije que sería mejor que se quedara con sus padres.

-Está bien, aquí estarán a salvo. Pero, imagina si en vez de decirte se hubiera escabullido, -dijo Burgesis riendo.

Un golpe en la puerta interrumpió a Burgesis.

-Soy Eggbert, ¿puedo entrar? Es urgente.

-Pasa, -dije en voz alta.

-Tengo noticias de mis hermanos en la escuela, -explicó dándole a Burgesis un sobre con un sello rojo y la letra N en rojo. El sobre decía "Para Eggbert Kromopolis".

-Dos hombres de Nerogroben fueron a la escuela y dejaron esta nota que mis hermanos me enviaron justo ahora.

Burgesis tomó el sobre y sacó un pedazo de pergamino, y otros tres pedazos doblados, del tamaño de un poster. Burgesis los desdobló y con letra roja decía:

SE BUSCA POR ORDEN DEL REY NEROGROBEN

Director Kromopolis,

He recibido la inquietante noticia de que Andrew, Pam y su hijo menor de edad, Eladius, han abandonado su hogar. Supongo que, o fueron secuestrados o huyeron. Solicito su ayuda para capturarlos vivos o muertos, y como recompensa se darán 80,000 monedas de oro por cada una de las personas atrapadas por el crimen de traición/abandono.

También escuché los rumores de que la llegada de "el elegido". Quiero que quede claro que cualquiera que sea descubierto manteniendo, uniéndose o tratando de ayudar a "el elegido", será sentenciado a un encierro inminente y probable muerte. Aquellos que sean descubiertos siendo leales a "el elegido", por actos de guerra y traición (bajo el código del Mundo de lo Desconocido número 115, sección 5123) será sentenciado a muerte.

Agradeceré una pronta respuesta. Tu rey, Nerogroben Los tres pergaminos tamaño póster tenían, en cada uno, una foto individual de

Pam, Andrew y Elaiuds, así como una foto familiar. Me sentí horrorizado al leerlo.

-Deben venir con nosotros, no hay otra opción, -le dije a Burgesis.

-¿Y cómo vamos a hacer eso? Todos estarán buscándolos a partir de ahora, -soltó Eggbert preocupado viendo a Burgesis.

-Bueno, es cuestión de tiempo que él los busque aquí, -dijo Burgesis discretamente al terminar de leer el pergamino.

-¡No podemos llevarlos a la escuela ahora!, -dijo Eggbert dirigiéndose a Burgesis.

-¿Estás diciendo que no puedo ir a la escuela?, -le pregunté a Burgesis quien comenzó a hablar.

-Así es, -interrumpió Eggbert viéndome-. Los hombres de Nerogroben están, literalmente, tocando a mi puerta en la escuela, ¿y cómo se va a ver si de repente yo tengo a un humano elfo mágico cualquiera allí. Especialmente si insisten en revisar la escuela?

-¿A dónde vamos, entonces?, -pregunté sintiéndome desesperanzado.

 -No quería llevarte allí todavía, pero parece que no hay otra opción, -dijo Burgesis como para él mismo.

-¿A dónde?

Burgesis echó una mirada hacia Eggbert.

-Déjame pensar cuál será nuestra próxima movida.

Ambos salieron de mi habitación.

Capítulo 25

La decisión de la guardia

La siguiente mañana se decidió anunciar a todos sobre lo que estaba sucediendo.

-Tenemos malas noticias que necesitamos discutir, -comenzó Eggbert, parado junto a mí y Burgesis frente a todos, haciéndome señas para que yo tomara la palabra.

-He recibido la noticia, a través de Eggbert, que el ejército de Nerogroben estuvo en la Escuela de lo Desconocido recientemente, - dije tranquilamente viendo a todos. Todos comenzaron a hablar entre ellos hasta que continué-. Le pidieron a Eggbert considerar la desaparición de Pam, Andrew y su hijo, Eladius Smitherton. Aparentemente están siendo buscados vivos o muertos por traición y deserción; y está circulando un rumor sobre mi llegada, la cual ha causado caos y preocupación en Nerogroben, -continué-. Sé que puedo confiar en que nadie en esta habitación me traicionará a mí o a ellos. Han visto por ustedes mismos lo sencillas que pueden ser las cosas sin un enemigo como Nerogroben. Aunque tal vez no he pasado todavía las pruebas de los clanes, les pido que le permitan a esta familia estar bajo su protección junto conmigo-. Pregunté observando a mi alrededor, buscando la mirada de todos.

-Un favor de ese calibre debe ser decidido entre la guardia, Mark, - respondió Burgesis tranquilamente-. Si tú, Andrew, Pam y Eladius pudieran salir un momento para que podamos discutirlo, -Burgesis veía a Barty, entonces volteó hacia mí y asentí antes de salir del lugar con Andrew y su familia.

Barty se levantó y nos siguió en silencio para cerrar la puerta en cuanto saliéramos. Una vez afuera, Eladius me abrazó.

-Tengo miedo, Mark-. Soltó Eladius rodeándome con sus brazos.

-Lo sé, pero todo va a salir muy bien, -lo tranquilicé mientras acariciaba su cabeza. Alrededor de quince minutos después, la puerta se abrió y salió Barty.

-Hemos tomado una decisión, -comenzó, luego se dio la vuelta y todos lo siguieron adentro y tomaron asiento en la sala. Lo observé mientras él sonreía-. Hemos aceptado protegerlos a los cuatro hasta que no estén en peligro.

-¡Genial!, -exploté mientras recibía el abrazo de Eladius.

-¡Lo siento!, dijo notando la expresión en mi rostro, -¡es que estoy muy feliz!

Todos soltaron una carcajada.

-No podemos llevarte a la escuela para entrenarte, -dijo Eggbert-. Entonces volteó hacia Mike y Andrea-. ¿Qué sugieren?

Ambos se encogieron de hombros.

-Bueno, tampoco pueden quedarse aquí, es cuestión de tiempo para que los hombres de Nerogroben lleguen. Podemos añadir más protección anuestro clan, que podrá defendernos temporalmente de su ejército, pero no por mucho, -advirtió Mike con la mirada en Burgesis, quien estuvo de acuerdo. Mike entonces se levantó y salió a informar a sus hombres de la posible llegada del ejército de Nerogroben.

-Me pregunto cómo es que Nerogroben y sus hombres se enteraron de la llegada de Mark. Ha estado aquí solo una semana y ni siquiera lo hemos entrenado aún, esto me preocupa, -dijo Burgesis-. Sé que ninguno de ustedes traicionó a Mark porque ninguno de ustedes está presentando síntomas del hechizo que puse, así que estaré revisando a los miembros de los otros clanes para ver quién pudiera haberlo traicionado.

Todos se voltearon a ver. Burgesis se levantó y se dirigió a Eggbert, quien se encontraba sentado junto a su silla.

-Necesito tu ayuda con eso, -le pidió Burgesis buscando con pequeños golpes su mapa y su pipa en su túnica. Eggbert asintió y ambos salieron de la habitación.

Ahora todos estaban observándome.

-No creo que debamos preocuparnos, -le dije a Eladius-. Estaremos a salvo aquí por ahora hasta que decidamos a dónde iremos y qué haremos.

-¿Quién crees que te traicionó informándole a Nerogroben que estás aquí?, -preguntó Eladius. La mirada de todos seguía puesta en mí. En ese momento Barty salió de la sala para ir detrás de Burgesis.

-No lo sé, -dije con un tono de tristeza-. Algún alma perdida. Supongo que lo descubriremos en su momento-. En ese momento Mike Smitherton entraba.

-¿Qué harás cuando descubras quién te traicionó?, -preguntó Eladius cuidadosamente.

-Todavía no lo sé, -le respondí con el mismo cuidado-. Y para serte honesto, era difícil pensar que alguien me traicionaría sabiendo de lo que soy capaz, e incluso con todo lo que ya he hecho para mejorar el Mundo de lo Desconocido hasta ahora. Pero, al mismo tiempo, era consciente de que podía pasar, y de lo que posiblemente tendría que hacerse con esa persona.

-Mis guardias saben qué buscar, -dijo Mike sentándose a esperar junto con los demás para descubrir al traidor.

Capítulo 26

Los traidores

Mientras tanto, en el cuarto contiguo, Burgesis sacaba el mapa y lo colocaba sobre la mesa. Dio un paso hacia atrás para que Eggbert pudiera verlo con detenimiento. Burgesis se paró junto a Barty cuando este entró. Eggbert alzó su mano y la agitó sobre el mapa diciendo Revelio, y el mapa cobró vida mientras su mirada estaba fija en él.

En tanto Eggbert continuaba hablando consigo mismo, Burgesis volteó hacia Barty, quien asintió ante su mirada y ambos retrocedieron un poco más.

-Le di el libro a Mark, pero todavía no lo ha descifrado, -le susurró Burgesis a Barty sin que Eggbert pudiera escucharlo.

-Dale tiempo, -le respondió Barty tranquilizándolo.

-Pero tú mismo lo escuchaste, dice que conoce el libro de principio a fin y ni así sabe, -Burgesis negaba con la cabeza.

-¿Estás empezando a dudar que Mark sea el elegido?, -preguntó Barty.

-Muy bien, Eggbert, -soltó Burgesis en voz alta ignorando la pregunta de Barty-. Creo que debemos ver cómo están los líderes.

Eggbert asintió sin decir nada. Burgesis y Barty se acercaron hacia el mapa. Primero, Eggbert hizo un acercamiento al pueblo de Natar, específicamente en la casa de Tom. Un momento después Tom podía ser visto descansando en un árbol, ocasionalmente observando a su alrededor.

-No, él está bien-. Burgesis negó con la cabeza lleno de frustración.

Entonces Eggbert movió el mapa hacia el norte de la ciudad de Adornar y enfocó la casa de Jerry, quien un momento después podía observarse mirando a los transeúntes de cuando en cuando desde la ventana de su casa.

-Él también está bien, -dijo Burgesis-. Revisa la casa de los Cunning, entre el pueblo de Probar y el Valle de los Castores, muy cerca de aquí en el Bosque de los Olmos.

Cuando Eggbert acercó el mapa hacia la casa, pudieron ver a Angie haciendo té en la cocina y, unos momentos después, llevándoselo a su esposo Martin, quien se veía enfermo en su cama.

-Ese es un zorro enfermo, -advirtió Eggbert con tristeza, negando con la cabeza.

-¡Fue Martin! ¡Ese traidor!, -soltó Barty con rabia.

-Siempre he tenido problemas para confiar en el clan de los zorros, -dijo Burgesis con una notoria decepción-. ¿Por qué no me sorprende?

-¿Por qué? ¡Pues porque son zorros!, -respondió Barty sonriendo.

-No, es porque desde hace tiempo sospecho que son espías de Nerogroben, -explicó Burgesis con la mirada en Eggbert. Pero Eggbert no reaccionó.

-¿Qué vas a hacer?, -preguntó Eggbert.

-No puedes realmente estar pensando en hacer lo que creo que vas a hacer, -soltó Barty ásperamente cuestionando y viendo a Burgesis.

 -Mark necesita saberlo. También necesitaré llevarle a Martin el antídoto para la maldición que le ha caído encima, o si no morirá. Sé que Mark no querría que nadie muriera sin antes hablar con ellos-. Burgesis no quitaba la mirada de Barty, quien solo le respondió poniendo los ojos en blanco y negando con la cabeza-. Lo traeré para que sea juzgado por Mark. Luego él y la guardia decidirán si son culpables o inocentes. Al final será Mark quien decida sobre su destino-. Barty entonces asintió y salieron del cuarto para encontrarse con Mark y el resto de la guardia. Cuando entraron a la sala todos se levantaron.

-¿Quién es el traidor?, -preguntó Mike sin tapujos.

Burgesis volteó hacia cada uno de los que esperaban la respuesta.

-Después de ver a casi todos en el mapa, observamos la casa de Angie y Martin Cunning. Angie estaba preparando té en la cocina y lo llevó a su esposo Martin, quien se veía bastante enfermo en su cama. La maldición que usé prohíbe mencionar el nombre de Mark y su paradero fuera de nuestro círculo. Si ellos dijeron algo parecido, incluso si solo mencionaron "el elegido" a cualquiera que no pertenezca a nuestro grupo, entonces una enfermedad caería sobre ellos, y sin este antídoto que tengo aquí, morirán en 48 horas, -explicó Burgesis mientras sacaba de su túnica una botella con un líquido dentro.

-Así que, después de ver el mapa, encontramos que Martin Cunning te traicionó, -soltó Barty con rabia viéndome.

-Está bien, -comencé a decir viendo a Eggbert y a Burgesis-. ¿Qué procede ahora?, .pregunté con la mirada en Eladius, notando la preocupación en su rostro.

-Depende de ti. Yo espero que al menos tenga un juicio justo, -respondió Burgesis volteando hacia los miembros de la guardia, quienes asentían con sus palabras.

-Me gustaría que me permitieran hablar con él antes del juicio, -le pedí a Burgesis.

-Por supuesto, tu trabajo es dejar precedente para los traidores en el futuro. Solo debes saber que lo que hagas, lo que digas, y como manejes esto, será lo que haremos en el futuro. Será tu decisión y de la guardia si ellos son culpables o inocentes; y tú serás quien les imponga el castigo si son encontrados culpables, -explicó Burgesis; la guardia asentía en silencio.

-¿Quién irá por Martin y Angie?, -pregunté despacio.

-Burgesis se ofreció, -respondió rápidamente Barty mirando a Eggbert.

-Para asegurarnos de que nada pase, Eggbert, me gustaría que tú fueras en mi lugar, -le pedí con la mirada en Burgesis, quien me respondió con sorpresa en sus ojos y parecía estar a punto de respingar.

Lo vi a los ojos con gran seriedad y comencé a pensar para que él me escuchara-. Necesito hablar contigo, Burgesis-. Entonces él asintió rápidamente relajado, ya que los demás hacían lo mismo que yo. Todos veían a Burgesis de una manera graciosa porque se había sentado frente a mí. Eggbert había permanecido parado, asintiendo, y de repente, de un segundo a otro, había desaparecido.

-Los tiempos están cambiando y Nerogroben tiene miedo de lo que no sabe de mí. ¡No le gusta la idea de que yo pueda liderar esta rebelión en su contra de la cual creo que no fracasaremos!, -dije viendo a todos.

Todos comenzaron aclamar conformes y satisfechos mientras yo salía de la habitación con Burgesis.

-Burgesis, ahora que no podemos ir a la escuela, ¿a dónde iremos?, -le pregunté. Él comenzó a pensar llevándose los dedos a la barbilla. En ese momento Jana salió para ir hacia donde estábamos.

-Barty y yo estuvimos hablando anoche, -comenzó Burgesis-. Ambos concordamos en que lo mejor será llevarlos a ustedes cuatro a Bajo Tierra, que es un lugar fuera de la escuela donde estarán seguros ustedes y el ejército de la rebelión y otros seguidores estarán allí también.

-¿Bajo Tierra?, -pregunté mientras Jana me ofrecía un collar.

-Bueno, es profundo, muy profundo. Es ahí donde el ejército entrena y crea sus armas. En el nivel superior se realizan las prácticas, están los dormitorios y las salas de reuniones. Es tan secreto que la única manera de entrar y ver el lugar es teniendo estos collares especiales, -explicó Jana mientras yo observaba el collar con sus cuentas color caoba-. Las cuentas tienen un símbolo de paz y armonía. Si no tienes este collar no puedes ver nada más que el campo como todos los demás. Los llamamos Collares para Entrada de Rebeldes, o CEN.

-¡Wow!, -solté muy sorprendido.

-¿Cuándo nos vamos del Bosque de los Olmos para ir ahí?, Jana preguntó curiosa mientras yo me ponía el collar.

-Primero debemos llevar a cabo el juicio, después podremos ir, -dije firme.

-Perdón, no es mi intención interrumpir. Me gustaría mostrarte dónde mantenemos a los prisioneros en nuestras celdas. Pensé que podrían tener ahí a los Cunning cuando Eggbert regrese con ellos, -dijo Mike mientras nos señalaba el camino hacia el bosque.

-Aquí están las celdas, no es mucho, pero funciona-. Dijo Mike señalándolas mientras buscaba mi reacción.

-No tienen a nadie encerrado, -observé mientras nos acercábamos.

-Nos hemos hecho cargo de eso antes de que llegaras, -explicó Mike.

Asentí mientras levantaba mi mano y exclamaba Lux. Al decirlo, mis marcas mágicas brillaron y una luz apareció desde mis manos. Volteé hacia Mark, quien tenía sus ojos bien abiertos, y entonces dije al tiempo que levantaba ambas manos Confirmed corda lucem mutare esse quietum, y entonces un haz de luz azul brilló desde mis palmas y la celda pareció iluminarse sola.

-Mike, dale instrucciones a Eggbert de traerlos a esta celda en cuanto lleguen. Manténlos ahí por quince minutos antes de llamarme para hablar con Martin, -dije y Mike asintió y se fue rápidamente con miedo.

-¿Qué acabas de hacer?, -preguntó Barty. Burgesis estaba parado frente a la celda, atónito.

-Estoy cansado de tener que hablar con la gente para cambiar sus corazones y estar en paz, así que decidí que puedo hacerlo mientras están en sus celdas para ahorrar tiempo, -expliqué observando a la celda iluminada.

-Pero, ¿sabes lo que dijiste en ese hechizo?, -preguntó Burgesis con una mirada preocupada.

-Por supuesto, pedí que sus corazones fueran fortalecidos con luz y cambiados hacia la paz, -respondí.

-Ok, -dijo Burgesis-. Solo estaba asegurándome de que lo supieras.

JERARQUÍA DEL MUNDO DE LO DESCONOCIDO	
Creador	Alden el sabio
Antiguos elfos angélicos	
Semidioses/DEMONIOS	
Humanos elfos mágicos	Humanos
Fénixes	Unicornios
Castores	Águilas
Magos	Elfos
Brujas	Colibríes
Cuervos	Gigantes
Troles	Zorros
Plantas/ROCAS	

-¡Cómo se atreven todos ustedes! ¡Deberían sentirse avergonzados!, - estallé al leer la hoja que Eggbert me había dado. Mientras leía, pude ver que los que estaban arriba eran considerados de clase alta en la sociedad, luego la tabla mostraba cómo las brujas y los colibríes eran de clase media, con sus nombres subrayados mostrando que la única razón por la que se les consideraba así y no de la clase alta era por su género. Después, al final, la clase baja o como lo describía la hoja "los intocables", que consistían en los cuervos, los gigantes, los troles, los zorros y las plantas y piedras.

Completamente enojado rompí el papel y lo quemé con las llamas que salían de mi mano. Eggbert estaba muy molesto. Mis ojos se tornaron blancos y los miembros de la guardia retrocedieron unos pasos. En ese momento, una marca mágica blanca brotó en mí con un calor doloroso, pero no me importó, mi enojo no me lo permitía.

-¡Este prejuicio es INTOLERABLE! ¡Mientras yo esté aquí las jerarquías no existen! ¡ NADIE podrá ser discriminado, avergonzado, maltratado, burlado o reprimido de esta manera! Aquí habrá justicia, sin humillaciones. ¡Tampoco volverá a haber este grado de odio, deshonra y mal gusto que nos lleve a tratar a los demás con esta gran falta de respeto!, -continué al tiempo que se oían disculpas y todos se sentían avergonzados-.

Comencé a comprender en mis pensamientos por qué los troles no se sentían bienvenidos por el resto de los clanes: solo porque eran diferentes. Burgesis asintió con tristeza. Entonces fue hacia Angie y con cuidado le quitó las mordazas y la correa mientras Martin, avergonzado, me agradecía en murmullos. Estaba enojado con Martin si, efectivamente, me había traicionado. Estaba molesto con Angie si sabía lo que había ocurrido, pero pensé que después hablaría con ellos.

-No hay nada qué agradecer. Ahora, por favor, sigan a Mike. Él los guiará a donde se quedarán por lo pronto, -les dije mientras Mike les señalaba la salida. Todos lo siguieron y, conforme se aproximaban a la celda, esta se iluminó sola. La luz podía ser vista desde el porche de la casa. Ambos, Martin y Angie, comenzaron a preocuparse. Eggbert los empujó hacia el interior de la celda, y en ese momento se pudo apreciar a la materia gris abandonando sus

cuerpos. Ellos permanecieron allí débiles, preocupados, llorando, asustados.

Caminé hacia ellos desde el porche, y la mirada de todos se fijó en mí.

-Martin y Angie Cunnings, -dije con firmeza mientras ellos me veían-. Han sido convocados a una audiencia para discutir su futuro gracias a su supuesta deslealtad y traición hacia mí y la rebelión del Mundo de lo Desconocido, ¿cómo se declaran?

-Nos declaramos culpables, Mark, -respondió Angie detrás de los barrotes de la celda-. Mi esposo Martin buscó a los hombres de Nerogroben y les dijo sobre ti y...

-¡Silencio!, -interrumpió Eggebert-. ¡Ustedes también hablaron a los hombres de Nerogroben sobre Eladius y su familia!

-¡No es verdad!, -se defendió Martin-. ¡Juro que ni siquiera sabía sobre ellos!

-Martin está diciendo la verdad, -añadió Burgesis con la mirada fija en mí-. Eggbert, tú mencionaste a Eladius y su familia a Mark después de que los líderes de los clanes que no están en la guardia se fueran.

Entonces volteé hacia Eggbert, él observaba cuidadosamente a cada una de las personas ahí presentes.

-Es correcto, así que alguien más aquí es un traidor.

-¿Por qué querría alguien de la guardia de Mark querría traicionarlo después de que él juró protegerlos?, -preguntó Brittany enojada.

-Esperen, nadie más sabía sobre la ubicación exacta a la que llevaríamos a Mark, excepto la guardia, -soltó Mike Smitherton tratando de ser útil.

-¿Por qué intentas incriminarnos de tratar de denunciar ante Nerogroben a Eladius y su familia? Solo hablamos de los rumores que escuchamos sobre la llegada del elegido, -Martin se dirigió a Eggbert.

-Así es, -añadió Angie apoyando lo que Martin acababa de decir-. Mi esposo no dijo dónde estaban ustedes o a dónde iban, ni sus nombres o quién pertenece a la rebelión, a menos de que tú lo hayas hecho-. Angie sugirió con la mirada en Eggbert.

-¡Esperen!, -Eladius se levantó y señaló a Eggbert-. ¡Te vi y te escuché anoche!

Justo en ese momento los ojos de Eggbert cambiaron, y una luz roja emanaba de ellos al tiempo que comenzaba a mover sus manos. Entonces apuntó hacia Eladius, quien se encontraba parado frente a mí, y dijo: ¡Electro Pila!

Entendí lo que estaba sucediendo, así que con mi dedo apunté a Eggbert y dije Scutum lapidem, y la bola eléctrica voló hacia mí y

Eladius, pero logré bloquearle con un escudo de piedra. La inercia nos aventó trecientos metros del poderoso hechizo.

-¡Eggbert trató de atacar a Mark y a nuestro hijo!, -gritó Andrew tratando de contraatacar con agua.

Eggbert murmuró unas palabras y desapareció repentinamente logrando evitar el ataque de agua. -¡Cobarde!, -grité con frustración. -¡Espera!, -pidió Burgesis. Pero era muy tarde. Eggbert había desaparecido sin dejar rastro.

Capítulo 27

El juicio

Cuando Burgesis y yo entramos a la sala había muchos gritos y ruido. Eggbert sonreía en medio de la habitación y la guardia lo rodeaba a él y a dos figuras frente a él. Vi a la guardia, y entonces noté a Martin y Angie Cunnings parados frente a Eggbert amordazados y con correas, con sus cabezas gachas y la cola entre sus patas traseras. Algunos de la guardia les aventaban cosas con rabia.

Conforme me acerqué hacia la guardia comenzaron a notar mi presencia e inmediatamente se movía para darme paso. Burgesis se acercaba a Martin para darle el antídoto que guardaba en los bolsillos de su túnica. El cuarto estaba repentinamente silencioso por mi presencia, y yo me sentía decepcionado con la guardia por actuar tan cruel con Martin y Angie Cunnings. Burgesis lo notó.

-Tengo a tus prisioneros, Mark, -dijo Eggbert orgulloso con una sonrisa.

-¡Exijo que les retiren las mordazas y las correas inmediatamente!, -dije temblando de coraje.

-¿Por qué?, preguntó Barty confundido-. ¡Deberían estar encadenados!

-Verás, Mark, aquí tenemos una jerarquía. No aprobamos a aquellos de clase más baja que nosotros, siempre ha sido así, y siempre lo será. Por eso no nos llevamos bien. Por eso eres afortunado de ser lo que eres, un humano elfo mágico. Nunca entenderás esto y porqué algunos de nosotros nos sentimos incómodos cuando tú eres gentil y amable con los de clase más baja que la tuya, -explicó Eggbert sonriendo y extendiendo la mano con un pedazo de papel que mostraba una tabla con la jerarquía del Mundo de lo Desconocido escrita a mano:

Capítulo 28

El túnel

En ese momento Eladius se volvió hacia mí y me abrazó.

-¡Gracias, salvaste nuestra vida!, -me dijo.

Deshice el abrazo.

-Eladius, ¿qué fue lo que viste y escuchaste de Eggbert?

-Anoche no podía dormir, así que fui a caminar. Fue entonces, cuando regresaba de mi caminata que vi a Eggbert salir de la casa. Lo seguí hacia el bosque, él hablaba con alguien. Vi que le pagó a alguien por su silencio. No pude escuchar toda la conversación, solo pedazos, pero te mencionaron a ti, a mis padres, a Nerogroben, y la escuela. Me lo guardé porque no quería que me pasara algo si lo reportaba.- Dijo Eladius viéndome al tiempo que Pam, Andrew y Mike Smitherton se acercaban.

-¡Eso significa que uno de los elfos es un espía de Nerogroben!, -soltó Mike, viendo sospechosamente a su alrededor.

-Mark, la guardia ha decidido que Angie y Martin no son culpables de traición, ya que no mencionaron nuestros nombres, nuestra ubicación ni nuestros planes, -explicó Burgesis cuidadosamente. Avancé hacia su celda.

-En cuanto a ustedes dos, estoy muy decepcionado. Debo insistir en que prueben su lealtad hacia mí y la guardia. Le entregarán de manera temporal sus CEN a Burgesis inmediatamente. Añadiremos hechizos especiales para asegurarnos de su continua lealtad hacia mí y hacia la causa, -dije.

-¿Qué quieres decir?, -respondió Angie enojada-. Ni siquiera confías en nosotros ahora cuando pudimos haber soltado mucha más información, pero no lo hicimos.

-Eso solo significa que son egoístas y codiciosos, el precio por la información no fue tan alto como para traicionarme por completo, -les dije mientras le entregaban sus CEN a Burgesis-. Creo que por el precio adecuado, habrían puesto vidas en peligro. Les falta lealtad hacia mí, respeto e integridad-. La guardia asintió, -¡traidores!

-¡Lo sentimos mucho, Mark!, soltó repentinamente Martin suplicante.

-Burgesis, por ahora mantenlos en la celda hasta que yo tenga tiempo de decidir su destino mañana-. Burgesis asintió.

-Tomaré la primera guardia y nos turnaremos hasta la mañana, cuando Mark decida qué sucederá con los traidores, -explicó Burgesis a todos mientras yo regresaba a la casa.

-Deberíamos descansar, -sugirió Andrea y todos comenzaron a caminar hacia sus dormitorios. Yo permanecí en la sala sentado junto al fuego para calentarme. Eladius y sus padres se quedaron detrás de mí. Unos momentos después, Mike y Andrea se unieron sentándose a ambos lados de Eladius.

-Cuántas cosas pasaron hoy, ¿verdad?, -Andrea rompió el silencio después de unos minutos.

-Así es, muchas-. Dije tranquilamente sin dejar de ver al fuego.

-Jamás habíamos visto a alguien usar la luz como tú hoy, -dijo Mike después de que Andrea le diera un codazo para que dijera algo. -¿Fue tu primera vez?

-Sí, lo fue, pero la usé para ayudar a marcar la diferencia, -respondí con la mirada aún fija en las llamas de la chimenea.

-Estoy preocupado de que uno de los elfos sea un espía. ¿Hay algo que puedas hacer por nosotros para ayudarnos a deshacernos de esta materia gris dentro de las paredes de nuestro clan?, -preguntó Mike-. Necesitamos tu ayuda y tu consejo para asegurarnos de que esto no vuelva a pasar.

-Justo estaba pensando eso, -respondí levantando la mirada-. ¿Tienen pasadizos o túneles por aquí?, -puse la mirada en Mike.

-Tenemos un pequeño túnel que está bajo un puente cerca de aquí, - explicó Andrea.

-Pero ese es un túnel muy pequeño, él preguntó por un pasadizo, - Mark mostraba su impaciencia.

-Un túnel pequeño está bien, muéstrenmelo.- Pedí levantándome. Los seis salimos de la sala y de la casa por la puerta principal hacia la izquierda. Nos dirigimos hacia el bosque y un minuto después el túnel apareció ante nosotros.

-Es perfecto, -sonreí viendo al túnel, y después a Mike y a Andrea, quienes me devolvieron la sonrisa que se esfumó en cuanto me vieron levantar una mano y, con ella, apuntar hacia el túnel.

-Numera omnes qui ingredient caveant, quia in pace sempiterna fore amicum et inimicum,- mis palabras aparecieron alrededor del pasadizo con letras doradas.

Todos observaban asombrados, aunque sin saber lo que aquello significaba.

-Para aquellos que no entiendan el latín, lo que dije significa: Cuidado aquellos que entren, porque amigo y enemigo estarán en paz para siempre, -expliqué.

-¿Eso es todo?, -preguntó Mike pasmado. -¿Esto hará alguna diferencia?

-Espera, Mike, -mi mano continuaba levantaba. -No he terminado, ¿quieres ayudar a las personas a cambiar su corazón y ayudarlos a unirse a nuestra rebelión? Para eso debes sanarlos de la materia gris, acompañarlos al túnel al menos una vez.

Mike asintió. -¿Y eso cómo va a ayudar?

-Pon atención, -mis marcas mágicas brillaban. Cerré mis ojos y mantuve mi mano en lo alto. Los demás retrocedieron atemorizados al ver que mis ojos, ahora abiertos, emanaban una luz blanca. Inhalé profundamente.

-Cordium firmabit luce omnes eos, in pace perpetuum, -dije despacio con una voz alta y profunda. En ese momento una luz salió de la palma de mi mano y llegó hasta el otro lado del túnel.

-La traducción de lo que dije es: fortalece todos los corazones con luz, cámbialos a una paz eterna. -Les expliqué a Mike y a Andrea.

Desde ese momento el bosque se iluminó con la luz del túnel.

El túnel había sido construido con cemento y contenía niebla de materia gris flotando, pero ahora había cambiado a un mármol blanco que se veía hermoso.

-¿Esto funcionará?, -preguntó Mike curioso.

-Debes pedirle a tu clan que atraviese el túnel de luz. Todos deberían hacer a sus enemigos caminar por el túnel tomados de la mano, y el lazo que los une cambiará de odio y maldad a uno de amistad y camaradería. Pero los hombres del ejército de Nerogroben tal vez tengan que pasar varias veces para deshacerse por completo de la materia gris, -expliqué. Eladius se nos unió.

-¿Está bien si mi familia y yo atravesamos el túnel de luz?, -pidió Andrew viendo a Mike.

-Por supuesto que está bien, -respondió Mike antes de pedir que despertaran a su clan y los hicieran pasar por el túnel dos veces. Los dirigió para que entraran y regresaran por donde mismo, uno por uno. Gradualmente, todo el clan lo atravesó. Todos observamos maravillados cómo algunos entraban con actitudes negativas y regresaban más felices y con color en sus rostros. Sonreían y eran más positivos, parecía que les habían quitado un gran peso de encima conforme la materia gris se disolvía.

-¡Es un milagro!, -dijo Mike mientras comenzaba a tocar a los que salían del túnel.

Eventualmente el clan rejuveneció y toda la materia gris desapareció. Eladius, Pam y Andrew se veían radiantes y felices al regresar hacia donde Mike, Andrea y yo observábamos a todos.

-Nos vamos a dormir, -anunció Pam viendo a Andrew y Eladius, quienes asintieron sintiéndose relajados. -Gracias por lo que estás haciendo, Mark, -agregó Pam.

-De nada, -respondí. Me di cuenta de que Eladius se veía cansado.

Me quedé donde estaba junto con Mike y Andrea. Juntos vimos desaparecer a Andrew y su familia, y un rato después pudimos apreciar la puesta de sol conforme el nuevo día llegaba. Los elfos se veían más abiertos a comunicarse con nosotros después de atravesar el túnel. Algunos incluso nos agradecieron por sanarlos y permitirles entrar a él. Temprano en la mañana todo el clan de los elfos había pasado por el túnel. Mike les pidió a todos los del clan reunirse al mediodía en las celdas.

-¿Sabes qué vas a hacer?, -preguntó Andrea.

-Voy a tomar una siesta, -respondí viendo a Mike.

Me dirigí a mi habitación y cerré la puerta. Después de no haber dormido en toda la noche y haber puesto aquel hechizo en el túnel de luz, me sentía exhausto. En cuanto me acosté de lado, con mi rostro dirigido hacia la puerta, me quedé dormido.

Capítulo 29

El veredicto

Unas seis horas después, alguien tocó a mi puerta. Era Eladius, y detrás de él estaba Burgesis.

-Buenas tardes, dormilón. -comenzó Burgesis mientras Eladius lo veía confundido.

-No te preocupes, eso no es un insulto, -añadió Burgesis al notar la actitud de Eladius. -Es una frase con la que Mark está familiarizado desde que estaba en su planeta.

-Ah, muy bien. -Eladius sonrió.

-La guardia necesita tu veredicto sobre los traidores, -Burgesis ahora estaba serio. -Una vez más, la decisión que tomes será la que tomaremos en cuenta para cualquier traidor en el futuro. También, Mike encontró en su clan al elfo que habló con Eggbert la otra noche, y lo tiene detenido en la celda con Angie y Martin.

-¿Cuál es el nombre del elfo?, -pregunté serio, pero aún acostado.

-Su nombre es Josian, -respondió Burgesis saliendo de la habitación y cerrando la puerta.

-¿Qué vamos a hacer?, -preguntó Eladius preocupado. -Nos prometiste a mí y a mi familia que nos permitirías ser leales a quien decidiéramos, y nos dijiste que no matarías a nadie a menos de que fuera necesario.

-Lo sé, -le dije mientras me desperezaba y me tallaba los ojos y el rostro con las manos. Me senté, alcancé un paño que estaba junto a un cuenco a un lado de mi mesa de noche. Hundí el paño en agua, lo exprimí y limpié mi cara con él. -Sé lo que dije, y mi intención es mantener el proceso de muerte, sufrimiento y dolor como un último recurso, -Eladius me sonrió al escuchar estas palabras.

-Creo en darles a las personas al menos una segunda oportunidad.

Eladius se dirigió a la salida, pero se detuvo un momento, volteó hacia mí y dijo:

-En mi corazón he sabido siempre que eres un gran líder, y sigo teniendo fe en eso y en que no nos decepcionarás.

Salió de la habitación y me di cuenta de lo que tenía que hacer, a pesar de que no me gustaba mucho la idea porque mucho podía salir mal. Traté de tener fe en mí cuando salí del cuarto lentamente y me dirigí a las celdas. Mientras avanzaba, pude escuchar a una multitud de elfos y miembros de la guardia gritando ¡mátenlos! ¡Maten a los traidores!

Cuando llegué, levanté mis brazos pidiendo paz y todos, repentinamente, dejaron de gritar, se inclinaron hacia mí, y se alejaron algunos metros de las celdas. Avancé hacia allí, y la guardia me esperaba para después colocarse detrás de mí junto con Eladius, sus padres, Andrea y Mike.

-Me doy cuenta de que, a pesar de que este clan ha pasado por el túnel dos veces, la materia gris aún nos rodea; está afectando su juicio, aún desean la muerte para estos traidores. Pero, ¿qué bien saldrá de eso? No sería yo mejor que Nerogroben. Quiero que todos reflexionen sobre ustedes mismos hoy. Decidan si la idea de caminar diario por el túnel que hice sería ideal para mantener su juicio sano en todo momento, -mi vista no se apartaba de la multitud. -¿Cuándo fue la última vez que traicionaron a su clan o fueron

juzgados por alguien más? ¿Cuándo fue la última vez que la vida de alguien dependió de su respuesta y murió porque no le ayudaron? Somos mejores que eso. De ahora en adelante, les pido que tomen decisiones desde el corazón. Verifiquen que sus decisiones diarias no sean malvadas, malas decisiones o solo por beneficio personal, sino por el beneficio de los demás. Algunas decisiones no las podemos cambiar puesto que es muy tarde para eso, y es entonces cuando nos arrepentimos. En verdad recomiendo que revisen su consciencia constantemente, porque no quieren atraer a la materia gris, no quieren ser la causa de que se vuelva cada vez más espesa por aquí. -Todos volteaban hacia el piso llenos de vergüenza. -Después de mucha deliberación, el consejo y yo estamos cerca de llegar a un veredicto, -anuncié al grupo. Fue en ese momento que noté que muchos de ellos tenían marcas mágicas rojas. -Hablaré con los tres de manera individual en la casa, y si han de ser muertos, será por mi mano. Gracias. Aquellos que tengan marcas mágicas rojas favor de quedarse, -pedí, y muchos permanecieron en su lugar.

Cerré mis ojos, suspiré profundamente, y las marcas mágicas ahora eran blancas. Tomé aire nuevamente, mis marcas mágicas comenzaron a brillar blancas, levanté mis brazos y la multitud retrocedió unos pasos. -Ordeno que esta marca mágica malvada sea sanada en luz y bondad: Prepicio quod corringendum sit in luce marca mágica malum et bonum. Unas luces salieron de las palmas de mis manos y llegaron hasta las marcas rojas de los seres frente a mí. Todos gritaron de dolor y lloraron en agonía. Después de un minuto de aquella luz, la luz saliendo de mis manos se detuvo y todos quedaron en silencio. Burgesis me veía desde atrás con los ojos bien abiertos y una amplia sonrisa en su rostro. Dejé a todos hablando entre ellos sobre lo que yo había dicho; algunos observaban sus marcas mágicas. Me dirigí hacia la casa, entré a la cocina y puse cuatro teteras con agua al fuego. La guardia entró y todos comenzaron a aplaudir.

-Chicos, nada ha sucedido aún, -dije sintiéndome sorprendido.

-Deberías ver lo impactados que están todos, -dijo Burgesis sin perder la sonrisa. -Por cierto, ¿necesitas un lugar para hablar con estas personas?

-Sí, estaba pensando que tal vez podría usar la cocina para hablar en privado con ellos. Solo necesito un letrero en el jardín del frente que diga que las sesiones privadas son por la puerta trasera, -le pedí. Burgesis estuvo de acuerdo y Andrea, que había escuchado, entró.

-Considéralo un hecho, Mark, -interrumpió Andrea sonriéndome.

Las teteras comenzaron a hervir y lo anunciaron silbando. Las quité del fuego y las coloqué en la barra. Señalé una de las teteras y dije: Serum veritate. Esperaba que fuera un suero de la verdad confiable. El agua se tornó color durazno. Marqué esa y otra tetera con un punto, para después colocar bolsitas de té en todas.

Capítulo 30

Arreglar un corazón roto

Alguien llamó a la puerta. Era Burgesis. Al entrar revisó toda la habitación su la mirada para asegurarse de que solo estaba yo.

-Quisiera que arreglaras mi corazón roto, y la única marca mágica roja que recibí cuando fui parte del ejército de Nerogroben, -pidió avergonzado quitándose la camisa y mostrándome la marca en su pecho.

Puse mi mano encima, cerré los ojos y suspiré profundamente. Abrí los ojos y estaban blancos. Tomé más aire y todas mis marcas brillaron de un blanco intenso mientras decía: Ordeno a esta marca mágica malvada que sea sanada en luz y bondad. Prepicio quod corrigendum sit in luce marca mágica malum et bonum.

En ese momento luces salieron de las palmas de mis manos y golpearon la marca de Burgesis, quien gritó de dolor y lloró en agonía. Después de eso noté que la marca había desaparecido. Entonces puse mi mano la marca mágica de su corazón roto.

-¿Qué estás haciendo?, -preguntó preocupado.

-Relájate. ¿Confías en mí?, -le pregunté. Él asintió y se estremeció al pensar en sentir más dolor e inseguro de que fuera a funcionar.

-Despeja tu mente, -le pedí. Pensé en las palabras que diría, primero en español. -Ordeno que este corazón roto sea sanado en luz, -dije con una voz grave y profunda. -Quod praecipio tibi hoc in corde emendari lucem. -Entonces una luz salió de mi mano y sanó el corazón roto.

Pude ver cómo la luz que venía de mis manos hacía que la marca de Burgesis desapareciera. Él gritó de dolor y lágrimas salieron de sus ojos. Después de un rato, todo lo que había en su pecho era pura piel. Burgesis se desmayó después de que la marca de su cuello se desvaneciera. La magia que usé era tan fuerte que yo también caí inconsciente. Una hora después, Eladius y Andrew nos encontraron y nos acostaron en los sillones de la sala. Abrí mis ojos y vi la cara preocupada de Eladius frente a la mía; en ese momento se alejó un poco para darme espacio.

-Casi mueres, Mark. -Dijo Barty con una mirada muy seria.

-¿Funcionó?, -pregunté con la mirada puesta en Burguesía, quien se encontraba aún inconsciente en el sillón del otro lado de la sala.

-Creo que sí, -respondió Barty revisando el pecho y cuello de Burgesis.

Me levanté de un salto al recordar la junta que tenía con los demás.

-Puede esperar, -dijo Burgesis aparentemente leyendo mi mente mientras abría los ojos y se sentaba.

-Gracias, Mark. -Dijo Burgesis sonriendo débilmente. -Me siento diferente ahora, de alguna manera más fuerte que antes.

-¡Casi nos matan del susto ustedes dos!, -entró Jana con dos trapos húmedos para ponerlos en nuestra frente, pecho y cuello.

-¡Auch, cuidado!, -soltó Burgesis reaccionando al trapo húmedo que parecía cauterizar su piel en el área donde estaba la marca mágica del corazón roto. Jana pegó un brinco.

-Ambos deberían descansar más, -dijo Jana cuando notó que yo miraba a Burgesis preocupado.

-¡Estoy bien! De hecho nunca me había sentido como ahora, -respondió Burgesis sonriendo. Me recosté viendo el techo de la sala, cerré los ojos y descansé.

Una hora después me desperté, Burgesis estaba descansando. Me levanté lentamente, tomé el letrero que se encontraba a los pies del sillón y lo coloqué en el patio afuera de la puerta de la cocina.

Allí se encontraban algunos miembros de la guarda y algunos elfos alrededor. Gradualmente se fueron acercando y entraron conforme yo iba sanando sus marcas mágicas rojas. Después de sanar alrededor de cien, una por una, me cansé, cerré la puerta cuando salió el último, recogí el letrero y me fui a dormir después de colocarlo a los pies del sillón nuevamente.

Reflexioné en el dolor que la gente estaba sintiendo en el momento de sanar sus marcas mágicas rojas. Me di cuenta mientras las sanaba, de que estas habían salido por actos malos e inmorales cometidos por ellos. Pensé en los procesos para quitarles las marcas y cómo lo sentían ellos. A pesar de que este proceso me debilitaba y había sido doloroso usar la luz del perdón y la paz en ellos, los había sanado. Me sentía agradecido por tener este poder de luz de perdón y paz. Notaba que los demás cambiaban alrededor mío gracias a esta habilidad. Esto me hacía sentir bien, poder marcar una diferencia en este mundo lleno de maldad.

El problema que todavía tenía era el asunto de los clanes y su intolerancia para quienes disentían de ellos, y la fuerte presencia de lo que llamaban la jerarquía que tanto quería yo eliminar. Era inmoral, y juzgar a otros de acuerdo a cómo vivían y quiénes eran y amaban era degradante. Todavía estaba pensando en cómo iba a lidiar con este problema... Estaba tratando de aclarar mi mente, cerré la puerta lentamente y después mis ojos, inhalé profundamente y me quedé dormido de nuevo en el sillón.

Capítulo 31

La luz del perdón

Desperté y vi que Burgesis no estaba en el sillón. Me dirigí hacia la cocina para ver que las teteras continuaban allí. Las coloqué en el fuego hasta que silbaron, y en cuanto lo hicieron, Burgesis entró. Puse las teteras en la charola de metal que estaba en la barra.

-Nunca paras, -me dijo mientras llenaba una taza con té de la tetera que tenía un punto y la ponía en el asiento frente a mí. Después llené una segunda taza de la tetera que no tenía un punto, y la puse frente a mí con un poco de azúcar.

-No. Hay mucho por hacer. Soy una persona muy impaciente, lo admito. -Le respondí con una mirada firme.

-Bueno, resulta que me imaginé que dirías eso, así que me tomé la libertad de pedirle a Eladius que pusiera el letrero afuera otra vez. -Burgesis me sonreía mientras yo asentía agradecido.

En eso alguien tocó a la puerta. Era Angie. Tímidamente entró a la sala mientras Burgesis salía con algún pretexto y yo le ponía seguro a la puerta después de que él saliera.

-Bienvenida, Angie. -Comencé, -gracias por ser valiente y venir a verme, -le sonreí. Le señalé su taza de té para que le diera un sorbo. Aún estaba calentito.

-De nada, Mark. -bebió un poco de té. -Este té está muy bueno. Quería decirte cuánto sentimos haberte traicionado.

-Lo que quiero saber es por qué lo hicieron, -respondí.

-Las cosas han sido muy difíciles para nosotros, -explicó sin evitar mi mirada, -fue duro mantenernos. Martin creía que era la única manera de conseguir ayuda. Sé que estuvo mal, y lo sentimos mucho. Es solo que a veces rendirse a Nerogroben parecía la única manera, -volteó hacia abajo.

-A veces lo que vale la pena no llega de manera fácil, y lo que llega fácil generalmente no vale la pena. El primer paso es darse cuenta de que estaban mal, ser honestos y responsabilizarse de sus errores. Al hacerlo, deben estar preparados para las consecuencias de sus decisiones, siempre han podido hablar conmigo. Lo saben, aunque yo sea un humano elfo mágico. Aun así pueden acercarse a mí por ayuda. No los hace débiles o menos el admitir que no conocen las respuestas. A veces nos sentimos así cuando estamos desesperados por algo en nuestra vida, debemos arriesgarnos para salir de allí, y debo insistir que a veces esto no es la decisión más sabia, -le dije severamente. Angie se estremeció.

-De verdad lo sentimos mucho, Mark. -Pude ver las lágrimas saliendo cuando Angie regresó su mirada a mí. -Honestamente no fue sino hasta que hiciste que les quitaran las mordazas y las correas que nos sentimos menos avergonzados de lo que somos. Muchas veces la gente nos juzga y nos ve de maneras horribles por lo que somos. No podemos evitar ser quienes somos. Haz hecho las cosas un poco más fáciles para nosotros con tu rebelión, y solo quiero decir que te agradezco por eso, -Angie continuó. Mantuvo su mirada en mí hasta que ya no pudo, y la bajó avergonzada.

-A veces en la vida, quienes no nos apoyan por lo que somos, no son dignos de ser parte de nuestra vida. Rodéense de seres positivos que los traten con respeto. Algunos seres a veces no pueden resistirse a la tentación de ser negativos y prejuiciosos, y al hacerlo olvidan que pueden atentar contra ti solo por ser quien eres, y que eres alguien con sentimientos. -Continué pausando en momentos para tomar aire y suspirar, -puedo sentir que tu lealtad no está con Nerogroben, -añadí tranquilamente. -Por favor, levántate para recibir tu veredicto.

Angie se había terminado su té. Se levantó temblando de miedo y con los ojos muy abiertos. Entonces la abracé.

-Te perdono por todo el mal que cometiste, y te doy mi bendición para que toda la malvada materia gris y las marcas mágicas en tu alma desaparezcan. Placatus tibi fuero in omnibus bonis male faciendi et ministra mihi anumam tuam et auferam omne malum marcas mágicas, -al decir esto, abrazándonos, todas mis marcas mágicas se tornaron blancas y sentí una gran calidez que se transfirió hacia Angie. Ella comenzó a llorar de felicidad y agradecimiento.

Cuando la luz desapareció de mí, la solté. Ella resoplaba, y el llanto le regresó.

-Siento como si me hubieran quitado un enorme peso de encima, -dijo poniendo las manos en su cara. -¡Muchas gracias!

-Se llama perdón, ve en paz y esparce las buenas nuevas, -le dije. -Perdona a aquellos que hacen el mal y verás en ellos los cambios en su corazón. -Angie asintió y salió. Yo comencé a llorar porque lo que hice había funcionado.

En cuanto Angie se fue, su esposo Martin tocó a la puerta y yo le pedí que pasara. Todavía lo sentía endurecido por haber sido encerrado en una celda, y parecía entrar con mucho enojo.

-Por favor, toma asiento y bebe té conmigo, -le pedí ofreciéndole una taza con el té que venía de la tetera con el punto.

-¿Por qué demonios quieres hablar conmigo? Solo mátame y terminemos con esto de una vez, -soltó molesto.

-Lo que quiero es entender por qué lo hiciste, -le respondí mientras veía cómo tomaba el primer sorbo de su té. -¿Por qué le dijiste a los hombres de Nerogroben sobre mí?

-Necesitábamos la plata, -explicó. -No habíamos comido en semanas, y no habíamos podido proveernos con el clan.

-Pero ustedes son los líderes, ¿no es cierto que ustedes comen mejor que el resto de su clan?, -le pregunté pensando comparando la situación de la comida aquí con la de la Tierra.

-En nuestro clan cada quien se las arregla como puede, -respondió.

-Creo que deberían cambiar eso y apoyarse como comunidad que son, -dije. -Después de todo, ¿cómo pueden lograr cosas si no se comunican y se ayudan entre ustedes? ¿No pueden confiar en ustedes mismos?, -sugerí dando un sorbo a mi té, invitándolo a hacer lo mismo.

-Nuestro clan ha pasado por mucho desde la guerra oscura, y algunos de nosotros todavía tenemos alianzas con Nerogroben. Y da la casualidad que aparte yo represento al clan para ti, -otro sorbo a su té.

-¿Cómo puedes representarme si no puedes liderar como yo?, -le pregunté serio.

-Porque no sé cómo, -dijo y la voz se le quebraba.

-Puedo enseñarte, y puedo ayudar a tu clan si me lo permiten, -le dije poniendo mi mano sobre su pata. Él asintió. Lo abracé.

-Te perdono por todo el mal que cometiste, y te doy mi bendición para que toda la malvada materia gris y las marcas mágicas en tu alma desaparezcan. Placatus tibi fuero in omnibus bonis male faciendi et ministra mihi anumam tuam et auferam omne malum marcas mágicas, -dije mientras lo abrazaba y todas mis marcas mágicas se tornaban blancas, y una calidez que salía de mí se transfería a él. Martin lloraba. Cuando la luz desapareció de mí, lo solté. Martin me vio. Ambos nos levantamos y caminamos hacia la puerta.

-Les voy a dar, a ti y a tu esposa, una segunda oportunidad. Si me vuelven a traicionar, no habrá una tercera oportunidad, y me veré forzado a matarlos. -Entonces él me vio con lágrimas en los ojos y asintió comprendiendo mis palabras.

-Adiós, Mark, -dijo. -Entiendo, y ahora voy a encontrar a mi esposa para decirle.

-Cuando estén listos, dime, y les ayudaré a que su clan sea mejor.

Martin asintió sin decir nada más, y salió.

Cuando regresé a la sala encontré a Andrea, Mike, Barty, Jana, Burgesis y Eladius durmiendo en los sillones. Apagué la vela soplándole gentilmente y cerré la puerta con cuidado detrás de mí. Me di cuenta de lo cansado que me sentía, pero pensé que uno más sería bueno. Abrí la puerta trasera y vi dos figuras volando. Eran Pine y Rose, los dos colibríes.

Capítulo 32
Pine, Rose y amigos o enemigos

-Estamos aquí para ayudar porque nos llegó la noticia de que Eggbert ha desaparecido. Ambos sabemos que necesitas más entrenamiento, -dijo Rose mientras volaba junto a su esposo, Pine, en la entrada.

-Llegan en un mal momento, todos duermen y yo estaba a punto de verme con Josian, -dije mientras los invitaba a pasar.

-¿Con quién tomabas té?, -preguntó Pine curioso viendo las teteras y las tazas vacías.

-Angie y Martin me traicionaron, así que hablé con ellos tomando una taza de té, -respondí alegre viendo a Pine y a Rosa, quienes se veían entre ellos con el pico abierto.

-¿Dónde están?, preguntó Pine volteando a su alrededor. -¿Necesitas ayuda con los cuerpos?, -preguntó Rosa seriamente.

-No, no están muertos. -Dije viendo a Rose al tiempo que Pine volaba hacia ella.

-¡Oh! Qué desafortunado. Te refieres a que no están muertos todavía, ¿cierto?, -volvió a preguntar Pine cambiando su mirada de mis ojos a las tazas vacías. -Eso se puede arreglar, ¿estabas pensando en veneno?

-No, no, no me están entendiendo, -respondí levantando mis dedos.

-Entendieron todo mal. Ellos ya se fueron, y ya tomamos té juntos.

-Ah, bueno, -dijo Rose confundida. -Pero ellos te traicionaron, así que ahora podemos ir a matarlos, -añadió Pine muy entusiasta.

-No. Ellos me traicionaron, tomamos té y lo hablamos. Se acaban de ir, no necesitamos matarlos, -les expliqué con más cuidado.

-Pero debemos matar a nuestros enemigos, -soltó Pine enojado. -¡No tomar té con ellos!

-No, debemos amar y perdonar a nuestros enemigos, -le respondí.

-Entonces, ¿después de amarlos y perdonarlos, los matas?, -preguntó Rose.

-Solo matamos si es necesario, como último recurso, -le dije a Rose. -Creo en dar una segunda oportunidad. Les advertí que si me volvían a traicionar, no me dejarían otra opción que matarlos.

-¿Cómo puedes dar segundas oportunidades?, -preguntó Rose toscamente.

-Porque no voy a causar más dolor, sufrimiento, maldad, y destrucción si puedo evitarlo. Después de todo, ¿cómo sería yo diferente de Nerogroben si lo hiciera?, -pregunté muy serio mientras caminaba hacia la mesa y colocaba a Rose en una silla junto a la mía.

–¿Cómo piensas lograr esto con pocas bajas?. -preguntó Pine acercándose a Rose.

-Primero, liderando con el ejemplo, -dije aún con una actitud seria mientras me sentaba en la mesa junto a ellos.}

-¿Quién es ese?, -preguntó Pine moviendo la cabeza hacia la puerta mientras yo sacaba cuatro tazas para té.

-Quiero que observen, y no quiero que hablen mucho. Beberemos un poco de té, -comencé a decir viendo hacia la puerta y sirviendo el té en sus tazas desde la tetera que no tenía el punto. Después tomé la tetera con el punto y lo serví en una taza aparte. Puse la taza en la mesa en el lugar que quedaba justo frente al mío.

-Estamos a punto de tomar té con un elfo, su nombre es Josian. Creo que acaba de tocar la puerta trasera, -dije tranquilamente mientras terminaba de servir el té antes de abrir la puerta. Ambos asintieron sin decir nada. Me dirigí hacia la puerta trasera de la cocina y, al abrir la puerta, me encontré con un elfo parado con sus ojos fijos en mí. -Pasa, Josian -lo invité. -Te he estado esperando. Estos son Pine y Rose, son amigos y tienen mi completa confianza de que lo que se diga en esta habitación no saldrá de ella, -continué viéndolos mientras hacían un ligero movimiento con la cabeza.

-Acaban de dejarme salir de la celda y dijeron que querías hablar conmigo, -dijo Josian observándonos lentamente.

-Entiendo que me has traicionado a través de Eggbert, -dije tranquilamente mientras él bajaba la cabeza avergonzado. Entonces levantó la cabeza y me vio.

-¡No tienes derecho a estar aquí en el Bosque de los Olmos!, -me gritó mientras yo lo veía sorprendido. Su rostro ahora era rojo, y yo podía ver todas sus marcas mágicas rojas empezando a inflamarse y a quemarse en su piel, pero él parecía no reaccionar al dolor.

-¡Él tiene todo el derecho de estar aquí!, -interrumpió Pine furioso.

Inmediatamente levanté mi mano para calmarlo.

-Puedo manejar esto, -le dije. -Entonces, ¿Eggbert es un amigo o un enemigo?, -me dirigí a Josian mientras él continuaba viéndome con una mirada de odio.

-Ni uno ni otro, -respondió Josian amargamente. -Los magos no le responden a nadie, y no eligen bandos. Así es como es y siempre ha sido así hasta que tú llegaste. Antes nunca había lados hasta que surgió la profecía, y tú llegaste. Ellos solo elegían seguir a lo que era y a lo que no era, -explicó Josian fijando la vista en todos.

-¿Qué le dijiste a Eggbert, o qué te dijo él a ti?, -pregunté.

-Me niego a decirte, a menos de que hagas un trato conmigo en vez de tratar de matarme, -el tono de voz de Josian había cambiado.

-He dejado muy claro que no serás asesinado hasta que hayamos podido hablar y hayas decidido tu propio destino, -dije mientras veía a todos.

-Lo cual es mucho más de lo que mereces, -soltó Rose indignada.

-Responde a la pregunta: ¿qué le dijiste a Eggbert o qué te dijo él a ti?, -ordenó Pine ásperamente, pero Josian no habló por unos minutos.

-¿Por qué no te sientas?. -invité a Josian señalando un lugar vacío. -Estábamos a punto de tomar té y tocaste la puerta justo a tiempo, así que me tomé la libertad de servirte a ti también.

Josian obedeció y se sentó junto a Pine y Rose.

-¿Cómo sé que no está envenenado?, -preguntó.

-Responde a la pregunta de Mark, -repitió Pine.

-Tomaré té primero que nada, -dije en calma.

Josian vio indiferente cómo daba un sorbo a mi té.

-Por favor, -puse mi mano sobre la de Josian.

Frustrado, Josian tomó su taza y bebió. Después de unos minutos en que dio varios sorbos comenzó a hablar.

-Eggbert me pidió que diera tu nombre y anunciara tu llegada al Mundo de lo Desconocido a los hombres de Nerogroben, pero que no delatara su nombre como fuente de información.

-Muy bien, ¿qué más? -interrumpió Rose ansiosa.

-Que no estás completamente entrenado en los elementos, -agregó Josian.

Guardó silencio para poder beber un poco más.

-¿Cómo pudo Eggbert hacer eso? -preguntó Rose viendo a Pine.

-Creo que la pregunta correcta es, ¿por qué lo hizo?, -le corrigió Pine.

-El problema, Mark, es que confías demasiado en todos, -interrumpió Burgesis detrás de nosotros. Volteamos hacia él, sus ojos aún se veían cansados. -Perdón, no sabía que te verías con gente tan tarde, Mark.

-¿Qué están haciendo aquí ustedes dos?, -preguntó Burgesis viendo a Pine y a Rose mientras se sentaba con nosotros en la mesa. Josian se notaba incómodo mientras bebía más de su té.

-Descubrimos que Eggbert traicionó a Mark, así que vinimos inmediatamente a buscarlos, -respondió Rose contenta.

-¿Y cómo lo supieron y nos encontraron?, -quiso saber Burgesis, su tono de voz denotaba preocupación.

-Recordamos quiénes fueron elegidos para la guardia e hicimos un proceso de eliminación, -explicó Pine viéndome, pero mis pensamientos estaban en otro lado. -Entonces escuchamos los rumores.

-En realidad Eggbert no me traicionó, -solté repentinamente.

-¿Qué? -dijeron todos al unísono. Serví té de la tetera sin el punto y le ofrecí la taza a Burgesis.

-¿A qué te refieres con eso? -quiso saber Pine.

-Me refiero a que Eggbert pudo haberles dicho a los hombres de Nerogroben mucho más, como mi ubicación actual, sobre la guardia, las ubicaciones de todos los involucrados en la rebelión, nuestras fortalezas y debilidades, pero no lo hizo, -dije tranquilamente mientras Burgesis sorbía su té.

Burgesis había estado escuchando atentamente lo que sucedía.

-Estoy de acuerdo, Mark. Pero, ¿por qué se fue cuando Eladius le dijo que lo había visto y oído la noche anterior si no te había traicionado?, ¿por qué no se defendió? -Burgesis tomó su taza y bebió un poco más.

Reflexioné unos momentos sobre lo que dijo e hice lo propio con mi té.

-Aunque no fue una traición total, es posible que se haya ido por un sentimiento de culpa, incluso vergüenza por lo que hizo. También es probable que él pensara que yo no escucharía a lo que él tenía que decir. No creía que yo escucharía su explicación y tenía miedo. Yo podría haber reaccionado de una manera muy emocional en vez de usar la lógica.

-Mark, de cualquier manera eso no justifica lo que hizo, -soltó Burgesis severamente. -Deja de inventar pretextos para todos, sabes que lo que hizo estuvo mal, y él también lo sabe. Así que, a final de cuentas, debería ser castigado por eso.

-No creo estar inventado excusas para él. Le he pedido a la gente de nuestra rebelión que lo encuentren y lo traigan vivo e ileso, -le dije preocupado.

-Entonces, cuando lo tengas, ¿qué harás con él? Matarlo o torturarlo como harás conmigo. -Respondió Josian.

-Ya te dije que no vamos a matarte, Josian. Quería hablar contigo y sanarte, -le solté viéndolo.

-¿Sanarme?, -preguntó atento.

-No necesitan que lo sanen, Mark. Necesita que lo entreguen al ejército de Nerogroben, -dijo Pine, y Rose asintió. Tomé la taza vacía de Josian.

-Dormire eum, -señalé a Josian y en ese momento se quedó dormido.

-Estás equivocado, Burgesis. -dije bajando el brazo. -No soy demasiado confianza. Puse un serum de la verdad en el té de Josian, así que todo lo que dijo era cierto. -los tres voltearon a ver su taza y la dejaron en la mesa. -No puse suero en los tés de ustedes. Tal vez notaron que usé una tetera diferente para el té de Josian, -expliqué mientras les mostraba las dos teteras.

-Mark, eres un genio, -soltó Burgesis.

-¿Qué harás ahora?, -preguntó Pine viendo a Josian dormir.

-Ahora lo sanaré. Necesito quitar las marcas mágicas rojo oscuro de él. Burgesis, necesito que lo lleves al túnel de luz con Pine y Rose y que lo regresen aquí para despertarlo, -les pedí.

Antes de que Pine y Rose pudieran preguntar qué era el túnel, Burgesis tomó en sus brazos a Josian y salió de la cocina guiando el camino. Pine y Rose con trabajo tomaron el otro lado de Josian y desaparecieron en la noche. Cinco minutos después, los cuatro regresaron, pero Pine y Rose venían conmovidos hasta las lágrimas. -Nunca nos habíamos sentido así, -explicó Pine mientras veía a su esposa.

-Es más fácil volar ahora, -siguió Rose -ya no siento ningún peso, -ella no quitaba la vista de mí. -Gracias, Mark.

Burgesis colocó a Josian en la silla otra vez.

-Todos necesitamos sanar antes de tomar decisiones de vida, -llené la taza de Josian otra vez, lo señalé y dije en voz baja -a somno exsuscitem eum. -Josian se enderezó en su silla.

-¿Qué pasó?, -preguntó volteando hacia nosotros.

-Te dormiste, -le explicó Burgesis.

-Lo siento, -respondió Josian con un tono de voz nuevo, sintiéndose un poco confundido -No era mi intención quedarme dormido frente a ustedes. -Tomó su taza de té y bebió.

-Estábamos hablando contigo sobre tu traición hacia Mark con Eggbert, te sanamos y te quedaste dormido, -soltó Burgesis sin querer mencionar que yo lo había puesto a dormir.

-Sé que estaban hablando conmigo de eso y siento mucho haberte traicionado, Mark. Me siento tan diferente ahora. ¿Qué me hiciste?, -preguntó.

-Nos deshicimos de tus marcas mágicas malvadas y eso te cambiará de muchas maneras, -le dije notando que Josian estaba impresionado.

-Josian, te dije que no te mataríamos por traicionarme. No te mataré o a tu familia a menos de que sea necesario. Te daré una segunda oportunidad porque todos cometemos errores. Todos pasamos malos momentos. Pero no te daré una tercera oportunidad, ¿entiendes? -Josian comenzó a llorar y a levantarse de su silla lentamente. Caminó hacia mí y me abrazó. Le correspondí el abrazo. -Te perdono por todo el mal que has hecho y te doy mi bendición para sanar y eliminar todas las marcas malas en tu alma, -le dije, y después en latín -placatus tibi fuero in omnibus bonis male faciendi et ministra mihi animam tuam et auferam omne malum marcas mágicas, -entonces todas mis marcas mágicas brillaron blancas y una calidez salió de mí y se transfirió hacia Josian. Cuando la luz desapareció de mí y lo solté, él comenzó a llorar y a agradecerme mientras salía de la cocina por la puerta trasera. En paz.

-Mark, nunca dejas de sorprendernos, -sonrió Burgesis.

-Debo tener fe en que las cosas se pueden hacer para evitar tal horror.

-¿Horror?, -preguntó Rose.

-Sí. Pronto podríamos encontrarnos en una situación en la que la muerte sea inevitable porque será más difícil convencer a los otros, que están más endurecidos y llenos de maldad, de abandonar el círculo de Nerogroben, -dije con tristeza mientras Eladius entraba y me veía.

-¡LO PROMETISTE!, -me gritó y salió llorando.

-Eladius, -dije fuerte, pero no hubo respuesta. Entonces me volví hacia Pam y Andrew.

-Eladius te admira mucho, -explicó Andrew cuidadosamente. -Lo que has hecho por nosotros nos ha cambiado, y queríamos agradecerte porque hemos notado cambios en Eladius también.

-Disculpen, debo ir a hablar con él, -salí corriendo tras él; lo encontré en el porche, fuera de la sala, sentado en una banca llorando.

-Eladius, sé que prometí que no mataríamos a los hombres del ejército de Nerogroben. Pero, eventualmente, después de darles la oportunidad de cambiar su lealtad, nos toparemos con el hecho de que no todos cambiarán. entonces harán lo que puedan para matar a todos en nuestra rebelión. Llegará un momento en que nosotros también tendremos que defendernos, -le expliqué viéndolo a los ojos.

-Dijiste que sería el último recurso, -Eladius evadía mi mirada.

-Sé lo que dije, -mis ojos estaban cansados, -y sí es el último recurso. Lograré lo que pueda, y luego la guerra será inevitable. Les daré a todos una segunda oportunidad para seguirme, Eladius; incluso se la daré a Nerogroben para que se rinda y me siga de manera pacífica cuando llegue el momento, -continué, y con esas palabras logré que Eladius volteara a verme.

-Bueno, -me dio un abrazo rápido todavía sentado en la banca, yo continuaba parado. En cuanto sus brazos me soltaron, regresé a la cocina. Los demás se encontraban aún sentados alrededor de la mesa, murmurando. En cuanto entré y notaron mi presencia, los murmullos cesaron y hubo silencio.

-¿Qué sucede?, -le pregunté a Burgesis.

-Nos preguntábamos cuándo y cómo nos iremos Bajo Tierra, -la mirada de Barty cambió de Jana a mí.

-No he dormido mucho, -me di cuenta de que era mediodía. -¿Puedo descansar un poco antes de hacer planes para irnos?, -todos se veían nerviosos.

-Podemos darte una hora para descansar porque este lugar no será seguro por mucho tiempo. No sabemos si Eggbert regresará, -explicó Burgesis viendo a Barty.

-Un poco de descanso es mejor que nada, -dije agradecido. -Cuando me levante podemos discutir mis ideas y el plan de movimiento. Necesitaré tu mapa, Burgesis, -él asintió mientras todos se levantaban. Me dirigí hacia la sala donde encontré a Eladius y a sus padres durmiendo en uno de los sillones, así que me acomodé en el que estaba frente a ellos. Después de dormir lo que pareció un momento, Burgesis me sacudió para despertarme.

-Mark. Mark. Necesitamos que te despiertes para hacer el plan, -había nerviosismo en la voz de Burgesis.

-¿Puedo dormir unas horas más? Me siento exhausto.

-Mark, ya nos hemos quedado más tiempo del que somos bienvenidos en el Bosque de los Olmos. Se está poniendo peligroso para ti estar aquí, -explicó Burgesis cuando, finalmente, abrí los ojos y me senté.

Burgesis estaba parado junto a mí cuando comencé a pensar que Burgesis estaba molesto conmigo.

-Sí lo estoy, -soltó serio, -gracias por notarlo, y ahora ¿podrías ir a la junta con el resto de tu guardia en la cocina?

Asentí y lo seguí a la cocina donde todos se levantaron de sus lugares al verme entrar.

-Gracias a todos por venir, -comencé viendo a Burgesis, quien se sentó a un lado del lugar vacío que, asumí, era para mí. Cuando tomé mi lugar, los demás hicieron lo mismo. -Es de mi entendimiento que la guardia quiere que deje el Bosque de los Olmos para ir a la estación rebelde Bajo Tierra. En circunstancias normales estaría de acuerdo. Eggbert está actualmente ausente de esta junta, y por lo mismo les confieso que no me siento cómodo con este plan ya que es algo que él espera. Él sabía a dónde iríamos si no era a la escuela de lo Desconocido para terminar mi entrenamiento. -expliqué esperando las reacciones.

-Pero, Mark, es el único lugar que tenemos para ir donde sabemos que estarás a salvo, -Jana dijo.

-¿No pueden ver que lo que tenemos aquí es una ventaja? El elemento sorpresa, -les dije mientras todos comenzaban a murmurar entre ellos.

-Mark, tenemos que irnos de aquí porque tu presencia pone en peligro el Bosque de los Olmos, y esto pone en riesgo la vida de muchos, especialmente si te encuentran los soldados del ejército de Nerogroben, o peor, él mismo, -dijo Burgesis tranquilamente.

-Aparte de que tu entrenamiento no está completo, -dijo Jana viéndome fijamente.

-Ahí está precisamente -respondí -¿por qué no me entrenan aquí? De esa manera, si los exploradores de Nerogroben llegan podremos luchar contra ellos.

Burgesis tuvo que intervenir levantando sus manos para calmar los ánimos, todos murmuraban enojados entre ellos.

-Nadie quiere más que yo cualquier razón para pelear contra Nerogroben y su ejército, pero solo conoces algunos de los elementos, Mark -dijo Burgesis -hay mucho más que debes aprender y comprender. Creo que sería un gran error enviarte a una zona de guerra con la gran ignorancia que aún tienes, sería sumamente peligroso. Creo que sería mejor que entrenes en condiciones más seguras y no en pleno campo de batalla lleno de enemigos.

-Puedo defenderme perfectamente bien -respondí lleno de frustración viendo a todos.

-Ah, ¿sí?, ¿qué haces si alguien te ataca con hechizos de oscuridad?, -preguntó Tom, el cuervo.

-Uso luz, -respondí tranquilamente.

-Pero ni siquiera comprendes la luz, -agregó Brittany, la unicornio.

-La he usado y ha funcionado, -le respondí latigándola con una mirada.

-Una cosa es usarla, y otra completamente distinta entender los elementos, -intervino Barty con una mirada seria.

-Si eres tan inteligente, dime cuántos elementos hay, -retó Chris, el hada.

-Hay seis, -dije -tierra, fuego, agua, aire, electricidad y luz. Verás, los conozco y eso es lo único que necesito saber.

-Error. No sabes lo que no sabes, Mark, -dijo Chris. -De hecho hay, al menos, diez elementos, sin incluir los que recibes por hacer el bien o el mal.

-¿Elementos de carácter?, -pregunté, ahora muy sorprendido.

-Sí, conforme pasas las pruebas de nuestros clanes, recibes elementos de carácter así como cuando Eladius y su familia se unieron al Bosque de los Olmos. También como el que recibiste por estar orgulloso de ti mismo, -explicó Burgesis.

-¿Hay al menos diez elementos?, -pregunté sin poder salir de mi sorpresa, viendo a Barty, Jana y Burgesis. -¿Por qué no me cuentan sobre al menos algunos?

-Es porque no los conocemos ni los entendemos que no mencionamos los otros, -respondió Jana. -Es tonto tratar de explicar algo que no conoces o entiendes realmente.

-Ah, -solté entendiendo lo que Jana trataba de explicarme.

-Debes ser más listo y menos tonto, -dijo Chris, -porque si eres tonto, podrías no tener criterio y de esa manera podrías convertirte en alguien que juzga a los demás, -complementó Jana. -Y es justamente algo en lo que Barty y yo estamos trabajando, tratamos de ser más abiertos para aceptar a otros.

-Regresando al punto, -interrumpió Pine impaciente, -¿vamos a escoltar a Mark Bajo Tierra con Eladius y su familia? ¿O nos vamos a arriesgar a entrenar a Mak aquí en el Bosque de los Olmos?

Capítulo 33

La decisión de continuar en movimiento

-Eres bienvenido si deseas quedarte, -interrumpió Mike al entrar a la habitación. -Solo necesitamos extra protección en este bosque para que te quedes.

-No. Apreciamos la hospitalidad que nos han ofrecido a todos. Para asegurarnos de que Mark, Eladius, y su familia estén a salvo, debemos mantenernos en movimiento hacia el resto del ejército de la rebelión. Ahí es donde sabemos que estaremos seguros, -respondió Burgesis.

-Pero, ¿cómo viajaremos si Eggbert podría decirle a Nerogroben y su ejército dónde estamos o hacia dónde vamos?, -preguntó Barty volteando hacia todos, buscando una reacción, pero todos permanecían en silencio.

-¿Hay alguna ruta menos peligrosa y otro lugar a donde podamos ir?, -pregunté.

-Bajo Tierra es el lugar más seguro, -insistió Burgesis. -Hay otra ruta, pero no puedo decir que sea más rápida o más segura, pero es posible.

-¿Cuál ruta es esa?, -Jana estaba curiosa.

-Va a involucrar algo de pelea y posiblemente arriesgar la vida de todos, pero juramos proteger a Mark y eso es justamente lo que haremos, -soltó Burgesis viendo a Barty, quien buscó la mirada de su esposa. Jana puso su mano sobre la de él para confortarlo.

-La única ruta alterna es a través de la Senda del Infortunio, y después por el puente hacia la Aldea de Solotar y de ahí entrar a Bajo Tierra, -dijo Burgesis viendo a Donna, la trol.

-Sí, entiendo lo que quieres decir, tenemos una casa escondida en la Aldea de Solotar. El lugar tiene una entrada secreta hacia Bajo Tierra. -Dijo Donna viendo a su esposo, George, quien acababa de entrar a la habitación.

-¿Qué es esto? ¿Una junta para la guardia o para los líderes de todos los clanes?, -preguntó Jack Pillowdrum, el fénix, desde su lugar.

-Una disculpa, pero nos colamos aquí a media noche porque escuchamos sobre la traición de Eggbert a Mark, y justo esta mañana estaba circulando un cartel de "Se busca" con la cara de Eggbert. Ahora Nerogroben lo está buscando. Escuché que están planeando incendiar la escuela, posiblemente. Aparentemente no ha sido encontrado ahí, ni en su casa, -explicó George rápidamente.

-Hay mucha inquietud del ejército de Nerogroben, -dijo Donna en la entrada, y todos comenzaron a murmurar.

-No tenemos otra opción más que hacer lo que Burgesis sugiere, -concluyó Tom, el cuervo, sabiamente.

-Pero hay un campamento de exploradores en el camino hacia Solotar, ¿qué sabemos sobre ellos?, -preguntó Brittany viendo a todos.

-Por favor, traigan a Eladius y a Andrew, -pedí. Un segundo después, Matt Lookings, el águila, salió volando. Eladius y Andrew entraron a la habitación en silencio mientras Matt volaba frente a ellos para tomar su lugar nuevamente.

-Gracias, Matt. -Dije sinceramente.

-De nada, Mark. -Respondió Matt mientras Barty y Jana se levantaban, inclinaban sus cabezas ante mí y conseguían sillas para los recién llegados.

-Tomen asiento, -los invité. Eladius y Andrew me ofrecieron una reverencia y se sentaron. -No estoy seguro de que sepan por qué los he llamado en esta junta. Necesito su ayuda, y que sean completamente honestos conmigo, -les pedí.

Ambos asintieron y permanecieron sentados en silencio.

-Estamos tratando de ver cómo llegar a la Aldea de Solotar. Sin embargo, la única manera segura para todos es a través de la Senda del Infortunio. Pero nos hemos dado cuenta de que cerca de allí se encuentra un campamento, -comencé a explicarles.

-Quieres información sobre el campamento, ¿verdad?, -interrumpió amargamente Andrew.

-Papá, por favor, -rogó Eladius con la mirada fija en Andrew.

-Te lo dije, Eladius. Te dije que esto pasaría eventualmente. Sí, podemos ayudar, -dijo Andrew viendo el rostro de su hijo.

-Quisiera recordarte que la guardia prometió protegerte a ti, a tu familia y a Mark, así que probablemente sea de tu interés compartir lo que sabes para que todos estemos seguros, -intervino Jana ante la sorpresa de Andrew.

-¿Qué quieres saber sobre el campamento, Mark?, -preguntó Eladius.

-Sé que lo que pido no es fácil, pero debemos conseguir toda la información que se pueda sobre ese campamento, y ustedes son nuestro único recurso, .mi mirada estaba puesta en Andrew.

Andrew permaneció sentado en silencio por un momento.

-Esa ubicación es probablemente una de las más duras aparte de Valfador (el castillo de Nerogroben) en Creaton. Su seguridad es muy estricta y no es fácil engañar a los guardias; les preguntan a todos a qué van a Solotar. Y no están solos, hay también un ejército bajo tierra, justo debajo del campamento, con alrededor de cincuenta partidarios que no son fáciles de derrotar, -explicó Andrew malhumoradamente.

-Iremos con ustedes, -dijo Mike Smitherton cuidadosamente.

-También nosotros, -añadieron Donna y George mientras asentían.

-Y nosotros, -sonrieron Pine y Rose.

-Eso suma alrededor de veinte, nos tocan dos peleadores a cada uno, -calculó Barty. -¡Suena divertido!, -volteó a ver a todos.

-Esta será la parte más peligrosa del viaje, -agregó Burgesis ominosamente.

-¿Cuándo partimos?, -pregunté.

-Lo más pronto posible, -dijo Jana. -No queremos que te pase nada, Mark.

Barty asintió.

-Quiero que sepas que hasta ahora lo has hecho muy bien, Mark. -Soltó Burgesis. -Pero debemos entrenarte aún más.

-Muy bien, -dije levantándome -se levanta la sesión. Voy a empacar mis cosas.

-Todos asintieron mientras yo salía del lugar.

-Todos los demás, por favor, siéntense otra vez para que podamos planear los movimientos de la guardia, -ordenó Burgesis. Andrew y Eladius se fueron conmigo.

-Muchas gracias por la información que nos proporcionaste, Andrew, -comencé. -Me doy cuenta de que no fue fácil, y estaré en deuda contigo por eso.

Andrew inclinó la cabeza y Eladius me sonrió momentos antes de dejarme solo. Regresé a la sala, puse mi libro en el bolsillo y me dispuse a descansar.

Después de lo que parecieron cinco minutos, Eladius me despertó.

-Mark, estamos listos.

Me senté y seguí a Eladius afuera, hacia el porche delantero donde todos estaban en fila.

-Mark, tú y Eladius viajarán en Brittany. Sé que estarán apretados, pero estarán bien. Lo pondremos bajo la invisibilidad. Solo tendremos que refrescar la protección frontal cada hora, -explicó Burgesis. -Los demás también seremos invisibles.

-Muy bien, -dije nervioso. No me sentía cómodo con la idea, pero me di cuenta de que era la opción más segura. Primero, me senté en la montura que estaba ajustada en Brittany, y luego Eladius se subió detrás de mí y se aferró a mi cintura abruptamente, colocando su barbilla en mi hombro derecho, lo cual me hizo brincar un poco, volteé a verlo y él me regaló una sonrisa. Volteé hacia adelante cuando comenzamos a avanzar.

-Tranquilo, campeón. -Dijo bromeando y apretando mi cintura más fuerte. Yo me sentí incómodo. Fue entonces que me di cuenta de que Eladius no estaba acostumbrado a estar con gente, y que a veces no sabía cómo actuar.

-Estás seguro conmigo, -me mantuve en silencio y mirando hacia el frente, hacia Jana, Barty y Burgesis, quien me veía y negaba con la cabeza.

Comenzamos a avanzar y Burgesis colocó sobre nosotros el poder de invisibilidad. Una hora después nos encontrábamos en la orilla del Bosque de los Olmos y la Playa de la Bondad. El sol había salido y nos golpeaba, había solo unas pocas nubes, y la brisa del océano se sentía maravillosa en mi cara mientras escuchábamos a las olas chocando en la orilla.

-Es hermoso, -Jana admiraba el mar.

-No, tú eres hermosa, -soltó Barty ofreciendo su mano a Jana, ella la tomó por unos minutos para después fundirse en un abrazo.

Treinta minutos después nos encontramos en la Senda del Infortunio. Era difícil de seguir ya que un viento comenzó a soplar y las nubes se oscurecieron cada vez más. Una lluvia ligera caía sobre nosotros para después convertirse en tormenta.

Capítulo 39

La pérdida de un ser amado

Burgesis ordenó a la guardia estar alerta en el camino al tiempo que atravesábamos una maleza que cada vez se hacía más espesa, oscura y difícil de ver tras ella. Ellos caminaron más pegados alrededor nuestro, y el clima no mostraba señales de mejorar. Conforme nos acercamos al campamento de exploradores, los árboles y arbustos comenzaron a esparcirse y a estar menos densos. La visibilidad mejoró notablemente conforme nos acercábamos a las casas del campamento. Llegamos cerca de un grupo de troles que bloqueaban el paso.

-¿A dónde creen que van con este clima tan malo?, -preguntó uno malhumorado.

-Vamos a la Aldea de Solotar, -respondió Jana tranquila.

-Ustedes creen que van ahí, -soltó el otro trol.

-Tal vez deberíamos dejarlos pasar, Grot. -Dijo otro trol.

-¿Tú crees, Todd? Idiota. -Le respondió Grot. -No, creo que algo traman.

-Creo que tienes razón, -dijo otro del grupo.

-Claro que tengo razón, Waverly, -respondió Grot algo grosero. -¿A qué van a la Aldea de Solotar, castor?

-No es de tu incumbencia, -dijo Barty áspero.

-Es de nuestra incumbencia si los dejamos pasar o no, -respondió Grot. -Y necesitamos una razón para eso.

-Nuestra tía está enferma y necesita nuestra ayuda para mejorar, -intervino Jana.

-¿Creen que estamos tontos?, -preguntó Grot.

-No, señor. No creo que estén tontos, -añadió Jana con un poco de desesperación.

-Bueno, solo por si se lo preguntaban, la Aldea de Solotar es de troles. ¿Cómo puedes tener una tía trol si tú eres una castor?, -quiso saber Grot.

-Así es, ella es una trol, la llamamos tía de cariño por nuestra amiga, Donna Eubinks. Vamos de visita a su casa y la de George, -explicó Jana con mucho cuidado.

-¿Ves? Algo están tramando, Todd. ¿Por qué querrían unos castores ir a donde forjan metal en la Aldea de Solotar?

-No habrá problemas aquí, chicos, -interrumpió Burgesis tranquilo.

-Oh, eres tú, Frank. ¡Deberíamos matarte en este preciso momento, aquí y ahora, traidor!, -gritó enfurecido Grot levantando sus manos, y su piel pasando de verde a morado.

-¿Qué estás haciendo con dos castores?, -preguntó Grot aún con las manos amenazantes hacia Burgesis, quien parecía estar tratando de no reaccionar.

-Eso no es asunto tuyo, -respondió Jana moviéndose entre Brittany con nosotros encima y Grot, -déjanos en paz.

-¡Cállate o te callo yo!, -amenazó Grot mientras unas bolas de electricidad se formaban en sus manos.

-Yo no haría eso, Grot. Somos más que ustedes. -asestó Burgesis.

-¿A qué te refieres? Solo son tres, y nosotros somos cincuenta o más, -dijo Grot.

Repentinamente, la invisibilidad desapareció de mí, Eladius, Brittany y el resto de la guardia.

-¡Ah, eres tú!, -dijo Grot viéndome. -¡Esto es un acto de guerra!

-No es cierto, -dijo Burgesis viendo tranquilamente a Grot. -Simplemente estamos tratando de llegar a la Aldea de Solotar.

Justo entonces, Grot comenzó a tirar bolas de electricidad hacia mí. Barty usó su mano completa, y sus ojos se tornaron blancos. Enojado, soltó agua desde sus manos. Con esa agua, accidentalmente tomó a Jana y al trol que estaba junto a él. Ambos se retorcían en una enorme bola de agua que flotaba sobre nuestras cabezas. Grot había soltado su bola de electricidad y se dirigía hacia mí. Saliéndose ligeramente de la bola de agua, Jana tomó la bola de electricidad, y mientras lo hacía, la vi decirle a Barty -te amo.

Dentro del agua, Jana cerró sus ojos, envolvió la bola de electricidad con su cuerpo y la sostuvo fuertemente entre ella y el trol, quien la veía con gran sorpresa tratando de salir de allí. Pero ya era muy tarde. En unos segundos, la gran bola de electricidad explotó dentro de la bola de agua, haciéndola romperse. Después, vi los cuerpos mojados y sin vida de Jana y Grot frente a mí.

Entendiendo qué había pasado, Barty se detuvo atónito mientras yo me bajaba de Brittany y corría hacia el cuerpo de Jana para tratar de revivirlo y sanarlo.

-¡NO! -Barty comenzó a gritar y a llorar. Corrió hacia Jana. Todos los demás continuaban peleando, pero Burgesis conjuró un escudo de protección alrededor de nosotros tres mientras muchos elementos flotaban a nuestro alrededor en cámara lenta.

Sin esperanza traté y traté de sanarla, pero nada parecía funcionar. Apuradamente saqué mi diccionario Español-Latín y tratpe de encontrar las palabras que la ayudaran. Lentamente, Barty puso su mano en la mía, y con inmensa tristeza negó con la cabeza. Entonces se llevó la mano al rostro y se secó las lágrimas de sus ojos.

Me paré y vi alrededor. Elementos de todos tipos volaban por todos lados, y aproximadamente treinta troles o más irrumpieron, y criaturas mágicas de todas las especies salían de las casas del campamento para unirse a la pelea. Todos peleaban a todos en el camino frente a nosotros. De repente, sentimientos de ira surgieron en mí, y una marca mágica roja apareció en mi frente. Barty me vio a mí y luego a la marca mágica con miedo. Retrocedió varios pasos aterrado mientras yo me quemaba. No me importó. Estaba furioso de ver toda esta muerte y caos alrededor de nosotros y saber que ella ya no estaba, que no había manera de traerla de regreso.

Estiré mis manos hacia el camino y, mientras todos peleaban grité.

—¡Omne quod est in nomine domini, et dimitte universa veniam lucem!

Me levanté unos metros del suelo y una poderosa luz que salía de mí rompió el escudo de protección y brilló en todas direcciones por kilómetros desde mis manos, pies, y ojos. Cada vez se hacía más y más brillante, tanto que todos dejaron de pelear para cubrirse los ojos. Cuando la luz cesó de salir de mí, comencé a sentirme débil. Burgesis corrió a atraparme cuando caí de espaldas al piso. Nos sentó en el suelo y todos se acercaron y nos rodearon. En ese momento todos me hicieron una reverencia y se arrodillaron ante mí.

Lentamente abrí los ojos, y Burgesis no me quitaba la vista de encima.

—¿Podrían dejar de pelear?, —pedí.

—Ya nadie está peleando, por ahora. —Respondió moviendo el cabello de mi frente para ver la marca mágica que se había formado.

—Era roja, —dijo Barty murmurando todavía atemorizado.

—¿Qué dijiste?, —me preguntó Burgesis ignorando a Barty.

Abrí los ojos y pude notar la preocupación en su rostro.

—En el nombre de todo lo que es, perdono con la luz del perdón todos los males cometidos en los corazones y las almas de todos los presentes. —dije débilmente antes de desmayarme. Burgesis asintió, se levantó y vio a su alrededor.

—¿Quién es el líder de este clan?, —preguntó.

Un elfo señaló el cuerpo sin vida de Grot. —El elegido ha asesinado a nuestro líder, —dijo.

—Entonces, ¿quién es el segundo al mando?, —Burgesis veía a Todd, pero él negó con la cabeza.

—Es Toolot, pero él es el tercero al mando, —respondió Todd nervioso.

-Por favor, manden traer a Toolot, tenemos mucho que discutir. -pidió Burgesis a Todd mientras se alejaba en silencio. Dos minutos después regresó con Toolot detrás de él. Era un humano elfo mágico.

-Parece que me han causado muchos problemas. Soy Toolot, ¿quiénes son ustedes y por qué vinieron a empezar una guerra en territorio de Nerogroben? ¡Oh, eres tú!, -Toolot estaba impactado de ver a Burgesis.

-No estábamos tratando de pasar con violencia. Tratábamos de ir a la Aldea de Solotar, pero estos dos nos detuvieron, -explicó Burgesis señalando a Grot y a Weaverly.

-¿Ah, sí? ¿Y tienes pruebas o testigos que puedan corroborarlo?, -preguntó Toolot pasando su mirada sobre todos.

-Sí, -respondió Burgesis tranquilo señalando a Todd.

-¿Y bien?, -Toolot esperaba que Todd hablara, pero él no abría la boda, permanecía en silencio mirando al vacío, y despues, con enorme tristeza, a Barty.

-¿Qué sucedió? Mi esposa, -gritó Barty inmensamente triste. -Ya no está, -y comenzó a llorar con un gran dolor en su corazón.

-Bueno, ellos no tenían malas intenciones; Grot fue el primero en atacar a este castor usando electricidad. Después trató de atacar a todos cuando decían que solo querían pasar, -explicó finalmente Todd, temblando nervioso, a Toolot quien lo veía fijamente.

-Al parecer tu historia funcionó, -dijo Toolot volviéndose hacia Burgesis. -¿Qué le pasa a él? ¿de dónde salió esa luz?, -preguntó señalando a Mark desmayado en el piso.

-La luz salía de él, era la antigua luz del perdón. Parece que hasta ahora ese es su poder más fuerte, y ha ayudado a deshacerse de la materia gris en el área. Se dice que él es el elegido, -explicó Burguesía tranquilamente viéndome. -Somos su guardia y solo queremos queremos pasar de manera seguro a las afueras de la Aldea de Solotar, es todo lo que le pedíamos a tu líder, pero no hizo las cosas sencillas.

-El elegido, ¿eh?, -soltó Toolot. -He escuchado que el mismo Nerogroben está buscándolo, -se pasaba los dedos por su barbilla al tiempo que reflexionaba. -Pude notar que eliminaba la materia gris.

-Bueno, parece que tenemos mucho que limpiar por aquí, -Toolot cambió de tema. -Por ahora traigan al elegido a mi casa y se pueden quedar para ayudarlo a sanar hasta que recupere sus fuerzas y pueda continuar. Ustedes también se pueden quedar si su guardia ayuda a limpiar. En cuanto a ti, -Toolot volteó hacia Barty, -llévala también a la casa, -Barty, todavía impactado, miró el camino.

-Gracias, -intervino Burguesía mientras palmeaba cariñosamente la espalda de Barty. Me cargó con delicadeza y siguió a Toolot. Barty tomó a Jana entre sus brazos y lo siguió también.

Capítulo 35

Un cambio en el corazón

Unos minutos después, mi cuerpo débil fue colocado en una cama. Todo el tiempo pude escuchar todo lo que sucedía, pero me sentía tan desmadejado incluso para abrir los ojos. Barty puso a Jana en otro cuarto por instrucción de Toolot, y se quedó a su lado.

-Burgesis, estoy despierto pero me siento demasiado débil como para abrir los ojos. ¿Me ayudas a dormir?, -pensé con la esperanza de que pudiera escucharme.

Burgesis me escuchó, puso su mano en mi cabeza y dijo: ut dormiunt. En cuanto pronunció aquellas palabras sentí una calidez recorrer mi cuerpo, y pude quedarme profundamente dormido.

Toolot entró en silencio a la habitación y miró fijamente a Burgesis.

-Barty no está bien, estaba a punto de ir a verlo. Está sufriendo un dolor muy grande. Acaba de recibir una marca mágica de un corazón roto. Todavía está con ella e insiste en quedarse a su lado. Necesitamos hablar en privado, Burgesis. -dijo Toolot en voz baja.

Burgesis asintió. Volteó a verme mientras yo descansaba, se levantó de la cama donde estaba sentado y siguió a Toolot fuera del cuarto cerrando la puerta al salir. Burgesis lo siguió al otro lado de la casa hasta entrar a una habitación. Toolot cerró la puerta detrás de ellos y añadió protección alrededor del lugar para evitar que alguien indeseable pudiera escuchar la conversación. Después invitó a Burgesis a tomar asiento en una silla frente a él.

-Primero que nada, necesito saber algo, -Toolot rompió el silencio. -Debo estar seguro de que la guardia y tú no vinieron a empezar ninguna guerra, -la mirada de Toolot estaba fija en Burgesis.

Burgesis guardó silencio.

-Sé que no eres el mismo desde la última vez que nos vimos. Tengo que preguntar, debido a la complicada situación en la que te encuentras, -insistió.

-Créeme, si ese fuera el caso, no estaríamos hablando ahora mismo, habríamos continuado peleando. Mark es el que trajo luz a este lugar, -respondió Burgesis tranquilamente, pero Toolot no parecía convencido.

-Bueno, cuando "el elegido" despierte, quiero hablar con él, -exigió Toolot abriendo la puerta para asegurarse de que ni Barty ni nadie más estuviera tratando de espiar.

-Yo creí que eras tú, Burgesis, -soltó Toolot en voz baja. -Tenpia que estar seguro de que nadie supiera que nos conocemos.

-Entiendo, -Bursgesis asintió.

-No creo que lo entiendas, Frank. Los tiempos son distintos ahora. No son como cuando estábamos pequeños, los días en la Escuela de lo Desconocido. Ahora estoy en un lado distinto al tuyo.

-No tiene que ser así. Entiendo que tengas tu lealtad, pero debes comprender que el elegido es el que marcará una diferencia en nuestras vidas. Confía en mí. -Burgesis hablaba calmado.

-¡Sí confío en ti, Frank!, -Toolot veía, a través de la ventana, a los de la guardia recogiendo cuerpos y haciendo hoyos en la tierra junto a los árboles. Dudó. -Es que el simple hecho de hablar del elegido es un acto de traición por estos lugares. ¿Qué debo hacer, Burgesis? Ya he estado en un lado sintiendo que era mi única opción, -Toolot buscó a Burgesis con la mirada.

-Debes hacer lo que creas que es correcto. ¿Qué decisión te llevará a una vida más feliz y plena?, -preguntó sin quitarle la mirada a Toolot. -Habla con el elegido, habla con Mark-. Toolot estuvo quieto unos minutos. Finalmente asintió.

-Regreso enseguida. -Toolot salió de la habitación y al regresar traía consigo una taza de té y una sonrisa.

-¿Sabes por qué nuestro campamento está aquí?, -preguntó Toolot mientras sorbía a su té y observaba desde la ventana.

-Por la ubicación de la escuela. También es el punto más alejado de Nergogroben en una dirección, pero el más cercano en otra. -respondió Burgesis. Al terminar de hablar, bebió té.

-Exacto, -respondió Toolot. -¿Qué más recuerdas de la Escuela de lo Desconocido?

-Sé que había muchos maestros que enseñaba a los que recién habían descubierto sus poderes a usarlos, -recordó.

-¿Sabes a cuál estamos buscando?

-Sí, a Eggbert. Estaba viajando con nosotros cuando recibió un mensaje de Nerogroben y descubrimos su traición a Mark, entonces desapareció. No lo hemos visto desde entonces, -explicó Burgesis.

-Los dejaré pasar si puedo estar seguro de que no ayudarán a Eggbert a llegar a la escuela, -soltó Toolot.

-En cuanto a Eggbert, lo mantendremos captivo por hacernos dudar si estaba en nuestras filas, y te habríamos dicho que lo estaba en cuanto te viera, -dijo Burgesis cuidadosamente.

-Nerogroben sospecha cada vez más de los clanes, incluso entre sus más cercanos. Es cada vez más reservado, y pareciera estarse volviendo loco. Hemos escuchado rumores de que Nerogroben habla solo, y tiene es muy paranoico. Se decía que quería quemar la escuela porque Eggbert no se había presentado ante él ni había sido llevado ante él. Por eso nos preguntamos en dónde se encuentra su lealtad, -explicó Toolot.

-Hablando de lealtad, -comenzó Burgesis. -¿A quién le eres...

Toolot levantó ambas manos y, dirigiéndose a Burgesis, pero dejó de hablar al escuchar a alguien en la puerta, caminando por la entrada.

-Como dije antes, cuando se despierte "el elegido" tendremos que hablar con él, -fueron sus únicas palabras.

Burgesis estuvo de acuerdo y asintió. Bebió un poco de su té y se volvió hacia la puerta. Los pasos ahora se alejaban de la puerta principal.

Comenzaba a despertarme lentamente, y comencé a pensar en Jana, Barty, Burgesis, y en todo lo que había pasado. Tenía la esperanza de que hubiera sido un sueño y que no fuera real.

Los pasos se alejaban de la puerta principal.

-¡No es seguro para mí aquí, incluso hablar sin ser observado todo el tiempo!, -confesó Toolot.

Burgesis se veía reflexivo.

-¿No has pensado en irte con nosotros?, -le preguntó.

-Eso sería demasiado obvio, -respondió Toolot nervioso.

-La guardia te protegería, -aseguró Burgesis con la mirada fija en él. Toolot negó con la cabeza decididamente.

—La guardia está para proteger a Mark, el elegido, e incluso todos ustedes están muy limitados, -respondió Toolot. -Tal vez los alcance después, pero por ahora debo quedarme y ver qué pasa por aquí.

Burgesis asintió y ambos terminaron su té.

-Ya está despierto, -Burgesis rompió el silencio.

Escuché a Burgesis y a Toolot caminar hacia el cuarto. -Caray, Burgesis. Al menos dame tiempo de abrir los ojos, -pensé, y entonces escuché una risa que emanaba justo detrás de mi puerta. Abrí los ojos lastimosamente y vi dos figuras paradas en la entrada de mi habitación, con una vela que se encontraba en la mesa junto al sillón.

-Tendrás mucho tiempo para descansar después de la guerra, Mark. -Dijo Burgesis en respuesta, riendo. -Este es Toolot, por supuesto, él es, bueno, era, el tercero al mando antes de que Barty matara a su líder. Ahora es el comandante en jefe por estos lugares.

-Es un honor conocerte, -afirmó Toolot mientras yo lo veía. Me di cuenta de que era un humano mágico de ojos morados.

-Eres un humano mágico, -díje débilmente.

-Así es, -me respondió, -había una gran variedad que seguía a Nerogroben.

-¿Había? ¿Seguían?, -pregunté confundido.

-Ahora sí necesitamos hablar en privado, -su mirada se desvió hasta Burgesis, quien comprendió y salió de la habitación cerrando la puerta tras de él.

Toolot se sentó en la orilla de mi cama y negó con la cabeza.

-Verás, tenemos un problema. Se supone que este campamento es de Nerogroben, y desde que sus rebeldes asesinaron a nuestro líder y conjuraron ese hechizo, los corazones de todos y sus mentes ahora han cambiando. Ahora ya no desean seguir a Nerogroben, sino a ti.

-¿Y cómo es eso un problema? ¡Esas son excelentes noticias!, -pregunté tranquilamente porque aún me sentía débil.

-Es un pequeño problema porque los hombres de Nergogroben aún vienen regularmente, y ahora que no hay materia gris, sospecharán, -explicó Toolot. -Ahora todos podemos, finalmente, sentir los rayos del sol y su calor gracias a ese poderoso conjuro que hiciste.

-Tal vez haya una manera de ayudarnos mutuamente, -mi mirada iba de un lado a otro por toda la habitación. Me senté en la cama. En el cuarto solo había una mesita de noche con la vela, y al otro lado un escritorio con varios pedazos de pergamino.

-¿Cómo?, -preguntó curioso mientras yo hacía una mueca de dolor por la marca mágica que desaparecía de mi frente.

-Por favor, discúlpame por sentirme así de débil todavía, estoy tratando de aprender sobre mi propia fortaleza cuando se trata de estos conjuros, -le dije. -Lo que quiero decir es que les estoy dando a todos los hombres de Nerogroben una segunda oportunidad. De empezar de nuevo, con salud y con perdón. A lo que me refiero es que, tal vez, todavía podemos ayudarnos mutuamente. Construí un pasaje en el Bosque de los Olmos que tiene un hechizo para cambiar los corazones, las almas y las mentes de aquellos que lo atraviesen. Depura y elimina las marcas mágicas malas, justo como he hecho aquí. Si yo construyera algo así aquí, tal vez podrías ayudarme a esparcir la paz a todo aquel que desee una segunda oportunidad, - expliqué.

-Tendría que pensarlo, Mark. -respondió Toolot. -Parecería que quiero esparcir propaganda y no quiero arriesgarme a exponernos.

-Si puedo hacer esto, entonces tal vez podría incluir el conjuro que, así como limpia y sana, te permite olvidar cómo fuiste sanado y desintoxicado para que nadie más pueda recordarlo, ni siquiera si lo vuelven a ver, -dije.

-Tal vez. Dame tiempo para pensarlo, -respondió Toolot. -Por ahora te dejaré descansar un poco más. Gracias, Mark, por lo que has hecho aquí, -dijo mientras se inclinaba ante mí. Colocó su mano en la cara y pude notar que su marca mágica roja desaparecía de su rostro mientras sus ojos vidriosos comenzaban a liberar algunas lágrimas.

-No, Toolot, -fijé la vista en sus ojos, -no debes sentir que debes inclinarte ante mí o presentar tus respetos. Solo intento darles a todos los que quieran seguirme una segunda oportunidad para deshacer la materia gris de este mundo y toda su maldad. Sí, soy quien todos piensan, soy el elegido, pero mi intención no es gobernar o ser poderoso, sino traer la paz y restaurar la paz de este mundo, -mientras hablaba mis ojos buscaron lo que había detrás de la ventana.

-¿Qué esperas de tus seguidores?, -preguntó tranquilamente.

-Me han dicho que la Guerra Oscura comenzó por la necesidad de Nerogroben de tener el control de todo y el poder, y que él está lleno de maldad e ira dentro de él. No espero nada de mis seguidores, solo total lealtad, sin prejuicios hacia los demás, y que esparzan las buenas nuevas de amor, paz, y el poder del perdón. Todos están protegidos por otros seguidores como tú, yo y mi guardia, -volteé hacia Toolot. -No pediría nada que yo no pueda hacer.

-Claro que te dijeron eso... interesante. Bueno, aunque estos son sentimientos muy buenos, la dirección de este campamento caerá en manos de un nuevo líder electo por el clan, que se reunirá esta noche para ese propósito, -explicó apuntando a una fogata en medio de las casas del campamento. -Tenemos un problema de igualdad por aquí.

Permanecí en silencio recordando la jerarquía de la que Eggbert me había contado.

-Ya le expliqué a la guardia que no habrá jerarquías mientras yo esté aquí, -solté severamente.

-No entiendes porque no eres de este mundo, pero en el Mundo de lo Desconocido hay una jerarquía natural y eso no lo puedes cambiar. Así es como son las cosas. Incluso entre nosotros, los troles, en cada campamento hay rangos, -Toolot evitaba mirarme a los ojos.

-La gente se trata distinto aquí. Los humanos elfos mágicos están al principio en la jerarquía. Nadie los cuestiona. Después los fénix y los unicornios ya que ellos no pueden morir y son puros. Le siguen los castores y las águilas están al mismo nivel. Continuamos con los magos y las brujas, las hadas, los elfos, y después los colibríes. Ellos son lo más alto de la reputación del Mundo de lo Desconocido, son líderes y sienten que son dueños del mundo, -continuó Toolot viendo por la ventana.

Negué con la cabeza con frustración. Repentinamente, Brittany notó algo, levantó su nariz al aire mientras pasaba un trol cargando una pesada pala desde las tumbas junto a los árboles.

-Algunos de nosotros estamos por debajo de esta jerarquía como los zorros, los gigantes, los cuervos, los troles y, finalmente, las plantas. Se piensa que estas criaturas somos estúpidas, ignorantes e indignos. No son bienvenidos ni aceptados por los rangos más altos de la jerarquía en este mundo. Si eres asociado con alguien por debajo de la jerarquía te arriesgas a ser juzgado por tu propio clan y linchado, -dijo Toolot con una profunda tristeza.

-Pero tú eres un humano mágico, me imagino que la pasas mejor en esta sociedad, -agregué.

-¿Es mejor ahora?, -preguntó con las cejas levantadas en señal de sorpresa.

-Me refiero al mundo como es ahora. Con eso clarificado, debería ser mejor para la gente como tú, aquellos que están en lo alto de la jerarquía, -expliqué.

-Como un humano mágico, estoy en lo más alto del rango social, pero aun con eso, no puedo tener amigos de clases sociales más bajas porque mis iguales me tratarían diferente, -Toolot me instruía mientras yo negaba con la cabeza.

-Esto no debería ser así, -respondí. -¿Por qué los troles y las plantas son considerados como lo más bajo en la sociedad?

-Los troles, en general, son malos, fácilmente corrompibles y maleables. Se sabe que no son confiables. Las plantas son lo más bajo porque cuando caminamos por la tierra, ellas son pisoteadas. No hay respeto por los demás y es por eso que Nerogroben quería cambiar la esencia de la naturaleza y cómo tratamos a los demás. Él creyó que llegando al poder podría cambiar la manera en que percibimos a los demás.

-Pero están equivocados, -dije, -el clan de los troles logró que todos tuvieran miedo de conocer a un trol y ahora no los respetan solo porque saben de qué son capaces. La gente le teme a todos los hombres de Nerogroben. No puedes pensar que la gente te tratará mejor solo porque te temen. Los seres aquí son muy rápidos para culpar a Nerogroben, ya que él está actualmente en el poder, por todo el caos y la división. Nosotros deberíamos cargar con la culpa por tener todos estos prejuicios en primer lugar. Las criaturas y los seres del Mundo de lo Desconocido necesitan entender que no hay una jerarquía. Y si la hay, no debería existir. La igualdad es mejor que ser discriminado. No deberían verte como un miembro de un clan, sino como una criatura con un corazón bondadoso antes de asumir que eres malvado. Todos somos capaces de hacer grandes cosas, pero si tenemos buenas o malas intenciones es nuestra decisión. Nuestro creador quiso que nuestros mundos existieran, nos demos cuenta o no nuestros mundos tienen problemas similares con la discriminación y la falta de igualdad desde hace muchos años. La única manera de evitar esto es sin prejuicios y no ver a una persona por quien es, sino por lo que ha hecho para mejorar al mundo. Necesitamos amar y esparcir la paz los unos a los otros.

Toolot no dijo nada por un momento, simplemente miró hacia la ventana antes de voltear hacia mí. -Me sorprende que no hayas notado la jerarquía antes.

-¿A qué te refieres?, -pregunté.

-¿No puedes ver que el mago que conoces, Eggbert, es tratado mejor que los troles y los cuervos?, -me respondió con otra pregunta.

-No, no lo he visto, -fui honesto.

-Hay una falta de respeto de los unicornios y los magos y las brujas, y las águilas. No puedes ver que de todos los trabajos de este mundo, los troles están acostumbrados a ir a las cuevas subterráneas a hacer el trabajo sucio. No puedes ver que los unicornios no están haciendo nuestros trabajos. ¿No puedes ver la guerra civil dentro del Mundo de los Desconocido? ¿No notas la tensión entre los clanes?, -en ese momento vi que un águila observaba a un cuervo y a los miembros de su clan mientras evitaban el contacto visual. -Aquí hay favoritismo, Mark, solo necesitas abrir los ojos y hacer algo al respecto. De cualquier forma mi opinión no importa, pero puedes abordar a varios miembros en unas horas. Hablar de tus sentimientos, dar tu opinión y comentarios que posiblemente influenciarán al tipo de líder que elegirán. -Toolot me veía fijamente.

-¿Qué podría hacer? Depende de ellos esa decisión.

-El clan elegirá a un líder que nos guiará aquí en el campamento, -Toolot me explicó.

-Creí que tú eras el líder.

-Por ahora lo soy, pero el tercero en línea nunca gobierna realmente, solo mantiene el orden hasta que el clan haya elegido a un nuevo líder. Yo puedo solicitar ser el líder, pero depende de ellos.

-En otro asunto, entiendo que deseas continuar tu camino de manera segura, así que depende completamente de ti si deseas quedarte o no, y no pronunciarte como la voz de la rebelión antes de la elección. -Toolot abrió la puerta para que Burgesis pudiera pasar.

-Lo pensaré antes de tomar una decisión. -Volteé hacia Burgesis; él quería hablar conmigo. Toolot salió y Burgesis cerró la puerta.

-Nos asustaste. Pensamos que te habíamos perdido, -Burgesis rompió el silencio.

-¿Cuánto tiempo estuve inconsciente?, -en ese momento me pregunté dónde estaban los demás.

-Unos días. Los demás están limpiando. Recibieron la orden de dejarte hasta que Toolot pudiera hablar contigo en privado.

-Veo que mis elementos no han logrado cambiar la confianza de la gente hacia los demás, -dije tristemente. -Siento mucho haberlos asustado, creo que tomó demasiado de mí. -Burgesis puso su mano sobre la mía: Sanai Eum, y una luzdorada salió de su cabeza y brilló sobre mí, entonces comencé a sentirme un poco más fuerte.

-Gracias, Burgesis -le sonreí.

-No malinterpretes lo que te voy a decir: no puedes cambiar el mundo tú solo. Olvida la profecía, úsala solo como una guía. Sí, tienes los poderes y la habilidad de cambiar el mundo, pero en algún punto la gente deberá aprender a confiar en los demás. Los primeros pasos que deben tomar no son solo conocerte, sino también deben saber que pueden confiar en ti. Es como el efecto Ripple: una vez que empieza bien, continúa bien, pero si algo causa un efecto en los ripples, entonces es más difícil para el original continuar con el efecto original.

-Creo que entiendo. Lo que estás diciendo es que hay que ayudarlos a cambiar sus corazones y sus mentes, pero no presionarlos para confiar en mí. Que aprendan a confiar en mí por ellos mismos.

-Exacto, -soltó Burgesis.

-¿Alguien más salió malherido aparte de mí?, -pensé en Jana. Burgesis sabía lo que iba a preguntar y evitó mi mirada. Sentí que era algo que le afetaba mucho.

-Jana no pudo ser revivida a pesar de que Mike y Andrea Smitherthon usaron sus antiguos poderes de sanación, -explicó Burgesis en voz baja.

¿Dónde está Barty?

-Barty está solo en este miomento. Ayer tuvimos una ceremonia de cremación que Toolot preparó para Jana y solo los miembros de la guardia pudieron estar presentes. Te habríamos invitado, pero estuviste inconsciente mucho tiempo. En cuanto a Barty, no ha hablado o comido desde que Jana murió. -La voz de Burgesis se apagó.

-Barty estará así por un tiempo, créeme. Yo todavía estoy atravesando lo que es perder a tu prometida por un accidente de magia, -comenzó Burgesis. Yo vi cómo su rostro se tornó pálido y su mirada se perdió en sus pensamientos. -Deberías descansar más para que recuperes tu fuerza antes de salir hacia la Aldea de Solotar. -Se levantó y caminó hacia la salida.

Me arropé con las cobijas sin poder dejar de pensar en Barty. Estaba preocupado por él y no podía ni imaginar lo que era perder a alguien que amas. Me sentía mal por perderme la ceremonia de cremación de Jana. Aunque no era mi esposa, no podía evitar extrañarla, siempre fue tan acogedora y protectora conmigo. Mientras repasaba en mi mente escenas de ella en sus últimos momentos, me di cuenta de que estaba protegiéndome.

ese trol iba a atacarme a mí, a Brittany y a Eladius. Recordar su voz llena de ira y su piel tornándose morada mientras lanzaba hacia mí la bola de electricidad me hizo despertar.

Capítulo 36

El camino de la Fortuna y la desgracia

No me di cuenta de que había estado soñando con lo que nos sucedió. El miedo que sentía me había despertado con un susto. Me tallé los ojos cansados y sentí una marca mágica que había aparecido en la palma de mi mano. Parecía ayer cuando desperté en casa de Jana y Barty y comencé a aprender sobre el Mundo de lo Desconocido. En ese momento la puerta se abrió y era, como siempre, Burgesis quien sonreía, probablemente leyendo mis pensamientos.

-Escuché que te despertaste y que te salió esa marca mágica por el miedo, -dijo con tristeza. Después me sonrió y se burló de mi cabello.

Me reí, no pude evitarlo. Parecía ser lo único que valía la pena hacer después de todo lo que había sucedido. Era un alivio poder bromear y hacerse el tonto con Burgesis. Hizo que las cosas tan difíciles fueran más sencillas de lidiar. En muchos sentidos, él era mi mecanismo de defensa.

-Sé que es temprano, pero nos partiremos pronto a la Aldea de Solotar. Nos encontraremos con George y Donna Eubinks, ellos ya están ahí. Se fueron cuando te desmayaste, -explicó Burgesis. -Se fueron para dar noticia de tu llegada a los demás rebeldes. Les enviamos un mensaje para que sepan que estás bien. Ya saben lo de Jana.

-Está bien. ¿Cómo está Barty?

-Está muy deprimido. Ni siquiera hablar conmigo, con Andrea y Mike Smitherthon le ha servido.

-¿Sabes si ha comido algo o hablado con alguien?
-No. No ha comido desde que Jana murió. Creo que tiene una marca mágica de corazón roto, tiene todas las señales.
-Me gustaría hablar con él antes de irnos. Creo que podría ayudarlo si él quiere, -dije viendo fijamente a Burgesis.

-Podría ser en el camino hacia Bajo Tierra, -respondió -pero creo que deberías hablar con él hasta llegar donde tendrán un poco de privacidad.
-Me imagino que la guardia todavía está tratando de encontrar la mejor ruta y el mejor tiempo para abandonar esta Senda del Infortunio.
-De hecho, la senda ha sido renombrada: Senda de la Fortuna. Fue decisión de Toolot después de ver la fe que Jana tenía en ti y en la rebelión. Ahora todo el que camine por esta senda podrá disfrutarla sin tanta materia gris.
-¡Wow! Por favor, agradece a Toolot de mi parte.
Me levanté y seguí a Burgesis hacia la sala donde el resto de la guardia estaba sentada en un círculo.
-Deberíamos irnos lo más pronto posible por si la gente que se fue antes de que Mark conjurara su hechizo fuera con Nerogroben, -sugirió Brittany preocupada.
-Estoy de acuerdo, -soltó Mike viendo a Pine, quien asintió.
-¿Cuándo nos vamos?, -pregunté.
Los miembros de la guardia saltaron al escucharme ya que no habían notado mi presencia. Barty no estaba presente en la junta.
-Nos iremos lo más pronto posible, -respondió Rose mientras yo la veía empacar.
-¿Cómo sabremos quién fue electo como líder de este campamento?, -mi mirada se fijó en Burgesis.
-Yo me quedaré, -intervino Matt Lookings, el águila. -Estaré al pendiente de noticias aquí.
-Muy bien, así podrás avisarme qué sucede con el liderazgo de este lugar, -le sonreí.
-Así que podemos irnos inmediatamente, -propuso Burgesis.

Volteé hacia Eladius. Él mantenía sus ojos en mí y me sonreía todo el tiempo. Yo traté de actuar como si no lo hubiera notado. Todos se levantaron y comenzaron a juntar sus cosas.
Toolot, quien parecía ser un trol muy sabio, había estado esperando afuera de su hogar para que nosotros pudiéramos

hablar en privado. Él, aparentemente, sabía que ya nos íbamos antes de que nadie dijera nada. Burgesis avanzó hacia él ofreciendo su mano.

-No se preocupen, solo traten de mantenerlo a salvo, nosotros estaremos bien aquí. -Comenzó Toolot.

-Es nuestra intención, -intervino Burgesis.

-Buena suerte, -me dijo -mientras yo caminaba hacia él y estrechaba su mano.

-Gracias. Aprecio mucho tu hospitalidad hasta que pudiéramos reunir fuerzas.
También te agradecemos por la ceremonia de cremación de Jana. -Le dije.

-Con esperanza y un poco de fe, tal vez finalmente podamos ver las cosas desde una mejor perspectiva. Quizás nos volvamos a ver pronto, -se despidió Toolot sabiamente viéndome mientras yo me alejaba con el resto de la guardia.

Continuamos camino abajo alejándonos del campamento para comenzar nuestra travesía. Me senté en Brittany junto con Eladius, quien se mantuvo en silencio y aferrado a mi cintura para no caerse.

-Mark, ¿recuerdas cuando te dije por qué Whiskers te eligió?, -me preguntó Burgesis.

-Creo que viste mucho en mí en comparación con otros chicos de mi edad, -respondí -y porque Whiskers murió.

-Ah, Whiskers. Comenzaba a preguntarme si lo recordabas. ¿Te acuerdas de lo que sentiste cuando murió?

-Claro. Sentí que el mundo se había acabado, que no tenía ningún sentido seguir adelante. -Respondí.

-Sin tratar de ser demasiado dramático: así es como Barty se siente ahora, -cuando Burgesis mencionó su nombre, lo busqué con la mirada y lo encontré detrás de nosotros, caminando lentamente, invadido por una gran tristeza, sin prestar atención a su alrededor. -Cuando pierdes a alguien que amas comienzas a lamentarte por cosas del pasado cuando las reflexionas; cosas que no puedes deshacer, que desearías haber manejado de manera distinta. Empiezas a arrepentirte de ciertas cosas, ciertas memorias, y eso duele. Se hace más difícil vivir el día a día porque anhelas que regrese ese ser amado solo para decirle que lo amas o que lo extrañas, o que lo sientes.

-La muerte de un ser amado es tan difícil de lidiar a veces, incluso para mí, a pesar de que han pasado diez años desde que perdí a mi prometida, -complementó Burgesis.

-¿Puede alguien realmente sanar de estos sentimientos?, -pregunté.

-El dolor es temporal, como las quemaduras de las marcas mágicas. Aún sentimos la pérdida, pero se hace más fácil sobrellevarlo al rodearnos de otras personas y cosas que hacer. Obtenemos la marca mágica del corazón roto y perdemos poderes mágicos aquí en el Mundo de lo Desconocido cuando pierdes a un ser amado. Cuando estás pasando por un duelo estás en tu estado mental, físico y emocional más vulnerable. -Burgesis explicaba cuidadosamente. -¿Recuerdas que dije cómo tu magia nunca es tan fuerte como antes una vez que estás pasando por un duelo y tienes el corazón roto con su marca mágica?

-Sí, lo recuerdo. Es muy frustrante porque quisiera poder hacer algo por Barty, -dije viéndolo.

-Sí hay algo que puedes hacer por él: ser su amigo, estar ahí para él y apoyarlo.

-Burgesis, quisiera ir con Barty y caminar con él, -dije con la decisión tomada.
-Brittany, por favor, detente para que pueda bajarme e ir con Barty.

-Claro, -respondió ella.

Me bajé y caminé hacia él, lo tomé de la mano mientras avanzábamos en la Senda de la Fortuna.

Me tomó la mano mientras la guardia nos veía, pero nosotros continuamos caminando uno al lado del otro sin inmutarnos.

-¿Por qué?, -preguntó Barty -tú eres el elegido, tú eres Mark, deberías estar sobre Brittany siendo protegido. Yo no puedo protegerte.

-Estamos todos aquí uno para el otro, -respondí. -Tienes razón, soy Mark, y soy el elegido, pero también soy tu amigo y no mereces estar sufriendo así. -Me detuve frente a él y le sequé los ojos. -Detente aquí, Barty.

Nos detuvimos en el camino y antes de que alguien pudiera decirme algo le advertí:

-Esto podría doler un poco.

Barty se estremeció ante la idea del dolor, pero accedió mientras yo pensaba en las palabras que usaría: Ordeno que este corazón roto sea sanado en la luz. Luego dije con una voz grave y alra: Quod praecipio tibi hoc in corde emendari lucem. Entonces una explosión salió de mi mano y enmendó su corazón. Vi la marca mágica de luz que venía de mi palma. Después volteé hacia la marca mágica de corazón roto de Barty pero nada sucedió, solo sus gritos de dolor y las lágrimas que salían de sus ojos para después quedar inconsciente.

Me desmayé porque la magia que usé era muy fuerte. Inmediatamente la guardia, que vio lo que sucedía, trató de atraparme. Abrí los ojos y vi la cara preocupada de Eladius viéndome desde arriba. Él supo que yo estaba bien. Entonces cerré los ojos de nuevo.

Burgesis vio todo y corrió hacia nosotros para tratar de sanarnos, y la guardia nos movió a un lado del camino. En ese momento, una figura apareció entre los árboles. Caminaba hacia nosotros. Era Eggbert, el sabio.

Capítulo 37

Amigo o enemigo

En cuanto la guardia lo reconoció, todos se pusieron frente y alrededor de mí, incluso los pájaros bajaron para protegerme.

-¿QUÉ ESTÁS HACIENDO AQUÍ?, -exigió saber Brittany poniéndose frente a mí y Eladius, quien estaba a mi lado acostado. Mis fuerzas no eran suficientes para abrir los ojos por mucho tiempo.

-He escuchado muchas cosas y quería asegurarme de que estuvieran todos bien, -respondió Eggbert tranquilo, con su bastón en una mano y la pipa en la otra. -¡Parece que llegué justo a tiempo!

-No estabas pensando en Mark cuando le dijiste a los hombres de Nerogroben sobre él, ¿no? -soltó Tom el cuervo indignado mirándolo a los ojos.

-O cuando lo traicionaste y atacaste a Eladius, -agregó Matt.

-Creo que se ha mencionado que no traicioné a Mark, y tengo derecho a, al menos, una segunda oportunidad. Noté que les hace falta ayuda, entonces pensé en venir, -dijo Eggbert tratando de verme a través de los que me protegían.

La guardia jamás había estado en tal situación, y Barty y yo no nos encontrábamos en condiciones de pelear.

Podía escuchar cómo la discusión se calentaba, y aunque no tenía fuerzas ni para mantener los ojos abiertos, le hablé a Burguesía con el pensamiento para explicarle que yo no tenía ningún problema en que Eggbert nos acompañara. Él podría ayudarnos a conjurar algún método de transporte para Barty y para mí hasta que tuviéramos más fuerzas. Sabía que Burgesis me escucharía.

-La guardia te estará vigilando muy de cerca hasta que logres ganarte nuestra confianza. Nos gustaría que conjuraras algún medio de transporte para poder llevar a Mark y a Barty. Cuando lleguemos a nuestro destino, con suerte habrán recuperado toda sus energías, -explicó Burgesis.

-Será un placer, -respondió Eggbert rápidamente poniendo la pipa en su boca y sosteniendo su bastón con la mano derecha, de esta manera tenía libre su mano izquierda; soltó algunas palabras que no pude comprender completamente y una especie de carruaje apareció justo ahí, frente a él. Unos momentos después estaba siendo llevado en él junto con Barty a un lado de mí.

-Entonces, ¿podemos continuar con este viaje? -Eggbert sonaba impaciente.

-Sí. Andando. Antes de que seamos atrapados por hombres de Nerogroben o se oscurezca. -Respondió Burgesis.

Conforme avanzábamos sentí que la tierra se endurecía, así que me preocupé pensando en qué tan lejos y cuánto tiempo más podría Brittany llevarnos. Eladius iba en la parte trasera del carruaje.

-Todo está bien, Mark. Estás a salvo y eso es todo lo que importa. -Dijo Burgesis repentinamente.

Pensé que era cierto. Volteé hacia Barty para comprobar si seguía inconsciente o no. Alargué mi brazo hasta él y pude sentir su mano tomando la mía suavemente y su rostro sonriéndome. No era mi intención despertarlo. Solo quería asegurarme de que seguía vivo y que sabía que alguien estaba con él, aunque no fuera Jana.

-Es bueno que duerma, -dijo Eladius calladamente viendo mi mano y alcanzando a Barty. -No ha dormido desde lo de Jana... -su voz se rompió -nos asustaste a todos, lo sabes, ¿verdad? ¿Por qué sigues haciendo eso? -me preguntó.

-Lo siento, Eladius. -Respondí con un suave susurro, asintiendo con la cabeza. Podía darme cuenta de que todos estaban lidiando con el dolor de haber perdido a Jana. Deseaba haber podido hacer algo para ayudarla. Era horrible no haber podido hacer nada. Al menos, con suerte, Barty estará sanado.

-No estoy tan seguro de eso, -dijo Burgesis desde afuera. -La manera en que intentaste sanar a Barty podría haber retrasado el proceso de sanación, y no creo que hayas sido capaz de sanarlo completamente. Era muy pronto, debías haberlo sabido. No puedes aspirar el proceso de sanación de un duelo. Tal vez tendrá de regreso su magia elemental. Posiblemente. Es muy pronto para saberlo.

Podía darme cuenta de que había hecho las cosas más difíciles para la guardia.

-Lo siento, Burgesis. -Pensé.

-Está bien, Mark. Debí haber notado que harías algo para tratar de ayudar a Barty como lo hiciste conmigo. Era demasiado pronto, -repitió -en mí funcionó porque había tenido la marca mágica por años. No, no he superado la pérdida, pero he llegado a una tregua, por así decirlo. Así que, cuando me sanaste, se sintió como si estuvieras haciéndolo de manera natural, como si yo tuviera solo moretones y rasguños, -me regañó.

-Bueno. -Fue mi única respuesta, en susurros, porque aún me sentía débil.

-Te sentirás así un tiempo, recuperarás tu fuerza poco a poco, -me explicó. -¡No puedes sanar a todos! La buena noticia es que ya casi llegamos al lugar donde pasaremos la noche, y mañana en la tarde podríamos estar llegando al campamento rebelde. -Asentí y me dispuse a descansar.

Diez minutos después el carruaje se detuvo en un claro que parecía estar rodeado de árboles. La guardia comenzó a conjurar varios hechizos de protección en contra de intrusos. Después, comenzaron una fogata y pusieron cobijas cerca del fuego para mí, Barty, Eladius, Pam, Andrew y Burgesis.

Barty continuaba inconsciente. Yo me senté junto a él y lo observé deseando que despertara para hablar con él.

-Descansará por un tiempo, tal vez en la mañana despierte. -explicó Burgesis.

La guardia se reunió alrededor del fuego. Yo comenzaba a sentir su calidez después de haber sido golpeados por un aire gélido al comenzar la noche.

-Mencionaste a Whiskers, y quisiera continuar esa conversación contigo, -dijo Burgesis tranquilmanete mientras el resto de la guardia comenzaba a prepararse para descansar después de una sopa caliente.

-Whiskers fue un gran compañero para mí, -respondí suavemente.

-Hablaba muy bien de ti y veía mucho en ti. Cada noche se reunía conmigo y me contaba lo que había sucedido durante el día, y cada vez que hablaba de cómo habías probado tu pureza se emocionaba mucho, -relató Burgesis.

-Pero, Burgesis, él siempre estaba en casa, -pero mientras yo lo decía, Burgesis negaba con la cabeza.

-Eso queríamos que pensaras. Pero lo cierto es que siempre estaba a tu lado, -me sonrió.

-Él podía hacerse invisible y caminar entre las puertas y las rejas. Te veía mientras estabas en la escuela, en clases, en el receso, en las tiendas, en el carro, en todos lados, -explicó ante mi confusión. -Su misión era encontrar a alguien, pero no a cualquiera, sino a la persona elegida, el igual de Nerogroben, y él te eligió.

-De hecho, en la mañanara te reunirás con su esposa, Gretta.

-¿Whiskers tenía esposa?

-Por supuesto. Whiskers es del Mundo de lo Desconocido. ¿De qué otra manera podría hablar con Whiskers? ¿Crees que podría confiar en cualquier gato de la Tierra? ¡No, señor! O tal vez aún piensas que estoy loco por hablar con un gato en la Tierra.

-No, no, no. Lo siento. No fue lo quise decir, -me sentía preocupado.

-Relájate, -Burgesis soltó una carcajada. -Solo estoy bromeando. Pero me queda claro que te eligió y eso era la señal de que eres el elegido.

Me reí y pensé en lo que dijo.

-Entonces estás diciendo que gracias a que murió supiste que yo era el elegido.

-Bueno, para serte honesto, él realmente no murió, -soltó Burgesis en voz baja. -Debo disculparme por hacerte creer eso. Yo más que nadie sé lo importante que es la confianza. Verás, lo que no te expliqué es que, si mueres en la Tierra, tienes la opción de seguir adelante o de regresar al Mundo de lo Desconocido como cualquier criatura o ser.

-¿Entonces Whiskers está vivo?, -me sentía atónito y enojado.

-Sí. Lo que pasa es que nunca podrá regresar a la Tierra como lo conociste, -explicó Burgesis.

-Pero dijiste que, si muere aquí en el Mundo de lo Desconocido, entonces deja de existir en la Tierra. ¿Cómo pudiste mentirme así?, -le reclamé con tristeza.

-Es cierto. -Burgesis comenzó a explicarse, -Si mueres aquí en el Mundo de lo Desconocido, entonces no puedes regresar. Es en ese punto en el que puedes ir a la Tierra, o al Cielo, o al infierno. Digamos, por ejemplo, que Whiskers muere aquí en el Mundo de lo Desconocido, y como ya murió en la Tierra, entonces no puede volver ahí, así que solo tendría la opción de seguir adelante.

-Ah, entonces, ¿tendré la oportunidad de ver a Whiskers otra vez?

-Sí. Me atrevo a decir que lo volverás a ver. -Su sonrisa era amplia. -De hecho, me ha estado molestando todo el tiempo que has estado aquí para volver a verte.

-¿En serio? ¿Cómo? ¡Lo extraño tanto! ¡Me encantaría verlo!

-Bueno, pues él puede leer las mentes. Él es uno de los pocos que puede hacer eso y aparte hablarte telepáticamente. En la mañana podrás verlo. Ahora trata de descansar, tenemos un gran día mañana.

Me acosté y me dormí emocionado por la posibilidad de volver a ver a Whiskers.

Capítulo 38

Whiskers y su esposa Gretta

A la mañana siguiente, me desperté con un fuerte sonido. Abrí mis ojos con una enorme curiosidad por ver a Barty, y mis ojos lo vieron cortando madera. Los demás juntaban sus cosas y las cargaban en el carruaje preparándose para partir.

-Lo siento, Mark, —Barty se disculpó por el ruido. -Burgesis dijo que necesitamos traer toda la madera posible ya que hay posibilidades de que acampemos en el Valle de los Sueños. Está como a medio día de viaje antes de llegar a la casa de George y Donna, que está en las afueras del valle.

-Muy bien. ¿Cómo te sientes? ¿Qué hay en el Valle de los Sueños?, -le pregunté tallando mis ojos.

-¡Me siento mucho mejor! Creo que lo que deberías estarte preguntando no es cómo, sino quién está en el Valle de los Sueños, -dijo Barty buscando a Burgesis con la mirada para continuar con la conversación.

-¿Quién?, -mi mirada se fijó en Burgesis, y Barty inmediatamente se fue a continuar cortando madera.

-Exactamente, quién -dijo Burgesis repentinamente detrás de mí. Yo salté del susto.

-Verás, el Valle de los Sueños es exactamente eso: burbujas de felicidad y sueños emocionantes de la gente de la Tierra. Es ahí donde se almacenan.

Whikers y Gretta han vivido junto a ese valle secretamente por un largo tiempo, -explicó Burgesis.

-Espera. ¿No sería muy fácil encontrarlos por la gente de Nerogroben?, -me sentía preocupado mientras empacaba mi almohada y mi cobija.

-No, -Burgesis rió, -están protegidos por una magia antigua. Una magia que nadie podría ni siquiera soñar con entender. No pueden ser encontrados por aquellos que no los conocen. Así que, se verá simplemente como un vasto valle.

-¿Cómo los encontraremos, entonces?

-Bueno, solo tú, Barty y yo podemos encontrarlos y verlos.

-¿En verdad? -pregunté al tiempo que Barty cargaba otro montón de madera.

-Sí. Ellos mantienen su vida privada. Antes íbamos todo el tiempo, Jana y yo.

-Barty relató con una voz triste y la cabeza gacha.

-¿Y el resto de la guardia? ¿Qué harán?

-Ellos estarán en el campamento esperando a que regresemos, - dijo Burgesis poniendo su mano en el hombro de Barty.

-La guardia tendrá que usar unos lentes especiales y tapones en los oídos para no perder el control en el valle.

¿Lentes y tapones en los oídos? ¿Por qué los necesitan si ellos no van a ver a Whiskers y a su esposa?, -pregunté.

-Porque el Valle de los Sueños no es un lugar seguro para muchos seres. Muchos han quedado tan mal mentalmente si no usan protección, que mueren al dejar el valle, -dijo Barty quedamente.

-¿Qué les pasa exactamente si no usan la protección?, -mi mirada se fijó en Burgesis mientras yo doblaba mi cobija y mi bolsa de dormir.

-Hay unas cosas llamadas sueños perdidos y sueños no logrados, son unas burbujas amarillas, -explicó Burgesis con un aire de misterio.

-Los conozco. He tenido esos sueños, -expliqué.

-Lo que sucede es que cuando esas cosas te ven en el valle, puedes ser literalmente atacado por ellas. Tu cerebro puede lidiar con un cierto número de recuerdos y sueños, así que se sobrecarga y cuando te duermes, olvidas despertar, -dijo Barty.

-¿Y por qué es eso algo malo?, -pregunté con curiosidad.

-Los sueños te consumen y nunca te despiertas, y si alguien te saca del valle, los sueños te matan. -Dijo Burgesis.

-¿Cómo pueden matarme?

-Es por la combinación de los sueños y la materia gris, -Barty estaba muy serio.

-La maldad les afecta y se hacen malos al ser mezclados con la materia gris, así que se convierten en pesadillas, -dijo Burgesis.

-Entonces entiendo que el Valle de los Sueños es el único lugar al que la materia gris no puede ir. Creí que solo había un Valle de los Sueños. -Trataba de comprender toda la información que me llegaba.

-Así es. El que está por nuestra casa también se llama así, pero este Valle de los Sueños está por encima de Bajo Tierra y es muy brillante. Debes usar los lentes para proteger tus ojos o quedarás ciego. -Advirtió Barty. -Es como caminar en un área como el sol y mantener los ojos abiertos: quedas ciego porque la luz es demasiado brillante, -continuó Burgesis. -La zona que está justo afuera del valle es tan oscura porque la materia gris ha tratado de penetrarla por años.

-¿Qué tan lejos está Bajo Tierra del Valle de los Sueños?

-Bajo Tierra estopa literalmente debajo del valle, -Burgesis respondió.

-¿Y estarán bien al atravesar la materia gris?, -me sentí muy preocupado tan solo de pensarlo.

-La materia gris es espesa, pero no ataca cuando hay tres o más personas tomadas de la mano atravesando su espesura porque está enfocada en construirse para tratar de penetrar al valle, pero el valle es impenetrable, -dijo Burgesis confiado.

-Así que Whiskers y su esposa viven en el valle, -repetí.

-Viven en las afueras, justo después de la materia gris, -Barty confirmó.

-Es muy hermoso donde viven, -dijo Burgesis. Su hogar es como el nuestro en la Tierra.

-¿Igual?, -pregunté.

-Sí. Cambió cuando a Whiskers le fue asignada la misión de encontrar al elegido. Hizo su segundo hogar lejos de su hogar. Quería que fuera así para que cuando visitara aquí, en el Mundo de lo Desconocido, no olvidara cómo era su casa terrestre. Quería estar preparado por si las circunstancias lo detenían de volver a la Tierra, él pudiera disfrutar de algo similar aquí en el Mundo de lo Desconocido, -dijo Burgesis.

-Eso hace las cosas más sencillas para mí.

-Sí y no, -contestó Burgesis cuidadosamente. -Debes entender lo difícil que será cuando ambos se acostumbren uno al otro otra vez. Será difícil decirle adiós otra vez, especialmente ahora que no son los mismos.

-Todo esto es muy conmovedor, -intervino Eggbert caminando hacia nosotros, -pero debemos enfocarnos en la meta, la cual asumo es Bajo Tierra y no mi escuela.

-Así es, Eggbert, -respondió Burgesis.

-Si eventualmente pasaremos por la escuela, ¿sería prudente mostrársela?, -la mirada de Eggbert estaba enfocada solo en Burgesis y en Barty, como si hubiera olvidado que yo me encontraba presente.

-Hemos escuchado que Nerogroben quemará tu escuela, -advirtió Barty. -No sabemos si es cierto o no, y solo podemos suponerlo ya que es una noticia que ha viajado de boca en boca. De hecho, Toolot, en el campamento en la Senda de la Fortuna quería hablar contigo y saber a quién le eres leal.

-¿Ah, sí? Tal vez te interese saber que mi escuela está perfectamente protegida de Nerogroben y su miserable ejército, -respondió Eggbert apretando los dientes.

-¿Podrían no pelear tanto por una vez en la vida?, -pidió Burgesis, viéndonos a los tres con frustración.

-No sabemos qué está sucediendo en la escuela y no lo sabremos hasta estar ahí, -dijo Burgesis. -Además, depende de Mark si quiere ir a ver la escuela o no. No tiene que responder ahora, -insistió cuando todos voltearon hacia mí automáticamente, pero yo no dije una sola palabra.

-Comenzamos a avanzar hacia el carruaje con Brittany ya enganchada a él.

-¡Buenos días, Mark!, -me recibió con alegría.

-Buenos días, Brittany.

-¿Cómo pasaste la noche?, -trató de sacar conversación.

-Dormí bien, -respondí.

-¿Estarás bien caminando o te gustaría viajar en el carruaje?

-Me gustaría ir en el carruaje.

-Muy bien, -respondió despreocupada.

Eladius estaba listo dentro del carruaje viendo por la ventana a sus padres hablando.

-Buenos días, Eladius, -le dije. -¿Tus padres viajarán con nosotros en el carruaje o caminarán?

-Caminarán otra vez, pero estarán justo detrás de nosotros. La guardia está rotando a todos desde que el mago Eggbert está con nosotros.

-Está bien, -le respondí.

-Supongo. -Eladius permaneció en silencio y su mirada se fijó en el piso.

-¿Qué sucede, Eladius?

-No debería decírtelo, -su mirada evitaba la mía.

-Dime, -le pedí.

-La guardia está preocupada y no sabe si deberíamos confiar en Eggbert.

-Eggbert es un mago, deberíamos poder confiar en él. Ve este carruaje tan sólido que nos ha funcionado tan bien.

-Nosotros, la guardia y yo, les dimos a ti y a tu familia una segunda oportunidad cuando no teníamos porqué hacerlo. Deben confiar en mí y en las decisiones que estoy tomando. Si me sintiera indeciso de algo, les diría a todos inmediatamente.

-Está bien, Mark. Confiaré en ti. -La mirada de Eladius finalmente subió y se encontró con la mía.

-Bien.

Mientras avanzábamos en silencio, le pedí a Tom que se acercara en la ventana para hablar con él.

-Hola, Tom. Gracias por venir. -Le dije.

-No hay problema, ¿está todo bien?

-Sí, solo me preguntaba si pudieras asegurarte de que haya agua potable cerca de nuestro campamento.

-Por supuesto, -respondió en voz baja, sonriendo.

-Gracias, Tom. -Dije tranquilamente. -¿Qué tan lejos estamos de la Aldea de Solotar y el Valle de los Sueños?, -le pregunté.

-Ya casi llegamos, -dijo y despegó.

-¿Qué hay exactamente en la Aldea de Solotar?, -pregunté. Eladius volteó hacia mí.

-Bueno, ya oíste lo que dijo aquel trol en la Senda de la Fortuna, -dio por respuesta. -Es una aldea que trabaja metal, ahí se encuentra la mayoría de los troles del ejército de Nerogroben forjando espadas y armamento.

-¿Todos son seguidores de Nerogroben?

-La mayoría. Los que no, son amigos de Eubinks y ellos ayudan alrededor de su campamento. Yo solo he estado allí una vez, -explicó Eladius.

-¿Son espías de Nerogroben?, -mi tono estaba lleno de sorpresa.

-Para Nerogroben lo son, al menos es lo que él piensa. La información que llega de ese campamento no es confiable para nada, -explicó Eladius. -Mandan información falsa a Nerogroben y a su ejército. De hecho, no me sorprendería que de allí hubiera salido el rumor de que Nerogroben quemaría la Escuela de lo Desconocido.

-¿Cómo sabes que es información falsa?, -le pregunté.

Bueno, porque está en código, -respondió Eladius en susurros, entonces sacó un pedazo de papel. -Toma toda la oración, por ejemplo: Los hombres de Nerogroben van a quemar la Escuela de lo Desconocido. Ahora cambia la primera palabra positiva de la oración, que es 'van' y hazla negativa para que la oración ahora diga: Los hombres de Nerogroben no van a quemar la Escuela de lo Desconocido. El siguiente paso es borrar la séptima palabra para cambiar por completo el sentido del mensaje: Los hombres de Nerogroben no van a la Escuela de lo Desconocido. ¿Ves?

-Impresionante, -reaccioné -¿entonces el mensaje era que Nerogroben no irá a la Escuela de lo Desconocido? ¿Por qué preocupar a Eggbert de esa manera?

-Porque querían probarlo.

-¿Dónde aprendiste a descifrar los mensajes de Nerogroben?

-Mis padres me enseñaron desde pequeño, así cuando ellos se iban por trabajo y encontraban información, me dejaban un mensaje en código, -relató Eladius mientras arrugaba el pedazo de papel y lo quemaba.

Una hora después estábamos llegando a las afueras de la Aldea de Solotar. Miré por la ventana para ver a Burguesía tocar la puerta de George y Donna, quien abrió rápidamente, Burgesis se inclinó un poco para poder escuchar mejor lo que Donna comenzó a susurrarle al oído. Burgesis se enderezó repentinamente y se alejó de ellos, caminando hacia mí mientras Donna cerraba la puerta.

-Debemos partir inmediatamente hacia el Valle de los Sueños. Allí nos encontrarán ellos, -me explicó en voz baja -este lugar ya no es seguro.

-Espera, -volteé a ver a Eladius, -creí que el Valle de los Sueños estaba cerca de la casa de Jana y Barty. Eso está muy lejos de aquí.

-Esos son los pastizales. Lo llaman el Valle de los Sueños porque les recuerda al verdadero, -sonrió Eladius.

Inmediatamente después, Burgesis guió a la guardia hacia el Valle de los Sueños, y aproximadamente una hora después de silencio nos dirigíamos finalmente hacia una gran luz. Noté que todos comenzaron a usar su equipo de protección. Eladius y yo hicimos lo mismo. Conforme nos acercábamos al campamento, podíamos ver que todo era iluminado por las plantas dentro del valle.

-¿Cómo se llaman estas plantas?, -le pregunté a Eladius.

-¡Pelargonia capitatum!, -soltó Eladius mientras yo las admiraba.

Me bajé del carruaje mientras el resto de la guardia comenzaba a preparar y asegurar el área. Una vez que estuvimos seguros de que todo estaba listo, Burgesis me miró expectante a través de sus goggles. No pude evitar reírme. Se veía muy gracioso.

Burgesis, sonriente, se acercó a mí con Barty.

-¿Estás listo para ver a Whiskers y a Gretta?

-Sí.

-Necesito hablar con ellos y actualizarlos, -dijo Burgesis.

-¿Crees que pudieran compartirnos algo de jugo de uva y algunas provisiones?, -Barty preguntó.

-Claro. No creo que haya problema.

-¿Crees que podrían visitarnos en Bajo Tierra?, -pregunté.

-No creo que eso sea una buena idea, Mark; al menos no con el capitán Koda ahí. -Barty respondió.

-¿Quién es el capitán Koda? ¿Qué tiene de malo esa idea?, -pregunté.

-La idea no tiene nada de malo en particular. Lo que pasa es que el capitán Koda es lo que en la Tierra llamarían perro y generalmente no se llevan bien con los gatos aquí en el Mundo de lo Desconocido, igual que en la Tierra. No se soportan. Él supervisa Bajo Tierra que está debajo de la casa de George y Donna.

-Santo cielo, -respondí. -¿Aquí también tienen problemas?

-Sí, desafortunadamente, -Barty me sonrió.

-Pero ambos están del mismo lado, en contra de Nerogroben, -dije.

-Así es. No es que sean terribles juntos, como en la Tierra, como peleadores.

Es más de que pasan todo el tiempo insultándose, -explicó Barty.

-Bueno, insisto en que Whiskers y su esposa vengan con nosotros, -dije, -hace mucho que no tengo la oportunidad de ver a Whiskers. No me importa lo que el capitán Koda tenga que decir al respecto, se comportará. Ambos se comportarán.

Barty y Burgesis sonrieron, pero permanecieron en silencio mientras guiaban el camino hacia la casa de Whiskers. Caminamos hacia las orillas del campamento y nos adentramos al oscuro bosque. Burgesis me tomó de la mano tratando de guiar el camino y yo tomé la mano de Barty. Nunca había visto bosques tan oscuros. Burgesis parecía estar leyendo mi mente.

-Desgraciadamente, este bosque ha sido oscurecido por la materia gris. Está muy concentrada aquí porque no puede entrar al Valle de los Sueños. Debimos haber traído la pelargonia, Barty.

-Voltée a ver a Barty, pero él solo asintió.

-La pelargonia es llamada la flor de luz, -Barty comenzó a explicar. -Y funciona con bondad y felicidad. Puede ser una fuente de luz confiable.

-Ya es muy tarde, no podemos regresar. -Dijo Burgesis.

-Espera un poco, -pedí.

-No intentes ningún tipo de magia que no puedas controlar, Mark, -dijo Barty, -sería muy buen momento para que la materia gris te atacara, justo cuando estás más vulnerable.

-Solo iba a tratar de crear luz, -respondí.

-La oscuridad tratará de consumir tu luz, -dijo Burgesis sin dejar de avanzar.

Me quedé con la idea en la cabeza, pero no hice nada más.

Después de lo que parecía ser mucho tiempo, atravesamos toda la materia gris y finalmente la vimos. Mi casa. La luz del porche estaba prendida, así que corrí emocionado hacia la puerta y toqué el timbre. Barty y Burgesis corrían detrás de mí, tratando de igualar mi ritmo.

La puerta se abrió y ahí estaban Whiskers y su esposa, parados en sus patas traseras.

-Pasa, Mark, -comenzó a decir Whiskers, -no deberías tocar el timbre en tu propio hogar.

Entré a la casa, me volteé, tomé a Whiskers y le di un gran abrazo. Él puso su cabeza en mi hombro y comenzó a acariciar mi cabeza. Burgesis y Barty también entraron riendo y saludando a la Gretta y a Whiskers.

La habitación pareció iluminarse sola alrededor de nosotros con la felicidad de vernos. Seguimos a Whiskers y a su esposa hacia la sala.

-Estamos muy felices de que hayas venido a nuestro hogar, Mark. -Dijo Gretta mientras nos invitaba a tomar asiento. -Mi nombre es Gretta, y soy la esposa de Whiskers. Me entristecí mucho cuando supe de su muerte en la Tierra. Pasé tres días sin saber si vendría aquí o seguiría adelante.

-¿Por qué tuviste que esperar tres días?, -pregunté y noté que Burgesis parecía curioso sobre algo, pero decidió no mencionarlo.

-Es un proceso para nuestro creador y los Antiguos aprueban y nos ayudan con nuestra transición, -explicó Whiskers.

-¿Qué quieres decir?

-Bueno, no todos pueden vivir en el Mundo de lo Desconocido después de morir, -comenzó a explicarme. -Aquellos que vivieron una buena vida, basada en la moral en la tierra, que no rompieron ninguno de los diez mandamientos de la Biblia pueden elegir el cielo, el infierno, el Mundo de lo Desconocido.

-¿Y tú no pudiste elegir?, -le pregunté mientras mi mirada se detenía en Burgesis, para después regresar a Whiskers, quien permanecía en silencio.

-Mark, creo que debemos explicar esto más profundamente de lo que crees.

-Burgesis volteó hacia Whiskers, y él estuvo de acuerdo.

Capítulo 39

En el comienzo: Los siete guardianes, las siete virtudes y los siete pecados capitales

Yo veía expectante a Burgesis, mientras ambos tenían fija su vista en mí.

Whiskers, entonces, comenzó a explicar.

-Hay una historia antigua que quiero contarte. En el principio, como probablemente sepas, el Creador hizo la tierra en seis días y descansó en el séptimo. Este día es el Sabbath en la tierra, -yo asentí. -Bueno, mientras el Creador pudiera haber estado descansando en el séptimo día, como se cree en la tierra, en realidad no descansaba. Se dice que estaba trabajando en crear el Mundo de lo Desconocido; por eso no has escuchado nada del Creador desde el sexto día. El Creador vio que lo que había creado en la Tierra era bueno, pero había algo más que él deseaba que sucediera. Un mundo sin tantos errores. Fue entonces que el ángel caído quiso ser como él e intentó reclamar el dominio en la Tierra y en el Cielo, hasta que el Creador lo expulsó y lo envió al infierno. El ángel caído fue el culpable de esparcir el mal en la Tierra a través de la serpiente con Adán y Eva, los primeros humanos. Desde ese momento la materia gris fue creada dentro del cuerpo humano, pero no se apoderó del alma ni se materializó. Fue en este punto en que el Creador se dio cuenta de que quería este cambio con respecto a permitir que el mal se apoderara del cuerpo. Así que, en el séptimo día, el Mundo de lo Desconocido fue creado y era hermoso y lleno de criaturas mágicas y humanos elfos mágicos. Se suponía que este mundo sería su obra maestra, y no quería que este mundo se llenara de materia gris y de maldad. El Creador tampoco quiso que la magia del Mundo de lo Desconocido existiera en la Tierra con los humanos. Así que, el Creador también forjó un collar. El collar era símbolo del Creador y su poder, y permitía al portador ser inmortal, y al sostenerlo en la mano se podía usar como portal para llegar a la Tierra. Este collar debía permanecer secreto y bajo la protección de los Siete Guardianes del Mundo de lo Desconocido. Nadie debía saber de su existencia, ni de los guardianes y su propósito. Les fueron dados poderes con los cuales muchos de nosotros solo podemos soñar. Estos guardianes fueron llamados los Antiguos Siete. Para lograr un equilibrio entre los dos mundos, el Creador eligió a los Siete Guardianes del Collar de Erdemleri. Esta última palabra significa 'virtudes' en turco.

Hay cosas que pueden crear materia gris en el Mundo de lo Desconocido y siete cosas que pueden causar una catástrofe en la Tierra con cualquier ser humano: estas son las siete tentaciones con las que los humanos tienen problemas a veces. Son los que llama los Siete Pecados Capitales, ¿has escuchado sobre esto?, -yo negué con la cabeza.

-Los siete pecados capitales son: orgullo, avaricia, lujuria, ira, gula, envidia y pereza. Debes tener en cuenta que cada uno de estos pecados tiene una virtud. Cada uno de los guardianes debía usar su virtud para proteger el Collar de Erdemleri a toda costa. Estas virtudes son: humildad, castidad, paciencia, templanza, amabilidad, y diligencia. Usaban los siete pecados capitales en aquellos que se aproximaban demasiado al collar o a descubrir la existencia de los Antiguos Siete. Ellos son gente antigua que es consciente de lo que está sucediendo. En cuanto al collar, se dice que está perdido. Se perdió en la Guerra Oscura. Algunos dicen que fue robado, pero yo no sé qué pensar de eso, pero sí tengo un sentimiento de preocupación al respecto. Pero el Creador y los Siete deciden qué sucede a cada uno de nosotros. No siempre tenemos elección, pero sí toman nuestra consciencia en consideración, lo que nosotros habríamos querido. Los guardias jamás debían permitir que el collar cayera en manos de la maldad, y debían decidir cómo se usaba. Yo fui creado por la magia de las manos del mismo Creador, y no ha sido vista en años. El consejo de asuntos exteriores sabe de uno de los guardianes.

Los guardianes existen hasta nuestros días, pero quiénes son es un secreto bien guardado. De hecho, solo puedes encontrarlos cuando ellos quieren que los encuentres. El ciclo de la muerte es algo que los guardianes también establecieron junto con el Creador. Fue decidido que el Creador sería el indicado para aceptar o no nuestra elección, -dijo Whiskers. -Así que te encuentras en una especie de limbo hasta que la decisión sea tomada, y eso sucede en el tercer día.

-Interesante. -Dije. -¿Así que mis padres, por ejemplo, tendrán la opción del cielo, el infierno o el Mundo de lo Desconocido también? ¿Pero el Creador decidirá que los quiere en el cielo en lugar del Mundo de lo Desconocido?

-Estás parcialmente en lo correcto, -comenzó a explicar Burgesis viéndome fijamente. -Estás bajo la suposición de que el Creador es un hombre, y eso es un error común.

-¿Es un error? Siempre creí que era hombre. -Respondí.

-El Creador no tiene género, -intervino Whiskers, -no debemos asumir géneros en el mundo espiritual.

-Interesante, -dije. ¿Y qué hacen ustedes en el Mundo de lo Desconocido, entonces?

-¿A qué te refieres?, -quiso saber Whiskers.

-¿Tienen alguna meta aquí?

-¿Alguna meta?, -Whiskers preguntó. -Solo queremos tener una vida en paz.

-No quiero ser grosero ni nada por el estilo pero, ¿han visto el caos y el desorden que hay aquí en el Mundo de lo Desconocido?, -fui directo.

-Sí, Mark, lo hemos visto, -explicó Gretta. -Pero solo somos dos gatos, y de hecho somos los únicos gatos en el Mundo de lo Desconocido, así que ni siquiera tenemos un clan todavía. Depende del Creador decidir cuándo sucederá, si es que sucede.

-¿Solo porque no tienen un clan creen que no pueden marcar la diferencia?

-Así es, Mark, -respondió Whiskers con tristeza. -Las cosas se arreglarán solas.

-Están equivocados Whiskers y Gretta, -intervino Burgesis. -Estabas en lo correcto al morir en la Tierra, Whiskers. No fue en vano, este es el elegido, -en ese momento me señaló sin apartar la mirada seria de Whiskers.

-¿Cómo puede ser el elegido? ¡Es solo un chico!, -soltó Gretta.

-No. Él es mucho más que eso. Él es extremadamente poderoso,

-dijo Barty.

-Tenemos que ponernos al día, hay muchas novedades, -agregó Burgesis.

-Ni siquiera hemos escuchado algún rumor de que algo haya cambiado allá afuera, -dijo Whiskers.

-Eso es por la materia gris que tienen afuera, los ha hecho vivir en la sombra de la ignorancia. -Barty le dio un apretón de manos mientras todos tomábamos asiento en la sala.

Burgesis miró alrededor y pareció sorprendido de cómo todo era tan similar. Él y yo nos sentamos exactamente donde nos sentamos la primera vez que nos vimos en la sala allá en la Tierra.

-Bueno, dígannos las novedades, -pidió Gretta con la mirada paseándose de Burgesos a Barty, -¿qué ha sucedido allá afuera? Sabemos que han pasado cosas porque ha estado demasiado quieto.

-Tienes razón, -respondió Burgesis sin verla a ella, sino a mí, -mucho ha ocurrido.

-Por cierto, ¿dónde está Jana?, -preguntó Whiskers viendo a Barty con curiosidad e intriga.

Barty en aquel momento comenzó a llorar incontrolablemente, se levantó y salió de la habitación.

-¿Dije algo incorrecto?, -preguntó Whiskers intensamente sorprendido ante la reacción de Barty después de que saliera del cuarto. Volteó para ver a Burgesis y lo encontró poniendo al aire sus dedos juntos frente a él.

-Esa es una de las novedades, -respondió Burgesis con tristeza mientras se levantaba y caminaba hacia donde estaba Barty para traerlo de regreso. Le ofreció una servilleta para secarse las lágrimas y le dio unas palmadas en la espalda. Barty se sentó. -Jana murió tratando de salvar a Mark y a algunos miembros de la guardia.

Gretta se levantó inmediatamente de su lugar y se acercó a Barty para consolarlo-

-¿Murió?, -Whiskers tratando de comprender.

Burgesis volteó hacia Barty quien continuaba llorando, y comenzó a relatar todo lo sucedido a Jana y al resto de la guardia en su travesía entre las expresiones de sorpresa de Whiskers y Gretta. Después de que Burgesis explicara el incidente, Whiskers tomó la palabra.

-Lo siento mucho, pero este chico difícilmente podría ser el elegido. Barty dejó de llorar repentinamente.

-¡¿Qué quieres decir con que no es el elegido?!

Capítulo 40

El libro de lo conocido

-Técnicamente lo único que ha logrado en el Mundo de lo Desconocido es probar que no es más que un chico normal que casualmente se convierte en un humano elfo mágico cuando viene aquí. -Afirmó Whiskers con un tono severo.

-Espera, Whiskers, acordamos la señal que me darías si encontraras al elegido, -respondió Burgesis señalando a Whiskers, quien sostenía sus manos en el aire.

-Burgesis, -añadió Whiskers, -no me escuchaste bien, yo dije que difícilmente podría ser el elegido. Mark, aún tiene que probarle a todos los clanes que es digno de ser seguido. Si logra vencer a Nerogroben, entonces tal vez será llamado "el elegido", -explicó con una mirada severa en Burgesis.

Burgesis volteó a verme tranquilamente.

-Las habilidades mágicas de Mark han sido extraordinarias.

-¿Ah, sí?, -respondió Whiskers cambiando la mirada de Burgesis a mí.

-Sí. Mark puede usar el poder de la luz y el perdón para erradicar la materia gris, sanar los corazones rotos de aquellos que ha tocado, y sanar las marcas mágicas malvadas de aquellos alrededor de él con esa luz, -explicó Barty señalando la marca mágica de Burgesis. Whiskers la observó negando la cabeza con incredulidad.

-La luz para sanar corazones rotos... ¿qué?, -balbuceó Whiskers.
-¿Cómo es posible que pueda usar esa magia tan antigua? Incluso los más magos más experimentados tienen problemas con eso. ¿Quién le enseñó la magia de los antiguos? ¿Quién le enseñó estas cosas?

-Él es capaz de usar completamente estos poderes a su voluntad, nadie le enseñó a usarlos, -respondió Burgesis con orgullo.

-¿Al menos conoce lo básico?, -preguntó Whiskers atónito.

-Claro que conoce lo básico, ¿de qué otra manera podría defenderse?, -agregó Barty.

-¿Defenderse?, -preguntó Gretta con las cejas levantadas en señal de sorpresa. Su mirada pronto se fue hacia su esposo.

-Necesitará saber mucho más que eso cuando se enfrente a Nerogroben, -soltó Whiskers, viendo viendo a Burgesis con frustración. Inmediatamente cruzó los brazos y evitó el contacto visual con cualquiera en el cuarto.

Burgesis y Barty permanecieron en silencio mientras Gretta se levantaban y salía de la habitación. Dos minutos después regresó.

-Entonces, ¿qué más está sucediendo allá afuera?, -preguntó Gretta ofreciendo vasos de soda. Tomé una de la bandeja que estaba entre Burgesis y yo, y ella tomó para Barty y Whiskers para dejar la última para ella.

Burgesis me veía tranquilamente mientras bebíamos. Mientras tomaba mi bebida, comencé a pensar.

-Tenías razón, Burgesis, tengo que tratar de acostumbrarme a Whiskers y cómo es, así como él está tratando de acostumbrarse a mí y cómo me veo. -Burgesis me sonrió y asintió.

-Veo que Mark descubrió la manera más silenciosa de comunicarse contigo, Burgesis, -Whiskers había notado las expresiones en nuestros rostros.

-Esta es, por supuesto, la mejor manera de hablar en privado, -respondió Burgesis viéndome, sin borrar la sonrisa de su cara.

-Y puede volver loco a cualquiera, -soltó Whiskers mientras él y Gretta negaban con la cabeza.

-Grot, el trol, está muerto, -soltó Burgesis repentinamente cambiando su mirada hacia ellos.

-No estamos seguros todavía, pero el campamento que antes solía llamarse La Senda del Infortunio podría haber cambiado su lealtad, -añadió Barty.

-¿Solía llamarse? ¿Cambió su lealtad?, -preguntó Whiskers viendo a Barty y a Burgesis?

-Ahora se llama La Senda de la Fortuna gracias a Mark y la luz del perdón, que esencialmente ha debilitado, y en algunos casos eliminado, la materia gris en el camino, -explicó Barty.

-Dios mío... -exclamó Gretta viendo Whiskers, quien mantenía sus brazos cruzados.

-No lo creo, -respondió Whiskers. -¿Honestamente crees que ese hechizo de luz del perdón va a tener un efecto duradero en los hombres de Nerogroben? ¡Han estado inmersos en la materia gris por décadas!

Entonces Burgesis le relató el suceso en el Bosque de los Olmos con los cambios en los corazones de todos, incluyendo a la guardia y a Eladius y su familia.

-Ya sabes que no hay garantía en ninguno de los mundos, Burgesis, -soltó Whiskers escéptico.

Conforme Burgesis avanzaba en sus relatos actualizando a Whiskers y a Gretta, ellos comenzaron a escuchar con más atención. Cuando Burgesis les contó de cómo Nerogroben buscaba a Eggbert, Eladius y su familia, Whiskers y Gretta sintieron miedo.

-No se preocupen, ellos están protegidos en el Valle de los Sueños con el resto de la guardia, -explicó Barty interrumpiendo a Burgesis, quien comenzaba a describir cómo la guardia había accedido a proteger a Mark, a Eladius y a su familia bajo la petición de Mark.

-¿Cómo lograron que la guardia aceptara a trabajar juntos así?, -preguntó Gretta con la mirada en Burgesis, quien inmediatamente me señaló como respuesta.

-No creo nada de lo que me están diciendo, -expresó Whiskers.

-La verdad saldrá a la luz, -Barty sonrió orgulloso. -Comenzarán a creer cuando vean a Mark en acción, si lo ven.

-¿A qué te refieres con 'cuando' y 'si lo vemos'?, -preguntó Gretta. Barty instintivamente puso la mano sobre su boca al darse cuenta de que había hablado de más. No debía haber dicho nada hasta que Burgesis hubiera podido hablar en privado con Whiskers. Burgesis le reprochó con la mirada, y Barty solo logró responder con un gesto como disculpa.

-Bueno, para ser sincero, Mark ha pedido que nos acompañen a Bajo Tierra, -comenzó a explicar Burgesis, con una dura mirada sobre Barty, quien simplemente se encogió de hombros.

-¡Esos perros!, -Whiskers levantó la voz al tiempo que me miraba.

Con mucho cuidado pensé en lo siguiente que diría, pero antes de poder decir algo, Burgesis soltó una carcajada al leer mis pensamientos.

-Así es, estoy pidiendo que tú y Gretta salgan de su zona de confort y me entrenen para pelear mejor. Obviamente creen que mi educación es inadecuada con respecto a lo básico; tal vez podría aprender más con más gente como ustedes, -dije, y Whiskers quedó tan sorprendido, con la boca abierta, como si lo hubiera abofeteado.

-Eso sonó muy duro, considerando que yo fui a la Tierra a encontrarte y ser tu mascota todos esos años, -Whiskers se sentía lastimado.

-Pues a mí me parece que ustedes me han juzgado aun antes de ver qué puedo lograr en una pelea, -le respondí desafiante mientras Barty y Burgesis se veían uno al otro impresionados por mi respuesta.

-Bien sabes que si no son nuestras habilidades las que muestran quiénes somos en realidad, entonces son nuestras decisiones las que nos definen, -dijo Whiskers sabiamente mientras tomaba el último sorbo de su sosa. Gretta asentía en apoyo a su esposo, recogió los vasos vacíos y los colocó en la charola. -Tienes mucho que aprender, chico. -Whiskers añadió.

-Tal vez sí, -mi tono de voz era duro, -pero no puedo entrenar si ustedes están encerrados aquí mientras el resto del Mundo de lo Desconocido se cae en pedazos.

Burgesis asentía a mis palabras.

-Puede que tenga mucho que aprender todavía, pero depende de los que están a su alrededor que él tenga la oportunidad, de ser una buena influencia para él. De otro modo caerá por sus errores, -añadió Burgesis.

-Bien, -dijo Whiskers como respuesta. Su actitud era la de alguien que acaba de recibir una ofensa. -Déjalo caer, es solo un chico, tal vez deba caerse para aprender a levantarse.

-El punto es ayudarlo a madurar, a crecer. Estas pruebas no son para diversión, -replicó Burgesis.

-Esperen, -volteé hacia todos, -¿ustedes saben cuáles son las pruebas de los clanes?

-Claro que sabemos, -respondió Whiskers con suavidad.

-¿Y por qué no puedo saber cuáles son?

-Deberías saberlo, -dijo Whiskers frunciendo el ceño hacia Burgesis y Barty, quienes permanecieron en silencio viéndose el uno al otro.

-¿No le han mostrado el libro?, -preguntó Whiskers.

-Claro que él tiene el libro, -soltó Burgesis. -Ya debería haberse dado cuenta, ya le hemos dado toda la información que necesita para ser útil y tener éxito aquí en el Mundo de lo Desconocido.

-Todo lo que me han dado es este estúpido diccionario viejo de inglés-latín y un entrenamiento básico, -me sentía impaciente mientras todos me veían asombrados. Incluso Burgesis se veía intrigado por mi actitud.

-No es un estúpido diccionario viejo de inglés-latín, -dijo con cautela.

Whiskers golpeó su frente con frustración.

-Es mucho más de lo que parece, Mark.

-Yo creía que no debíamos ayudar al elegido, -soltó Barty con la mirada pasando de Burgesis a Whiskers, buscando la respuesta.

-De acuerdo a la profecía, no debemos ayudar al elegido a completar sus pruebas cuando llegue el momento, ni a pelear con Nerogroben, -explicó Whiskers, -eso no significa que no podamos mostrarle el camino, enseñarle a usar el libro o entrenarlo.

-¡Vamos! -grité viendo a todos mientras sacaba el libro y lo aventaba en la mesa frente a ellos. -¡Conozco este libro de principio a fin y no hay nada ahí que puedan enseñarme que no haya leído en este estúpido libro!

-¿Sabes cuál es tu problema? -Whiskers ahora fruncía el ceño hacia mí. -Tu problema es que no tienes paciencia y crees que lo sabes todo, eres muy engreído.

-Pero ya conozco el libro completo, -dije lentamente y en voz muy alta.

Comenzaba a sentirme enojado y frustrado con Whiskers.

-Saber no es comprender, y esto es más que un simple libro frente a ti, -Burgesis habló suavemente con la mirada fija en Whiskers.

-Debes aprender a ver no solo con tus ojos, sino también con tu corazón, -intervino Gretta.

-¿Qué quieren decir? ¿Pueden hablarme directamente y al grano?, -cuando dije esto, Burgesis se aclaró la garganta.

-Conoces este libro de principio a fin, ¿verdad?, -Whiskers sonrió al escuchar a Burgesis.

Burgesis tomó el libro y lo movió para que quedara frente a él en la mesa, entonces movió la mano sobre él y dijo: Revelio. En cuanto esa palabra salió de su boca, el libro se hizo más grueso y grande, y Whiskers no pudo evitar reírse al ver mi reacción.

-Recuerdo esa mirada, es la misma que ponías cuando sabías que te ibas a meter en problemas, -dijo entre carcajadas, cubriéndose la boca con una mano. -¿Qué te pasa?, creí que conocías el libro de principio a fin.

En ese momento los demás se unieron en risas.

-No sabes lo que no sabes, niño, -dijo Gretta sonriendo mientras veía el gesto de sorpresa en mi rostro.

Entonces Burgesis tomó el libro y lo movió para que quedara frente a mí. A continuación asintió como señal para que yo lo abriera. Lo hice y para mi gran sorpresa, la hoja brillaba e iluminaba mi cara. Cerré los ojos y disfruté el olor de cada página. Era como si estuviera recién impreso. Al abrir mis ojos, observé la primera página y lo primero que noté fue que era muy antiguo, el texto parecía medieval.

A la mitad de la página había un texto que leí en voz alta:

Este libro está escrito en memoria de y dedicado a todos los que han perdido la fe. Como una guía, que este libro te mantenga en el camino de la luz y no te permita extraviarte en la oscuridad. - Firmado por un amigo.

Volteé hacia todos y ellos me sonrieron y me animaron a continuar. Al final de esa misma página apareció una frase.

-Esto acaba de aparecer, -dije viendo a Burgesis, mostrándole la frase fascinado.

-Parece que el libro quiere que la leas, -respondió Barty sabiamente.

La fortaleza de carácter es la habilidad de sobreponerse al resentimiento hacia los demás, de esconder los sentimientos de dolor, y perdonar rápidamente, -Lawrence G. Lovasik, la Tierra.

Entonces volteé la página y vi el índice. Comencé a leer en voz alta los capítulos que ofrecía el libro: Empatía, determinación, fe, aceptación, perdón, astucia, felicidad/alegría, esperanza, paciencia, humildad, honestidad, amabilidad/generosidad, lealtar/honor, valentía/coraje, orden/responsabilidad, hospitalidad, positivismo. Me detuve y mis ojos de nuevo pasaron del libro a los demás.

-Estas son las marcas mágicas del carácter, ¿no?, -pregunté. Burgesis asintió y me pidió que continuara leyendo.

-Magia básica elementar, magia antigua avanzada (pre-requisito: lo básico). -Entonces traté de encontrar la página de la magia antigua avanzada, pero no pude, el libro no me permitió llegar allí, la sección estaba cerrar. -Burgesis, creo que el libro no sirve, no me deja llegar a magia antigua avanzada.

-Eso es porque el libro sabe que no has leído lo que quiere decirte sobre lo básico, -me explicó riendo. -Caray, chico, ¿nunca has leído un libro? Creí que leías libros a nivel de preparatoria.

-Claro que leo libros de ese nivel, -dije avergonzado.

-Si quieres leer los capítulos más avanzados, lo mejor es que aguantes el principio, de otra manera no comprenderás la mitad ni el final de la historia, -explicó Barty sabiamente. Regresé al índice.

-Síntomas, -leí en voz alta frunciendo el ceño a Barty al descubrir pestañas con subdivisiones de este tema. -Magia: fortalecedores, debilitadores, o es física, emocional o mentalmente perjudicial. ¿Estos son hechizos que te hacen eso?, -Burgesis asintió con tristeza.

-Algunos incluso se han vuelto locos usando esta magia, -añadió.

-Lecciones sobre los clanes, En quién no confiar, Poderes naturales de los clanes, Historia del Mundo de lo Desconocido, Historia de los clanes, Rivales e Historias de Familia, Ayuntamiento de la Tierra y del Mundo de lo Desconocido, Las marcas mágicas y su significado, Historia de este libro, Índice. - Repentinamente busqué Lecciones sobre los clanes, y unas legras aparecieron lentamente.

-Qué curioso, eso acaba de aparecer: La historia secreta del comienzo. -Dejé de leer y vi que Whiskers reaccionó volteando hacia Burgesis, quien solo me vio y asintió.

-Este libro se actualiza conforme adquieres más conocimiento, y te va mostrando la información que deberías aprender, -explicó Whiskers sonriendo con confianza.

-Espera, ¿cómo puede este libro contener la historia de los clanes? ¿Qué tan actualizado está? ¿Cómo puede tener una lista actual de personas confiables?, -pregunté señalando el índice. Justo en ese momento un luz apareció en las páginas cerradas del libro, y con sorpresa leí: -Este libro se actualiza cada cinco minutos y contiene la historia de los clanes hasta hace cinco minutos.

Volteé atónito hacia Burgesis mientras él se reía de mí.

-Así es, Mark. Es un libro muy antiguo. Puede obtener información de fechas como el principio de los tiempos del Mundo de lo Desconocido y cómo fue creado. Pero algunas partes del libro están cerradas hasta que él sienta que estás listo para saber, y otras veces aparece información que quiere que sepas. -Whiskers interrumpió a Burgesis cuando estaba a punto de decirme lo mismo.

-El mismo libro jamás miente, y fue comenzado por el Creador del Mundo de lo Desconocido. Su propósito es ayudar a tener éxito a quien lo posee, -dijo Burgesis. -Pero en las manos equivocadas puede ser peligroso.

-Este diccionario inglés-español es solo un disfraz para ocultar lo que realmente es, el Libro de lo Conocido, -declaró Barty con cuidado. -Nadie puede saber que tienes este libro, ¿comprendes? Se dice que este libro se perdió en el tiempo, pero fue recuperado por Burgesis. Así es como supimos de la profecía.

-Entiendo que el contenido de la profecía que me contaste hace rato supuestamente se encuentra en este libro, -traté de abrir el libro en las páginas que me eran permitidas.

-De hecho, -comenzó a decir Barty, buscando con la mirada la aprobación de Burgesis.

-Saqué esa parte del libro, -explicó Burgesis tranquilamente. -Desde este momento, jamás sacarás nada del libro. Yo lo hice porque depende de ti crear tu propio destino. Nadie debe decirte qué hacer, cómo ser "el elegido", o incluso decirte que no necesitas tener éxito. Nosotros solo podemos ser tus guías de ahora en adelante.

-Hay una sección que es solamente para saber dónde ha estado el libro y quién lo ha tenido en el pasado, -contó Whiskers con actitud de '¿Sabías qué'?

En ese momento, se escuchó un crujido fuerte en la puerta, afuera de la habitación. Burgesis se levantó y dijo: Et in fide, y el libro volvió a la normalidad. Alguien tocó la puerta e inmediatamente todos se levantaron en posición de defensa mientras Gretta, tímidamente, abría la puerta.

Mientras abría la puerta lentamente, un destello de luz abrió abruptamente la puerta. La luz lentamente se atenuó hasta convertirse en un bastón que era sostenido por una figura parada en la entrada de la habitación. Esta figura era nadie más que el gran mago Eggbert.

Capítulo 41

La pesadilla de los sueños

-Perdón por interrumpir esta reunión, pero se les requiere en el campamento, -dijo Eggbert rápidamente. -Ha sucedido algo.

-¡¿Cómo te atreves a irrumpir en nuestro hogar?!, -gritó Whiskers furioso.

-No hay problema, Eggbert, -dijo Barty tratando de tranquilizar a Whiskers. -Estaremos ahí muy pronto. -Eggbert se inclinó ante mí y se teletransportó en otro destello de luz. Entonces volteé a ver a Burgesis, quien parecía estar leyendo mi mente. Miré el libro y me pregunté qué había dicho en español para hacer que el libro volviera a la normalidad.

-Disculpa, Mark. Lo que dije en español fue: Tengo fe. Pero no puede ser dicho sin significado, -me susurró al oído. Yo sonreí.

-¿En dónde levantaron el campamento los de la guardia?, -preguntó Whiskers.

-No está lejos de aquí. Se encuentra justo afuera de la materia gris, -indicó Barty mientras él, Burgesis y yo tomábamos nuestro equipo de protección. También me hice del libro y lo puse en mi bolsillo antes de salir de la casa.

Uno por uno comenzamos a salir, con Burgesis guiando el camino, seguido de cerca por mí, mientras Whiskers y Gretta aseguraban su casa y dejaban las luces prendidas.

Mientras caminábamos, había destellos de luces de colores delante de nosotros; apresuramos el paso y llegamos justo a tiempo para ver unas burbujas amarillas que se tornaban rojas, y nubes negras las seguían a donde se movieran.

-Esto parece una pesadilla, -soltó Barty viéndome y negando con la cabeza. Levantó las manos para estar listo en caso de que una de las pesadillas nos atacara mientras nos poníamos nuestro equipo de protección. Ágilmente use ráfagas para empujar los sueños flotantes lejos de la guardia, pero entonces noté que Matt estaba siendo atacado por una burbuja rojo oscuro. Me di cuenta de que no estaba usando su equipo de protección y peleaba con todo lo que tenía. Mientras pensaba cómo controlar la situación, escuché la voz de Eggbert en mi cabeza.

—Una cosa es saber, y otra muy distinta comprender.

Cerré los ojos, y entonces era la voz de Gretta la que resonaba dentro de mí.

—Debes aprender no solo a escuchar en tu cabeza, sino también en tu corazón.

Comencé a concentrarme en mis sentimientos. Me sentía enojado por el ataque hacia Matt, pero decidí cambiar de perspectiva. Me pregunté por qué los sueños atacan. Conforme trataba de comprender lo que estaba sucediendo, permití ese entendimiento llenar mi corazón y comencé a pensar en palabras antiguas: En el nombre de todo lo que es, perdono todos los males cometidos en los corazones y almas de todos los presentes con la luz del perdón, y repentinamente sentí que esas palabras debían salir de mi mente y ser murmuradas. Así que lo hice. Las susurré tranquilamente tratando de no reaccionar ante la situación con una emoción intensa. Mientras levantaba mis manos y tomaba aire profundamente, justo antes de comenzar a hablar, sentí una paz diferente que me invadía.

—Omne quod est in nomine domini, et dimitte universa delicta commisit in corde et tota anima cum omnibus veniam lucem, —mis marcas mágicas se iluminaron y mis ojos brillaron con el poder que irradiaba de mí.

—¡Eso es, Mark! —Burgesis sonreía al ver que las burbujas rojas volvían a ser amarillas y flotaban libres mientras las nubes y la materia gris se disipaban. Abrí los ojos lentamente para darme cuenta de que la magia antigua que había usado había afectado incluso a Gretta y a Whiskers. Habían comenzado a llorar. Todos aplaudieron y Eladius corrió a abrazarme. Burgesis se acercó a mí y me dio palmadas en la espalda.

—¡Lo lograste, Mark! —Me felicitó Eladius.

—Estoy muy orgulloso de ti, Mark, —dijo Whiskers con lágrimas en los ojos. —Tu magia se está haciendo cada vez más poderosa. Necesitarás tener más control para poder mantener los ojos abiertos, pero eso fue excelente.

-Gracias, -dije. Mis ojos buscaban a Matt. Caminé hacia donde lo vi por última vez y lo encontré en el suelo con sus alas extendidas, tomando profundas bocanadas de aire.

-¿Estás bien, Matt?, -pregunté preocupado.

-Estoy bien, solo estoy tratando de recuperar el aliento, -respondió viendo hacia el cielo.

-¿Qué pasó? ¿Qué provocó el ataque? -Pregunté curioso.

-Esos sueños me siguieron. Acabo de regresar del campamento de la Senda de la Fortuna, y como no estaba usando mi equipo de protección, me atacaron, -explicó.

-¿Qué sucedió en la votación?

-Por decisión unánime cambiaron su lealtad hacia ti por el impacto que dejaste en los troles, -Matt puso su mirada en mí y me sonrió.

-¡Eso es genial! -volteé a ver a Burgesis y él asintió como respuesta.

-Pero no eligieron a Toolot como su líder, sino a otro trol que es más grande.

No estoy seguro del tipo de líder que será. Su nombre es Luke.

-Tal vez haya esperanza ahora que cambiaron su lealtad, -dijo Barty mientras Matt se levantaba.

-Toolot no está cerca de allí ahora. No saben cómo se fue o dónde está, -continuó Matt.

-¡Hola, Whiskers!, -Matt lo saludó. Whiskers le respondió asintiendo respetuosamente hacia él.

-¿A dónde se dirigen? Es raro verlos por aquí. -Preguntó Matt.

-Nos dirigimos a Bajo Tierra, -explicó Whiskers. Todos estábamos ya preparando todo para continuar el camino.

-Es un largo camino, -dijo Barty viendo a Eggbert.

-Deberíamos teletransportarnos a la casa de los Eubinks, -sugirió Eggbert mientras nos invitaba a todos a acercarnos alrededor de él.

-Pero, ¿cómo vamos a hacer eso?, -preguntó Barty. -Solo somos unos cuantos los que sabemos cómo teletransportarnos.

-Tengo un plan, -Eggbert sonrió y sacó un toldo enrollado de su túnica. -Rápido, todos bajo el toldo, -ordenó mientras colocaba el toldo sobre nosotros y murmuraba algunas palabras del diccionario español-latín. En ese momento sentí cómo nos separábamos del piso. Sentimos un zumbido bajo nuestros pies, y alrededor de un minuto después, aterrizamos y sentimos el piso de nuevo.

-¿Cómo hiciste eso?, -pregunté.

-Nosotros los magos tenemos muchos ases bajo la manga, -dijo como respuesta mientras retiraba el toldo de nuestras cabezas. Eladius y su familia me veían con los ojos grandes, y yo traté de darles una mirada tranquilizadora. Se veían calmados. Cuando volteamos alrededor, encontramos una casa frente a nosotros. Era una casa normal, como las de la Tierra, con girasoles creciendo a su lado.

Capítulo 42

La debilidad de un gran líder

Mientras caminábamos hacia la puerta principal, esta se abrió, y nos recibieron George y Donna Eubinks con una gran sonrisa en sus rostros.

-Creímos que serían ustedes, -dijo Donna caminando hacia nosotros y comenzando a abrazarnos y saludarnos a todos. -Pasen.

Todos parecían relajados conforme formábamos una fila para entrar a la casa. Por dentro era más grande de lo que parecía por fuera. La casa era fría, pero acogedora. Había una chimenea prendida en la sala donde todos nos reunimos.

-Deben estar todos hambrientos y sedientos, -aseguró George mientras nos invitaba a pasar al comedor.

-Nos hemos preparado para su llegada, -explicó Donna. -Si gustan sentarse en el lugar con su nombre, nuestros sirvientes ya comenzaron a servir la cena.

Tomamos asiento en nuestros formales lugares. El comedor era muy grande y elegante, tenía tres enormes y hermosos candelabros de cristal encendidos a lo largo de la mesa del comedor, colgando del techo. Burgesis se encontraba a un lado de mí, y Eggbert del otro. George y Donna tomaron su lugar en ambos extremos de la mesa.

Noté que uno de los sirvientes me veía preocupado. Burgesis parecía notar mis reacciones mientras se iba sirviendo vino alrededor de la mesa por varios troles que nos servían. Se veía nervioso, como yo.

-Brindemos. -Propuso George, y todos levantaron sus copas. -Por un grande y poderoso líder, que superará toda la maldad y toda la materia gris. ¡Por Mark!, -entonces todos probaron su vino. Cuando tomé un sorbo de mi amargo vino, Burgesis gritó.

-¡No! -Burgesis notó cómo George, Donna y Eggbert me observaban, pero ya era tarde; Burgesis me aventó la copa de las manos, pero yo ya había comenzado a sentirme débil. Me desmayé y caí en sus brazos.

CONTINUARÁ...

La materia gris, volumen 2

Ya está a la venta...

Contacta al autor por correo electrónico para más información sobre la serie La materia gris.

greymatterseries@yahoo.com

O síguenos por Facebook:

https://www.facebook.com/greymatterthestoryofmarktrogmyerintheWotU/

Fuentes y referencias

- Palabras en latín - Google Translate
- Traducción del turco - Google Translate

Conoce a los personajes ilustrados por Brendan Alicea:

- Mark Trogmyer, Tierra, año 3176

- Frank Burgesis, Tierra, año 3176

- Mark, humano elfo mágico, forma en el Mundo de lo Desconocido

- Frank Burgesis, humano elfo mágico, forma en el Mundo de lo Desconocido

- Eggbert el sabio, líder del clan de los magos en el Mundo de lo Desconocido

Serie La materia gris
Tabla de los personajes de los clanes
Propuesta de las lecciones a aprender

Nombre	Clan	Lección
Mark Trogmyer	Humano de la Tierra	¿El elegido?/ Debe aprender todo sobre los clanes y sobre los elementos.
Frank Burgesis	Ambos mundos	Integridad - Defender tus creencias sin importar lo que los otros sientan. Referencia: Mark hace esto solo... Sanar toma tiempo.
Barty y Jana Burgeons	Clan de los castores del Valle de los Castores	Confianza/respeto por la vida
Andrea y Mike Smitherton	Clan de los elfos del Bosque de los Olmos Prado Armonía	La importancia de la lealtad y la familia -Andrew, Pam y Eladius reconciliándose con Mike y Andrea (Cap. 21)
Alice y Jack Pillowdrum	Fénix	Inmortalidad
Chris y Elizabeth Ersal	Hadas del Oeste	La importancia del perdón a los demás y la habilidad de aprovechar ese poder
Angie y Martin Cunnings	Clan de los zorros	El conocimiento es un arma de doble filo.

		Trabajo en equipo y la importancia de trabajar juntos como un clan.
George y Donna Eubinks/Toolot	Clan de los troles	La importancia de la igualdad
John y Terry Popper Canciller Rain	Humanos mágicos	Caridad/Generosidad
Pine y Rose Plantoligong	Colibríes	Paciencia
Danny y Jamie Fortesque	Gigantes del este	Humildad
Brittany y James Figwiggins	Unicornios	Pureza de corazón/Importancia de la honestidad
Tom y Jerry	Cuervos	Orgullo
Eggbert y Jenny Kromopolis	Brujas y magos	La importancia del amor, la amistad y el sacrificio/Cómo manejar situaciones de manera racional y responsablemente. Referencia capítulo 18 (Elaiuds y su familia)
Bubba Joe y Capitán Koda	Perros	Seguridad vs. Inseguridad
Whiskers y Gretta	Gatos	Llevarse bien con otros/ amistad
Matt y Shirley Lookings	Águilas	Valentía vs. Coraje

Mark Trogmyer es un chico de 15 años perteneciente al planeta Tierra en el año 3176. Uno de sus vecinos, un hombre viejo llamado Frank Burgesis, lo lleva al Mundo de lo Desconocido después de un evento que marca el comienzo de una nueva aventura para Mark Trogmyer. Según dice la profecía, el "elegido", el último ser puro con moral y valores en la Tierra, traería paz al Mundo de lo Desconocido. Se ha dicho que este ser puro será el que detendrá al malvado trol Nerogroben de convertirse en el líder supremo en el Mundo de lo Desconocido. Para lograr la paz, Mark deberá probarle a los líderes de los diecisiete clanes, quienes no se llevan bien entre ellos, que pueden confiar en él. Siendo él el "elegido", el último ser puro en la Tierra, deberá demostrar al Mundo de lo Desconocido que él tiene dentro de sí los valores que representan a los clanes para poder ser el líder que los lleve a derrotar a Nerogroben. Hay una jerarquía dentro de los clanes. Nubes de materia gris se han formado por las obras perversas de Nerogroben y sus seguidores. Esta materia gris ha nublado la percepción y el juicio de todos y ha causado desconfianza dentro de los clanes. ¡Mark deberá liberar a este mundo de la materia gris u encontrar el camino de la paz antes de que sea muy tarde!

Made in the USA
Middletown, DE
07 February 2025